U0589914

我们阅读
WOMENYUEDU

魅丽文化　花火工作室

Ru Feng
Zhi Ni

如风致你 2

临渊鱼儿 ////// 著

百花洲文艺出版社
BAIHUAZHOU LITERATURE AND ART PRESS

图书在版编目（CIP）数据

如风，致你 . 2 / 临渊鱼儿著 . — 南昌 : 百花洲文艺出版社，2019.9

ISBN 978-7-5500-3372-6

Ⅰ . ①如… Ⅱ . ①临… Ⅲ . ①长篇小说－中国－当代 Ⅳ . ① I247.5

中国版本图书馆 CIP 数据核字（2019）第 193706 号

如风，致你 2

临渊鱼儿 著

责任编辑	郝玮刚　张兆磊
选题策划	朵　爷　夏　沅
特约编辑	夏　沅
封面设计	苏　荼
出版发行	百花洲文艺出版社
社　　址	南昌市红谷滩新区世贸路 898 号博能中心 A 座 20 楼
邮　　编	330038
经　　销	全国新华书店
印　　刷	湖南凌宇纸品有限公司
开　　本	880mm×1230mm　1/32　印张 9.5
版　　次	2019 年 9 月第 1 版第 1 次印刷
字　　数	205 千字
书　　号	ISBN 978-7-5500-3372-6
定　　价	38.60 元

赣版权登字　05-2019-227

CONTENTS

目录

C O N T E N T S

第一章
第一缕凉风

“机长，晚安。”

程遇风看到附在最后面噘起嘴来亲亲的表情，不由得想起了几个小时前那个啄木鸟似的亲吻，他抿着嘴角轻笑一声。

两人才确定关系，虽然他在这方面也没有什么实战经验，但到底比她虚长十岁，凭着男人在这种事上与生俱来的领悟力，教她应该也是绰绰有余的。

程遇风回了“晚安，早点睡”过去。

没有得到陈年的回复，他准备去休息了，明天还要早起飞 F 市。

次日，天还没亮，程遇风就起床了，从家里去机场大概一个多小时的路程，他开车穿过静谧冷清的街道，等到达飞行准备室时，东方的天空才隐隐露出鱼肚白。

林和平比程遇风早两分钟到，见他满面春风地推门进来，忍不住问道：“程总，最近是不是有什么喜事啊。”

程遇风平时并不是喜欢把私人情绪外露的人，闻言一怔：“这么明显？”

“当然了。”林和平和他关系熟得不行，打趣起他来也比其他人要肆无忌惮，“你就差把‘开心’两字一边一个写在脸上了。”

程遇风被这种说法逗笑，林和平还想打听些什么，刚好航医过来了，他立刻换上一副严肃的表情。

两人体检完，领了资料到准备室，接下来就按照一系列程序上了航路。

早上八点多，陈年被飞机的“轰隆轰隆”声吵醒。她揉揉眼睛，还早，继续睡，睡了个天昏地暗，最后还是容昭上来喊她，她才醒过来。

洗漱完，下楼吃早餐。

今天家里有客人来。吃过早餐后容昭上楼化了个淡妆，遮住自己的苍白脸色。陈年年纪小，恢复得很快，在后院小花园走了一圈，白净脸蛋上就印着两朵红晕，她蹦蹦跳跳地跑进来："爸爸，这个送给你。"

叶明远正在跟用人交代接待客人的细节，刚转身怀里就被塞了一捧红玫瑰。迎着清晨阳光开放的玫瑰，花瓣上还有露珠，娇艳欲滴，溢了他满怀的清香。

"我再去给妈妈摘，不然她要吃醋了，哈哈哈。"

陈年又一溜烟儿地跑了。

叶明远抱着玫瑰，望着她的背影出神，时光仿佛在这一刹那倒退回了十五年前。

四岁时的小叶子已经很会对父母"一碗水端平"了，喊一声妈妈，就一定要再喊一声爸爸。小叶子是一个非常贴心的孩子，所以不管出了多远的门，叶明远的心也一直记挂着她们母女俩。

"先生，先生？"

叶明远被用人唤回神，他看着花园的方向笑了起来："没什么事了，你先去忙吧。"

陈年把另一捧新摘的玫瑰送到卧室给妈妈。

容昭喜笑颜开，跟她说起待会儿会有客人过来的事。这次聚会，来的大都是叶家和容家两边的亲戚，主角当然是陈年。

容昭把女儿打扮好，两人牵着手下楼。用人们已经把场地都布置好了，第一批客人也到了，叶明远正在客厅接待着。

看到母女俩身影在楼梯口出现，叶明远招招手："年年过来。"

"这是你二伯伯，二伯娘……

"这是你大堂哥，三堂姐。"

陈年面带笑意，礼貌地喊人。

"真乖，"二伯娘抹了抹眼角的泪，笑着和大家说，"以前还只是个吃奶的小娃娃，现在已经长这么高了。"

说实话，这些人对陈年来说还是很陌生的，但他们都是她的亲人，她也跟着笑了笑。

很快，第二批客人到了……

叶家和容家都是大家族，分支又广，加上陈年本身就情况特殊，大家都不远千里过来看这颗失而复得的明珠。

将近中午时，别墅里已经到处都是人。陈年被这盛大热闹的家族聚会场面震惊到了，她跟着叶明远和容昭见了两边的各种亲戚，声音都沙哑了，礼物也是收到手软。

有些是"见面礼"，有些是祝贺礼物，更多的是两份一起送，图个双喜临门的好兆头。除了两家的亲戚，连叶明远商界那些听说了消息的朋友，就算不能亲自到场，也让人送了礼物过来。

用人除了忙着斟茶倒水招呼客人外，还分出两个人手把礼物送到陈年卧室去，一趟又一趟下来，礼物几乎堆成了一座小山。

好不容易等到黄昏临近，大部分客人陆续离开了，只剩下小部分关系亲厚的亲戚留下来一起吃晚餐。

陈年回卧室换了身裙子，她提着裙摆小心翼翼地绕过堆积如山的礼物，推开落地窗走出去，准备在阳台躲一会儿，透透气。

喷水池映着夕阳的光泽，绚烂夺目。

裹着热气和花香的风拂过脸颊，陈年闭上眼享受这难得的静谧时刻。不知道站了多久，太阳落在青山后了，暮色层层叠叠地压下来，她正要转身回房，余光看到临时作为停车场的空地上有个熟悉的修长身影一闪而过。

陈年看着那个男人从两棵榕树间走出来，薄暮的光影映在他轮廓分明的脸上，距离较远，有些模糊，她把身子压在阳台栏杆上，探出去。

渐渐地，他的身影在她水润的眸子里，从远到近，越来越清晰。

太阳彻底落下去了，天边有几颗亮星闪烁。

陈年飞奔下楼，裙摆盈风，在身后飞扬，一如她此时无比雀跃的心情。

　　虽然两人昨天才见过，但中间隔着的这一夜漫长得仿佛过了一个世纪，陈年微喘着气站在程遇风面前，清晰地感觉到自己心里的欢喜如同十里繁花盛开。风吹过，花瓣纷飞，需要她敛了眸，露出酒窝去接。如果不是四周还有不少人，她应该已经冲过去抱住他了。

　　两个甜蜜的字含在陈年唇边，正要脱口而出时，叶明远也看到了站在门口的程遇风，朝这边走过来："遇风，你来了。"

　　"叶叔。"程遇风颔首打招呼。

　　"快进去坐吧。"叶明远又看了女儿一眼，疑惑道，"年年，你不是说累了要上楼休息吗，怎么还在这儿？"

　　"我、我已经休息好……不累了。"

　　叶明远之前忙着和族里的长辈们聊天，也没注意到陈年上楼，现在看她换了一条新裙子，身姿娉婷地站在自己眼前，一颦一笑间，说不出的娇俏生动。

　　吾家有女初长成。

　　叶明远的心底似铺开万丈柔情，蔓延得无边无垠，他抬手把陈年因跑动而翘起的头发抚平，声音轻柔极了："饿了没？可能还没那么快吃饭，我让张嫂先给你做些点心。"

　　"好啊。"中午时陈年没怎么吃东西，还真有点饿了。

　　张嫂很快把点心做好端过来，陈年拉着程遇风一起去后院，两人找了张长椅坐下，点心放到桌上，安静地晒着月光。

　　花前月下，陈年的注意力都集中在程遇风身上，连肚子饿这回事都忘得一干二净了。

　　难道真的是有情饮水饱？

　　"机长。"

　　如果没记错的话，他今天一大早就飞 F 市，算算时间，应该是直接从机场那边赶过来的。虽然她很想见他，但更不想让他这么辛苦。

　　程遇风一眼就看穿了小姑娘的心思，摸摸她的头："这种事不是这么来算的。"

　　因为工作性质，他平时都很忙，真正属于自己的时间不算多，这对陈年来说已经很不公平了。其实，相比年龄，程遇风更多的是考虑两人在一起后很大可能会面临的聚少离多，这是最令人头疼的现实问题，刚开始她可能还不觉得有什么，可是久而久之……

　　程遇风作为一个成熟男人，理所当然地会先站在陈年角度为她考虑，只要她想，他所有能空出来的私人时间都是她的。

　　他也给足了陈年自由选择的权利，如果有一天她遇见了更美好的风景，觉得这段感情没有继续下去的必要了，随时都可以抽身离开。

　　当然，这是最坏的设想。

　　如果可以，程遇风还是希望彼此能牵手一起在这条路上走下去，一直走到尽头。

　　晚风大了些，吹得头顶上的灯不停地晃动，黑影在桌面上交错，程遇风收回心神："我来，是因为我想看你，知道吗？"

　　最后三个字声音低沉，还带着一丝宠溺的味道，陈年只觉得一阵酥麻从耳朵钻进心口，流遍全身，她轻咬着下唇："真的吗？"

　　程遇风漆黑的眼底浮现笑意，桌下，修长双腿也惬意舒展着，一副悠然自若的模样。他轻握住陈年的手，把她细白的手指一根根分开，慢动作似的把自己手指扣进去。

　　他用行动告诉了她答案。

　　陈年穿的是无袖棉裙，裸露在外的胳膊被风吹得凉飕飕的，她忍不住往程遇风那边靠了靠，没想到他刚好转过头，彼此的呼吸在微凉的空气中先吻了起来。

此情此景，轻而易举就勾起了陈年某些缱绻的回忆。

"机长，问你一件事。我说想抱抱你那次，当时，落在我头发上的……"

因为心潮起伏，她的话并没有什么条理，欲言又止的，可作为当事人，程遇风怎么会不清楚她想知道的是什么。

"你说的……是这样？"

他稍稍低下头，在她发间落下一吻。

吻像落在陈年心尖，打乱了她的心跳，原来……原来她猜得没错，那天晚上，他真的亲了她头发！虽然按照那时情景，他应该也是无意为之，但这已经足够了。

"还有，"陈年打算一次性把自己的疑问问清楚，"A市刮台风，你来找我那次，我亲，咯咯……一不小心亲到……"她忽然间有些害羞，说不出来，伸手碰了碰他喉结，"你这里，那时你感觉到没？"

程遇风很会抓重点："一不小心？"

陈年心虚地避开了他的目光，语气弱弱："不然呢？"

程遇风轻笑一声，笑声中带着已了然一切的清朗："是吗？我还以为……"

陈年一时冲动，在程遇风把真相说出来之前直接捂住了他嘴巴，温热气息喷在手心，她像摸到了烫手山芋般立刻松开，然后轻轻眨了眨眼，又密又长的睫毛垂下来，在白皙肌肤上投下小片阴影。

也许是月色太温柔吧。

一人低头，一人抬头。

两人的唇就这样默契地亲到一起。

还是浅尝辄止，但这样的亲密接触，对陈年来说，已经足够销魂蚀骨，她几乎软在程遇风怀里，很努力地跟着他的节奏去学习，去摸索。

她的舌尖无意识地越过他的唇心，碰到了又软又热的某样东西，意识到那是什么，她的脸"轰"地一下红透了……

这时，不远处有脚步声传来，接着是容昭的声音："听张姐说，年年往后院这边来了，怎么不见人影？"

陈年像脱水的鱼儿般大口喘气，慌乱得就像做了什么坏事被人撞破一样——她刚刚可不就是在偷偷做坏事吗？

不过，一想到还有程遇风这个"共犯"，她就没那么紧张了。

手上传来一股不轻不重的力量，她扭头看程遇风一眼，读懂了他的眼神，他这是准备要拉她出去坦白了，她迅速摇摇头。

脚步声并没有往这边靠近，陈年从身后一排树木的缝隙中隐约看到了父母的身影，她屏息凝神，又听到爸爸说："可能回房去了吧，你看，她房间的灯不是亮着吗？"

陈年当时下楼下得急，忘了关灯，现在想想真是太明智了。

"那我们上楼去看看吧。"

脚步声渐渐远去。

这大起大落的，简直就跟坐过山车一样刺激，陈年捂着扑通乱跳的胸口："好险。"

月光下，程遇风一脸正色。

她意识到了什么："机长，我们来做个约定吧。"

陈年并不想这么早让爸妈知道自己谈恋爱的事，跟她做过的实验同理，就算真要坦白，也不该选在爱情的小苗刚萌发时。

小苗很脆弱的，需要细细呵护。

她晃了晃程遇风的手，软声说："机长，我们的事先不要跟我爸妈说，就还是……顺其自然，好不好？"

程遇风笑了："怎么个顺其自然法？"

"等水到渠成，生米煮成熟饭之后？"

见程遇风神色有些奇怪，陈年纳闷："我说错了吗？"

"我在想，"程遇风轻叹一声，"是不是该再送你一本《成语词典》。"

实际上，他想的是，如果将来有了孩子，语文和英语他得亲自抓才行。

"不要了吧。"陈年下意识地拒绝。

词典很难看完的，像那本《牛津词典》，这么长时间过去了，她也只翻到了"H"。

又有风吹过来，程遇风察觉陈年双肩缩了一下："先进去吧。"

"那……"

他把她从椅子上拉起来："顺其自然吧。"

程遇风当然会尊重陈年的意愿，也有自己的考虑，反正不管以后怎么发展，他心里多少都是有底的，也不会让她受到任何伤害。

陈年起来的时候顺便"吧嗒"亲了一下他的下巴："机长，我告诉你一个秘密。"

"那时，我是故意的。"

她说的是亲他喉结那件事。

陈年说完就挣开他的手跑了。

程遇风站在原地，看着她的背影在月色中一晃一晃地远去，蓦地轻轻笑了出来。

刚进门，陈年看到从楼上下来的容昭："妈妈。"

"年年，你去哪儿了？怎么到处都找不到你？"

陈年用了折中隐晦的说法："外面月色很好，我去赏月啦。"

容昭拿了手帕去擦陈年额头上的汗，听到她肚子发出咕噜咕噜的声音，不由得好笑："赶紧洗手去吃饭吧。"

"好的呀，妈妈。"

吃晚饭时，程遇风并没有和陈年坐一桌，不过两人的位置相对着，只要一抬头就能看见对方，眼神交会，就好像交换只有彼此才懂的小秘密。

一顿饭吃下来，推杯换盏，言笑晏晏，大家都吃得很尽兴。

晚上九点，客人散得差不多了，程遇风也跟叶明远夫妇告辞，离开之前他给了陈年一个意味深长的眼神。她也笑吟吟地看着他，目送他出门。

叶明远还在和一个长辈说话，估计一时半会还脱不开身。容昭见陈年掩口打了个哈欠，心想一天下来应该累坏了，就让她先回房休息。

陈年洗漱好，换了睡衣躺在床上，一闭眼就跌入了梦乡。

程遇风九月底带着昭航的一批新飞行员去美国培训，这段时间陈年都是靠手机和他联系，大部分是发信息，如果他有空的话两人就视频。

程遇风为了给她惊喜，并没有透露回国的具体时间。所以，当他踩着昏黄的灯光，风姿绰约地出现在陈年面前时，她激动地跑过来，险些把他扑倒。

"机长！"

刚刚在电话里他怎么没告诉她今天回来？

程遇风稳住她身子，温柔笑道："先上车。"

陈年乖乖地打开车门爬上副驾。要是知道今天程遇风回来，她肯定会事先准备一下的，比如换一条新裙子什么的……

而不是像现在这样，白色棉衫加牛仔短裤，简单随意得不行。

程遇风目光从小姑娘白皙笔直的双腿上滑过，眸色不受控制地变深了几分，他清了清喉咙："系上安全带。"

陈年记得这话以前他也跟自己说过，不过现在心境不一样了，她抿着唇："你帮我系。"

程遇风不由得失笑，伸出手去，先揉了揉她头发，然后才"嗒"的一声系好了安全带，发动车子，往右边转了个弯，汇入车流。

"机长，我们要去哪儿啊。"

"先去吃饭。"

陈年嘀咕："新闻说了，外面的饭菜不卫生，地沟油很多的。"

程遇风也压低声音："所以？"

"要不，去你家吃？"

在桃源镇时，她吃过几次程遇风做的饭菜，色香味俱全，不过她当时心情跌落谷底，自然也吃不出什么味道来。现在有机会可以好好尝一下，当然不会放过，而且她晚上没别的事，有的是时间。

程遇风也觉得这个建议可行，他和陈年去附近超市买好食材，然后带她回了自己的私人公寓。

公寓离机场比较近，有时下班太晚程遇风就会在这里住，一个月大概能住上两三天，定时会有阿姨过来打扫，所以看起来还是很整洁。

门关上后。

玄关的灯还没有亮起来前，一片黑暗中，陈年听到自己如擂鼓般的心跳，咚、咚咚、咚咚咚……

她抱住了前面的程遇风。

食材散落一地。

陈年踮起脚来，闭上眼用呼吸去找他的唇，找到了，轻轻印上去。

在学生宿舍楼门口看到程遇风时，她就想这么做了。

视觉被黑暗封锁，听觉被无限放大。

"傻姑娘，不是这样亲的。"陈年听到一声低沉的轻笑，接着感觉自己的后背慢慢压上门，身前也有一具温热的身躯靠近，她飞快抬眼，撞进一双带着笑意的深邃眼睛里。

那是此时唯一的光源。

"那、那要……要怎样……"她断断续续地说着，其实已经忘记自己到底想问什么，脸红得像番茄。

“我教你。”

程遇风教得很认真，他低头，准确地找到了目标，先是轻含住，感觉到她羞涩地抿了一下唇瓣，然后又像有所回应似的微微张开。

他全身心地放任自己投入进去。

轻咬慢吮。

在程遇风的预想里，到这里应该就要停下了，可……控制不住，舌尖像有自主意识般越过温软唇心，轻抵住她的贝齿，找到了那颗可爱的小虎牙……

陈年夹在门和男人的身体之间，半边脸颊被他的大手轻按着，分不清是自己的脸烫，还是他的手更烫。她浑身发软，全部心神都被吸进了这个由他主导的吻中。

等两人分开时，陈年脸色潮红，气喘吁吁，双眸仿佛蒙了一层水光，湿漉漉的。她靠在程遇风胸口，听他心跳如雷，也感受到了他微乱的呼吸，徐徐落在自己发间。

原来，真正的吻是这样的，唇齿相依，那样亲密无间，回想之前不痛不痒地亲他，显得就像小孩子过家家一样。

“年年。”

如果没记错的话，这是他第一次叫她“年年”，声音带着一丝低哑，还有不易察觉的缱绻，听起来很是性感。

陈年心甜如蜜，没说话，隔着衬衫在他心口亲了一下。

程遇风搂着她的手稍微收紧，怕继续下去真收不住了，他按亮了灯，柔和的淡橘色灯光倾泻而下，反而把气氛衬得更为旖旎。

程遇风把陈年带进客厅，安顿在沙发上，顺手开了电视，他又回到玄关，捡起一地的食材，提着进了厨房。

一切动作看似流畅、有条不紊，但实际上却不然。好一会儿后程遇风才发现，水池里泡着一把干瘪的冰冻豆角，而本该用作晚餐的食材却被塞进了冰箱。

他倚在料理台边，有些无奈地抵了抵额。

客厅。

陈年窝在沙发里，听着不知所云的晚间新闻，心不在焉地把玩着手指，好神奇，同是食指，这个有月牙痕，另一个却没有，她的手长得真好看啊，不过，指甲好像该修了……

机长，他亲我了。

是那种，男人亲女人的方式。

努力分散开的注意力又如小溪入海般汇聚到了数分钟前的那个吻上，当时脑子发蒙，只顾着沉浸其中，此时回忆起各种细节……

真是要命啊。

陈年正浮想联翩着，桌上程遇风的手机响了，屏幕上显示来电人"聂珍"，她连忙拿起手机跑到厨房："机长，有电话。"

程遇风正拿着小刀削土豆皮，两手都空不出来，陈年只好接通电话，把手机举到他耳边。

因为离得很近，陈年清楚听到那端传来一个女人的声音："程总……"

工作上的同事？陈年猜测。

果然，他们接下来聊的都是公事，好像还挺复杂的。隔行如隔山，陈年大部分都听不懂。

通话持续十分钟就结束了。

陈年收好手机，看一眼水池边上削好的土豆，她想起自己的英语学费还没交呢，择日不如撞日，她准备好好露一手。

没想到却被程遇风拦住了："你先出去坐，这里我来就好。"

陈年提醒他学费的事，他淡淡一笑，似乎也想起来了："先欠着。"顿了一下又把声音压得很低，在她耳边说了一句什么。

"真的？"陈年惊喜地问，"找到就是我的了？"

程遇风点点头。

她又问："卧室也可以进去找吗？"

"可以。"

陈年兴致勃勃地跑出去了，她先在客厅找了一圈，没有找到类似礼物的东西，又来到程遇风的书房。

书房不算很大，但因为东西都摆放得井井有条，所以空间上给人一种开阔的感觉。正前方是一面书墙，每个格子都摆满了书，大多是和飞行相关的专业书。陈年的目光从书脊上扫过去，顿住，她伸手把书抽了出来。

以天空为背景的深蓝色封面，深邃大气，一朵若隐若现的白云上印着四个字——

程遇风著。

陈年捧着书，如获至宝，原来机长还出过书，她翻开来，看了一眼作者简介，寥寥几十个字，和他的为人一样低调。她没一会儿就背了下来，继续往下翻，后面的专业内容就不是很能看得懂了。

陈年把书压在心口，再次露出小迷妹的眼神，机长真的很厉害。这要是在古代，估计就是所谓的文武全才吧。更开心的是，这么厉害的机长，是她的……男朋友。

他会开飞机，技术堪称一流，会写复杂的飞行专业书，还会做饭，长得又帅，而且很温柔风趣，当然也不排除"情人眼里出西施"的美化效果，毕竟世上没有完美的人。

但陈年知道，程遇风真的很好很好，好到远远超过了她在尚且懵懂时，和路招弟在无人的后山小溪边分享的，对未来伴侣的所有美好想象。

比起还没有找到的升学礼物，陈年更想要这本书。她转身准备出去，看到原本背对的墙前摆了一个巨大的收藏柜，展现在眼前的是各种各样的飞机模型，型号不一，大小也不一。她睁大眼睛，看到了自己第一次坐的昭航 CH1303 航班的缩小版飞机，蓝白机身，线条流畅，上面还印着"Zhaoyuan Airlines 昭远航空"的字样。

容昭和叶慕昭的"昭"，叶明远的"远"，是他们一家三口的名字。

陈年隔着玻璃摸了摸它，余光瞥到旁边还有一个巴掌大的直升机模型，火红色机身，中间印着一只金色凤凰，栩栩如生。她凑近去细致地看，尾翼部分还有三个字：陈年号。

陈、年、号。

陈年雀跃不已，原地跳起来，她找到了！

她小心翼翼地拿着小巧玲珑的直升机模型冲出去："机长，是不是这个？"

程遇风刚摆好碗筷，摇摇头，眼底闪现她熟悉的笑意："不是。"

骗人。

陈年撇撇嘴，就算不是，她也要定这部小直升机了："这个组装起来很费时间吧？"

"还好。"

事实上，别看模型很小，组装起来特别费工夫，不过看到小姑娘这么开心的样子，程遇风觉得一切都是值得的。

她如骄阳，如烈日，是重新返巢的凤凰，展翅高飞，未来不可阻挡。

"我好喜欢……"陈年轻拨两下螺旋桨，定定地看向对面的男人，"你啊。"

程遇风心里别提多受用，嘴上却奇道："我书房没放蜂蜜吧？"

嗯？

陈年几秒后才反应过来他是什么意思，目光流转，红唇微嘟，俏皮极了："尝尝不就知道了？"

看来真不能一下教太多，这都学会举一反三了。

"洗手吃饭。"

"遵命！"

程遇风的手艺真是没话说，家常菜都被他煮成了山珍海味。尤其是那道猪骨苦瓜黄豆汤，不知道经过什么处理，竟也不会觉得很苦，回味还有一丝甘甜，陈年连着喝了两碗。

吃完饭，程遇风收拾碗筷进了厨房，陈年要帮忙，又被他赶出来看电视了。屏幕上正播着一部抗战片，男主角身姿轻盈没有一点压力地躲过了几十枚子弹，就地一个翻滚，翻到了木箱后面……画面再一转，不知又从哪里冒出一个敌人，男主角一拳过去，直接把人的胸口捅穿了……

陈年看得目瞪口呆。

程遇风擦干手从厨房出来就看到她吃惊地捂着嘴，再看一眼电视，他皱眉，弯腰拿起遥控器，换成了科教频道。

"再休息半个小时，我送你回学校。"

"哦。"

时间很快过去，程遇风回房换了身衣服出来："走吧。"

陈年一只手拿模型，一只手拿着书，跟在他身后出门："机长……"

"还叫我机长？"程遇风好笑道。

这不是……叫习惯了吗？

再说，不叫机长，叫什么呢？直呼其名程遇风，还是遇风？

有点害羞呢。

陈年垂着视线看地面，听到"叮"的一声："电梯来了。"

她先走进去，程遇风后脚跟上，按亮负一楼停车场的按钮，感觉到一只柔软的小手塞进自己手心。他轻轻握住，嘴角勾起笑意。

一路经过繁华的市中心，陈年回到宿舍已经是九点多了，两个舍友都在。

陈年所在的重点班只有她是女生，所以就和别的班级的女生分到了同一个宿舍。

四人间的宿舍，因为有个女生没来报到，所以就空了一张床，成了安置杂物的好去处。

陈年的两个舍友，睡她对面的叫丁唯一，是个娇小的南方姑娘，头发披肩，肤色白皙，戴一副度数很高的黑框眼镜，几乎遮住了大半张脸。

睡丁唯一邻床的是A市本地的谈明天，身高一米八，长相英气，高高瘦瘦的，很是开朗健谈。

陈年和舍友们打过招呼，回到自己床位，拉开椅子坐下，宝贝地把从程遇风那儿拿回来的直升机模型和书放好。

门开着，风凉凉灌入，阵阵高跟鞋蹬地的声音也被带了进来。接着，隔壁宿舍的门被人用力"砰"的一声关上。

奇怪，不是听说隔壁宿舍没有人住吗？

谈明天也把门关上，朝一脸疑惑的陈年挤挤眼："今晚刚搬过来的，研一师姐，叫什么来着？"

丁唯一接上去："温清欢。"

陈年觉得这个名字还挺好听的，人如其名，应该也是个美人。

谈明天又说："这个师姐人长得很漂亮，异性缘也超好的，刚刚我看到好几个师兄帮她搬东西，都是大帅哥！"

丁唯一无奈地叹气。

能想象一个一米八的……女生弯着腰躲在门口八卦兮兮地偷看的画面吗？

"而且她还是住单间，多爽！我还听说啊……"

时间在谈明天的各种小道消息里悄悄溜走，窗外夜色深深，陈年躺在床上给程遇风发信息。

"晚安,程先生。"

很快,她收到了两条回复。

"晚安。

"小年糕。"

陈年偷乐一会儿,收好手机,闭眼睡觉。

整个A大笼罩在如水的月光里,宿舍的其他两人也渐渐没了动静。

天还没亮,陈年被一阵嘀嘀咕咕的声音吵醒,她闭着眼听了一会儿,发现是斜对面床的谈明天在说梦话:"钠镁铝硅磷,硫氯氩钾钙……"

居然是在背化学元素周期表。

陈年情不自禁地回想起了自己高中时的那段日子,一时间感慨颇多。她十八岁那年无异于一个重要的命运转折点,先是养育她多年的至亲离世,再是重回亲生父母身边,继而还遇到了程遇风。

生命中总有人来来去去,不能以得与失去衡量,超过能力范围的事,最后也只能学着慢慢去接受。

随着时间的流逝,陈年想起妈妈的时候,已经没有以前那么难过了。

她觉得自己是幸运的,同时拥有了这世上最好的两份母爱。爸爸妈妈也尊重她的意愿,只改回了叶姓,继续让她保有陈年这个名字。

那边,谈明天背完元素周期表又继续背物理公式,背到牛顿第一定律时,丁唯一也醒了,她幽幽地叹了口气:"压力山大啊。"

A大本就门槛高,物理学院作为三大重点院系之一,向来都是"兵家必争之地",多少人挤得头破血流连一只脚都踏不进来。高三那年是丁唯一不愿回想的噩梦,直到现在她才发现选择了物理系,只是把这场升级版的噩梦延长了四年甚至更多年。

虽然上午没有课，丁唯一还是认命地踢开被子，下床洗漱，准备去图书馆自习。

丁唯一出门后，谈明天也睁开了眼睛，大长腿从床边垂下来，她伸伸懒腰："好累。"

陈年心想，梦回高中怎么会不累呢？可是问起谈明天，她压根不记得自己有说过梦话了。听了陈年的话，她啧啧称奇，一会又恍然大悟，抱着枕头嘤嘤嘤："都怪我初三的化学老师，他罚我抄了一百遍元素周期表，给我幼小的心灵留下了巨大阴影啊。"

陈年只能回以一个同情的眼神。

谈明天很快振作起来，握着拳头说早餐要吃三个大包子。她出门前还细细地给自己化了一个妆，从镜子里看到陈年惊讶的表情，回头一笑，张开只涂了一半的大红唇："前两天刚跟我堂姐学的，不是很熟练，化得还行吧？"

"还……行。"

谈明天比了个"OK"的手势，抿抿唇，用手指把口红涂均匀，对着镜子照了又照，终于满意了，她朝陈年抛了个媚眼："我出门啦。"

陈年看着她轻快的背影，一个字都说不出来，像招财猫一样挥了挥手。

陈年早上是满满的课，和丁唯一、谈明天大一上学期必修的专业课程，包括普通物理、高等微积分和高等代数不同，因为她在高中准备竞赛时已经初步学习过大学物理的相关知识，班上的大部分同学情况也差不多。学校考虑到他们之前经过千锤百炼，已经具备了强大的抗压能力，直接安排了力学、电磁学、热学、光学、原子物理和近代物理等基础物理必修课程齐头并进。

上午第一、二节是封老师的课。陈年匆匆赶到教室，看到投影仪已经开了，封老师的水杯也放在讲台上，她赶紧找了个靠窗的位置坐下。

她听到身后有几个男生在讨论："听说下周一就要开始军训了。"

"这么快？"

"消息准确吗？"

果然，上课后，封老师说的第一件事就是军训。自从初次见面露了底后，他也乐得轻松不戴假发了，一颗行走的光头无疑已经成为物院一道亮丽的风景线。

封老师话音刚落，听到底下一片连绵不绝的哀号，他往桌子上一拍："出息！看看你们什么样子。人家女孩子都没说什么，你们倒是抱怨上了。"

男生们都齐刷刷看向陈年，见她一脸淡定，自己反倒不好意思了，有些还为她担心。这一身的细皮嫩肉，烈日底下站半个月，那得变成什么样啊……想想就觉得好恐怖。

军训存在的意义就是为了摧毁人的肉体和心灵吧。

"啊！为什么要有军训这种东西存在啊。"

吃午饭时，谈明天夸张地捂住自己的脸，长吁短叹地控诉："不人道，很不人道！"

为什么她是那种一朝黑了三年都白不回来的体质，这一晒就是十五天，那不得黑成炭了？不行，她得多买几瓶防晒霜。

谈明天火速在网上下好单，又给客服留言务必发最快的快递。抬头见对面两人老神在在地吃着饭，一副漠不关心的样子，她把手机屏幕给她们看："你们要吗？要的话我再下一单，这个牌子的防晒霜效果还挺好的。"

丁唯一："谢谢，我不用防晒霜。"

谈明天倒吸一口凉气，仿佛看什么稀有物种似的："你不怕晒黑吗？"

一白遮三丑。女孩子变黑就不能美美美了啊。

丁唯一无所谓地耸耸肩："黑就黑呗，反正还能白回来。"

谈明天膝盖中箭，又问陈年："你呢？"

陈年说："我妈妈已经给我准备了防晒霜。"

"那就好。"谈明天像找到同盟一样伸出手拍了拍陈年的肩膀，她不知道看到什么，瞪大了眼睛，压低声音，"住我们隔壁的……温清欢师姐！"

"旁边那个不知道是不是她男朋友。"

陈年回头，看到一个高挑的女生，栗色长卷发，贴身短裙，看得出身材很好，果然和想象中一样是个美女，只是……

丁唯一一语道破真相："她旁边有一、二、三、四个男生，不知道你说的是哪个？"

谈明天语塞："刚刚我还只看到一个嘛，谁知道突然涌出来乙丙丁。这师姐异性缘真的超好，这四个说不定都是她的追求者呢。"

陈年对这些不是很关心，她上午还有个实验没完成，吃完饭还要回到实验室去。

陈年离开后，谈明天手撑着下巴，余光看到被四个帅哥围着献殷勤的温清欢："有点羡慕怎么办？"

丁唯一露出"你没救了"的表情："谈小姐，放眼整个 A 大，能配得上你这身高的男生，估计也就只能从体育学院找了。"

"其实，我不介意比我矮的男生。"只要足够帅，身高不是问题的。

丁唯一想象了一下某个男生小鸟依人地靠在谈明天身上的画面，手臂上立刻起了鸡皮疙瘩："如果可能的话，你还是找身高旗鼓相当的吧。"

"好嘞！"

　　陈年做完实验回到宿舍，忘了带伞，一身热气和迎面而来的强冷气相冲，她忍不住打了个哆嗦，睡完午觉醒来，感觉到脑袋晕乎乎的。

　　下午还有三节连堂课，她也没在意，喝了杯温水就去上课了。

　　等课程全部结束，陈年头重脚轻地走出教室，这才意识到不对劲，好像是感冒前的征兆。她走到喷水池边，刚好接到程遇风打来的电话。

　　接通后，程遇风听出她声音里的异样："怎么了，身体不舒服？"

　　喉咙发痒，陈年轻咳两声："好像是着凉了。"

　　"什么时候开始的？"

　　"午觉醒来就有点头晕。"

　　"你现在在哪儿？"

　　"刚下课，在明信楼这边。"

　　"去找个地方先坐着，我大概十分钟后到。"

　　程遇风从美国回来后有个短暂的假期，陈年的课表昨晚就发给他了，知道她今天下午下课比较早，所以他特地过来接她。

　　陈年昨天说外面饭菜不怎么卫生，程遇风倒是知道郊区有家老牌饭馆，质量和口味在 A 市都是一流的，于是就想着自己刚好有时间，带她去尝尝。

　　打电话时，程遇风刚好就在 A 大附近，他熟门熟路地把车开到了明信楼，缓缓在陈年前面停下。

　　陈年没想到程遇风来得这么快，这才过去七分钟左右。她拉开副驾车门坐进去，随手系好安全带，感觉到一只大手轻抚上自己的额头。

　　"还好没发烧。"程遇风轻皱的眉头微微松开，"不过还是得去趟医院。"

　　"不用了吧。"其实没有那么严重，只是小病而已。

　　程遇风把她垂落在颊边的几缕碎发别到回耳后，摸了摸她的脸：

"听话，不要让我担心。"

这一句话已然胜过千言万语，陈年心中泛起甜意，目光柔和得似一汪春水，她点点头："好。"

吃饭计划取消，程遇风带陈年来到市中心医院。还好医生检查过后说只是着凉引起了扁桃体发炎，没有什么大问题，程遇风这才彻底松了一口气。

医生又交代说："平时要注意休息，不要太劳累了。刚从室外回来，也不要立刻吹冷气……"

他看程遇风一眼，调侃道："老同学，不用这么紧张。"

程遇风也笑："谢谢了。"

两人是初中同学，同班三年。后来一个从医，一个当了飞行员，平时大家都忙，见面的机会很少。

"女朋友？"

"嗯。"

"恭喜。"

陈年靠在程遇风身上，把自己的大部分重量都交给了他，头还晕着，她也没费心去听医生的话，反正有他在。

只要有他在身边，她就会很安心。

最后，杨医生只给陈年开了四包口服药片。

程遇风带着陈年去药房取药，偏头不知道和她说了什么，她笑了起来。

不远处，帮父亲取药的温清欢把这一幕收入眼底，微皱着眉，似乎在猜测他们是什么关系。

还能是什么关系？

虽然两人间并没有太多亲密动作，但不难从他们对视的眼神中看出，他们是一对情侣，而且很可能在热恋中。

温清欢不由得多看了扶着陈年的程遇风几眼，眸色复杂难辨，她握紧了拳头，怎么会……他们怎么会走到一起？

程遇风的全部心思都在陈年身上，自然没留意到身后的注视，他轻握住陈年微凉的手，裹在手心里："感觉有没有好一点？"

陈年轻轻"嗯"一声："好些了。"

十分钟后，车子从医院开出来，外面已是暮色四起。

程遇风再次把陈年带回自己的公寓，煮了清淡的粥，看她吃完，又监督着吃了药，看看时间差不多了，打算把她送回学校。

等他们到宿舍楼下时，天色已经全黑了，陈年从车里下来，正要把身上的外套脱下还给程遇风，被他揽住肩膀："披着吧。"

陈年乖乖地点头，伸手抱住他，脸颊在他胸口蹭了两下。

程遇风抚着她后背，低头在她额上怜惜地落下一吻，所有的情绪都揉在这个吻里。陈年一丝一毫地慢慢去感受，把他抱得更紧了。

宿舍楼下不乏成双成对的情侣，他们站的地方刚好路灯坏了，比别处暗很多。

陈年还要跟程遇风说什么，感觉到某些异样，扭头看去，她看到不远处的明亮灯光下站着一个人，正定定地望着这边。

虽然只是中午吃饭时飞快地瞥了一眼，但陈年还是认出那人是——

住隔壁宿舍的温清欢师姐。

第二章

第二缕凉风

程遇风发现怀里的人在走神："怎么了？"

陈年杏眸瞪大，视野中却没了温清欢的身影，她眨了眨眼，怀疑刚刚是不是自己眼花看错了，又或者因为头晕产生了幻觉？

她摇头："没什么。"

晚风拂过树梢，从枝叶间抖下好闻的植物清香，香气刚碰到陈年鼻尖，勾人似的，喉咙跟着痒起来，她压低声音咳了两下。

程遇风抬手再次去探陈年的体温，是正常的温度，桃源镇那次她烧得不省人事，他在床前照顾了整夜。那真是一个惊心动魄的夜晚，甚至比去年的"616"事件更让他措手不及，在这个陌生领域，他是无能为力的，唯一能做的事情就是守着她。

医生说陈年是易发烧体质，而且烧起来不容易退，所以但凡她有个头疼脑热，程遇风就会格外注意。

"先上去休息吧。"

陈年额头贴着他温暖的手心："不想这么快和你分开。"

"再抱一会儿，好不好？"

程遇风把外套拢好，无声默许。

陈年踮起脚尖，程遇风以为她是要亲，很配合地低下头来，没想到她凑过来在他耳边说："程先生，我越来越喜欢你了。"

她从来没想到自己会这么喜欢一个人，看不见的时候牵挂他，在一起时每分每秒都想黏着他，想变得和他一样好，想和他并肩而立，风雨同舟。

相比陈年的大方坦率，对二十九岁的程遇风来说，"喜欢"这两个字是不怎么说得出口的，或许是因为程度太轻了。他更愿意用"爱"去形容这段感情，是的，他此刻无比确定，他是爱这个小姑娘的，以一个成熟有担当的男人身份，想要和她共度余生。

"你刚刚该不会以为我要……亲你吧？"

陈年的脸颊在朦胧月光下浮现一丝浅浅的红，眸底柔光流转："我生病了，会传染的。"

虽然她也很想亲。

程遇风轻轻捏了捏她下巴："好了，上去吧。"

陈年吃了药确实有点犯困，她松开手："那我上去了。晚安。"

"晚安。"

程遇风站在原地，在夜色中看着她缓缓地走进宿舍大楼，又等了几分钟后才离开。

陈年宿舍在五楼，每层都有两部电梯，平时她为了锻炼身体，都是走楼梯，可眼下身体比较虚弱，就坐了电梯上去。

她从电梯出来，往宿舍走，看到走廊阳台上站着温清欢，想着是同系的研究生师姐，又住隔壁，于是笑了笑当作是打招呼。

没想到温清欢却叫住了她，视线紧盯着她身上的男式外套："刚刚楼下那个男人，是你男朋友？"

陈年心里有些不舒服，想到之前自己抱着程遇风时站在不远处看的人真是眼前这位温清欢师姐，她顿时有种被人侵犯了隐私的感觉，所以只是牵唇笑笑，就越过温清欢走了过去。

推开宿舍的门进去，陈年看到谈明天和丁唯一两个脑袋凑在一起，嘀嘀咕咕不知道在说什么。谈明天回头看到陈年，连忙招手让她过去听八卦。

"我又听说啊，那位温清欢师姐是因为和宿舍里的人闹了矛盾，住不下去，这才一个人搬出来的。"

"你们觉得，到底是什么样不可调和的矛盾才会闹得这么僵啊？"

丁唯一摸着下巴，认真思索了一番："可能是因为她长得太漂亮了？"

谈明天觉得这个原因不成立，她指了指陈年："你会因为陈年漂亮就孤立她吗？"

"不会。"

"那不就是了？"

"可能那位师姐生活习惯不太好，比如睡觉打呼，磨牙，还梦游什么的？"

是有这个可能性，但是也没有严重到要把人赶出来吧。

"那么就只有一种可能了。"丁唯一眯着眼说，"她抢了舍友的男朋友。"

谈明天捂着嘴巴，眼睛睁大："我天，这也太劲爆了！"

"你们不要太大声，"陈年提醒道，"我刚进来时，她人还在走廊呢。"

是不是每个宿舍都会暗地里谈论别人的八卦？高中那会张艺可就是宿舍夜聊时的积极分子，几乎没有她不知道的事，哪个女老师怀孕又流产了，哪班的谁谁谁喜欢谁谁谁……

没想到上了大学，舍友换了，八卦精神却是一脉相承。

陈年鲜少去关心别人的私事，拿了衣服进浴室洗澡。

吹干头发出来，谈明天已经回到自己的座位，戴着耳机在看书。丁唯一则是在阳台和家人讲电话，说的是粤语，陈年听不懂，不过觉得还挺好听的。

陈年吃了药才睡下，她睡得很沉，醒来已天色大亮。今天是周六，其他两人还睡着，宿舍里安静得只有空调运转的声音。

忽略喉咙的些许不适，陈年感觉已经好多了。为了不让爸爸妈妈担心，昨晚在医院时她发信息给他们，说自己还有个课题要完成，周末不回家。

她的性格里还留着她小时候妈妈路如意灌输的独立成分。

手机震了一下，陈年拿起来滑开屏幕，是程遇风发来的微信语音，手机放到耳边，变成听筒模式后，一道低沉好听的声音传了出来——

"早餐后记得吃药，如果身体还不舒服的话，我再带你去医院。"

不方便发语音，陈年握着手机打字："好的，我知道。我没事了，不用担心。"

和程遇风聊了半个小时左右，陈年的手机又有电话进来，她接通："你好。"

对方告诉她自己是如意楼的外卖员，现在就在宿舍楼下，请她方便的话下来拿一下早餐。

早餐？

陈年很快就明白过来了。

"你帮我订了早餐？"

"放心，这家没有地沟油。"

本来程遇风今天也休假，他昨晚就打算好了早上接陈年一起去吃早餐，可公司临时通知要去开个紧急会议，计划只好取消了。

陈年飞快换了身衣服下楼拿回早餐，丁唯一披头散发从床头探出脑袋，她胡乱把头发拨开，伸长脖子去闻："什么东西这么香？"

谈明天从床上坐起来，深深吸了一口气，睡意全无，她狠狠吞口水："这味道……如意楼的秘制凤爪！"

她的最爱好吗？！

谈明天长手长脚，攀着栏杆直接跳了下来，稳稳落地："陈年，这是你买的？"

还买了这么多，好大手笔。

如意楼是A市的百年老店，每天客人如云，供不应求，到现场还得排队，有时排队还不一定能吃上。而且，作为土生土长的A市人，恕她孤陋寡闻，还是第一次听说他家还送外卖的。

不等陈年回答，谈明天水蛇似的扭动着修长的身体："我应该有份吧！"

"当然有份啊。"

程遇风定的是三人份，不过那些散发着令人垂涎欲滴的香味的早餐是给谈明天和丁唯一的。陈年吃的是皮蛋瘦肉粥和流沙包，她胃口也不大，这两样就够了。

谈明天和丁唯一吃得一脸满足，忙着减肥的谈明天直嚷着这些吃下去，中午饭都不用吃了。

没想到的是，十一点多，叶明远和容昭过来看女儿，还带了三份丰盛的午餐、甜点和水果。

东西太多，谈明天上前接了一部分："叔叔阿姨，你们真是太客气了。"

容昭牵着陈年的手笑道："多亏了你们照顾年年。"

谈明天和丁唯一纷纷表示，哪有哪有，大家互相照顾。

其实还是有些心虚啊，昨晚太沉迷八卦，竟也没察觉陈年身体不舒服。

叶明远的目光一直在陈年身上，见她只是有些疲累，没有别的异样，一路提着的心就放下了："年年，学习很重要，但身体更重要，知道吗？"

陈年点点头："我知道的，爸爸。"

"叔叔您放心，"谈明天说，"以后我会帮忙监督陈年的。"

叶明远笑："那就拜托你了。"

"没问题。"

宿舍管理制度规定家长只能在宿舍待半个小时，叶明远和容昭看着女儿吃完饭，又聊了一会儿天，时间就差不多了，正要起身时，叶明远不经意看到桌上放着一小包药。

陈年循着他的视线望去，心里咯噔一下："爸爸……"

虽然因为下周一就开始军训，周末要赶课题是真的，但陈年此时还是有一种谎言被戳破的感觉，耳根热热的，几乎不敢看叶明远的眼睛。

叶明远哪里不清楚女儿的心思，他很轻柔地在她头上摸了摸："好好照顾自己。"还以只有她能听见的声音加了一句，"下不为例。"

陈年用力地点头："嗯！"

几分钟后，陈年送父母下楼，看着车子在视野中慢慢远去，她忽然感到鼻尖酸酸的，有一种幸福得想要落泪的冲动。

周末两天转眼即逝，星期一早上七点，为期半个月的新生军训正式拉开帷幕。

校长在高台上做着军训动员会，台下是一片密密麻麻的人群，像撒在草地里的黑芝麻。

激动人心的动员会结束后，各班的黑芝麻变成了一个个规整的矩形方阵，被教官们领着去了指定的训练场地。

谈明天出门前涂了一层隔离霜、三层防晒霜，又把帽檐压得很低，争取减少曝晒面积。

"第一排的那位男同学……"教官声若洪钟地喊道，"你到最后一排去。"

其他人发出阵阵笑声。

谈明天抬起头："教官，我是女生。"

班上只有五个女生，自然全部都是站第一排。

教官愣了一下，再次打量一眼她那在男生里也算是很出挑的身高："原来是女生啊。"

"这样，你到前排来给大家做示范吧。"

谈明天的影子颤了一下，连想死的心都有了。

天公作美。

天气晴朗，万里无云，无边无际的天空上只挂着一轮烈日，极尽所能地散发光和热，空气里也根本感受不到一丝风的气息。

同学们个个都像粽子似的被军训服裹得严严实实的，头顶上是火辣辣的太阳，脚底下是灼烫的水泥地，没一会儿大家脸上都泛起了汗珠和潮红，哀怨声此起彼伏。

热浪一股股扑过来。

教官也热得顶不住，身上的衣服都湿透了，几乎可以拧出水来，他大手一挥："休息十分钟！"

同学们如闻天籁，一哄而散，四处找树荫乘凉或去小卖部买水去了。

陈年摘了帽子，坐在树下，不停地用手扇风，没想到这么热。之前准备的水都喝光了，刚好班长递了一瓶矿泉水，她道谢后接过来拧开盖子，两口就喝了大半。

班上的男生众星拱月似的围着陈年，大家有说有笑的。他们这个地方树荫多，气氛又愉悦，不一会儿谈明天和丁唯一也找了过来。

两个男生知道她们和陈年同个宿舍，自动让出位子，丁唯一和谈明天一左一右在陈年旁边坐下。

谈明天的脸已经被汗水糊成一片，她仰头"咕噜咕噜"灌着水。随着她的动作，丁唯一留意到，她的脸和解开两颗扣子下露出的颈下肌肤已经出现了明显的色泽分层。

丁唯一再扭头看看陈年，肤色好像没什么变化，甚至白皙中还透着水润的红晕，连被汗水浸湿软软搭在额前的头发，看起来都是那么自然。

谈明天喝完水，一抹脖子上的汗："陈年我跟你说，我今天真是太倒霉了……"

丁唯一决定还是等晚上回去再跟谈明天说自己的发现，并建议她换一款防晒霜，免得她现在听到会当场晕过去。

下午的天气没有最热，只有更热，同学们都叫苦连天。

好不容易熬到五点，训练结束，所有人都蔫蔫地解散去饭堂吃饭了。谈明天第一时间冲回宿舍洗澡，衣服一脱，她从镜子里看到黑白分明的自己，简直就跟见了鬼似的："啊啊啊！"

尖叫声都快把屋顶掀开了。

陈年和丁唯一从食堂吃完饭回到宿舍，一进门就听到谈明天在浴室里鬼哭狼嚎，陈年还以为发生了什么大事，敲了两下门："明天，你怎么了？"

谈明天说："我感觉自己快要窒息了。"

这么严重。

该不会是中暑了吧？

陈年急得都打算破门而入了，丁唯一眼明手快地拉住她："没事的，她可能只是一时想不开。"

都想不开了，还没事？

陈年疑惑不已："什么事想不开？"

下一刻，穿着清凉吊带睡裙的谈明天打开浴室的门，一股夹着沐浴露香气的水汽扑出来，她满脸悲愤地把手伸到两人面前："你们看啊，这才一天，我就晒成这样了！"

陈年细致地观察了一番，见谈明天没有中暑的迹象，这才把目光移到她的手背和脸上。还真的是黑了不少，尤其是和身上其他被衣服裹住没晒到的地方相比，就更明显了。其实，如果整体肤色均匀的话，那倒没什么，关键是这样黑一块白一块……也难怪她反应这么大。

谈明天自暴自弃地瘫在椅子上，都不想出去吃饭了。

陈年想安慰她几句，恰巧妈妈打来电话，她就出去外面走廊接听了。

丁唯一冲了个战斗澡出来，见谈明天趴在桌子上啃饼干，她走过去拍拍谈明天的肩膀："你看看，我也黑了。"

谈明天被饼干噎到，干咳几声，两眼冒出水光，跌到谷底的心情瞬间被治愈了不少。要黑一起黑，这才是真正的朋友啊！

丁唯一翻看自己的双手，又幽幽地来了句："还会更黑的。"

谈明天只觉得会心一击，再次倒桌不起。

陈年和爸妈讲了近四十分钟的电话回来，谈明天已经不在宿舍，估计是出去吃晚饭了，丁唯一盘膝坐在床上，戴着耳机听音乐。

陈年站在全身镜前整理了一下自己的衣服，重新戴上帽子，然后拿出手机拍了几张照片发到家庭群去。随后，她挑来选去，选了一张最好看的自拍发给了程遇风。

她放好手机，进浴室洗澡。

白天出汗太多，这个澡陈年洗得格外慢，她拿着花洒细细地冲，温水沿着精致锁骨流下，流过平坦的小腹……

黑发如瀑，铺在腰背，随着她的动作，两片漂亮的蝴蝶骨若隐若现。

这是一具充满生机的年轻身体，桃源镇清苦的生活赋予了它坚韧匀称的骨，与生俱来的基因给予了它好皮相，柔软心性滋养了通身雪白的肌肤。

清水出芙蓉，天然去雕饰。

水声停了。

陈年把湿发盘起来，擦干身上的水珠，套上睡裙，打开浴室门走出去。

头发吹到半干，桌上的手机屏幕亮了一下，她拔掉吹风机，拿起手机来看。

程遇风也给她发了一张自己以前军训时的照片。

他身穿军训服站在树下，姿态挺拔，轮廓分明，深邃的眼底还带着淡淡的笑意，虽说没有如今沉稳的气质，但也是如朗月清风，勾人心魂。

陈年欢喜得心湖起了片片涟漪，她看着照片笑了又笑，这是和她同龄的、她从未见过的程遇风。这种感觉很奇妙，像交换了只有两个人才知道的秘密，又像一个过去的缺憾突然就被弥补了。

她打开 App，将两张照片合成一张，时光仿佛在这一刻交错，十九岁的陈年遇上了十九岁时的程遇风……

一段令人怦然心动的爱情也展现出了最初的模样。

陈年把"合照"发过去，程遇风很快回了信息。

"那年你才九岁。"

九岁的陈年，估计还在上山下河，掏鸟蛋摸螺蛳，光脚嬉笑着穿行小巷，游走在无忧无虑的烂漫光阴中。而十九岁的程遇风，意气风发，已经开始在自己喜欢的领域崭露头角。

叶家和程家是世交，交情深厚。陈年心想，如果没有四岁那年的那场意外，如果她在爸妈身边长大，一定会更早和程遇风相识，那么之后呢？

他们也会像现在这样走到一起吗？

陈年不知道答案，她只知道，这世上没有"如果"的事，有的只有眼前的真实。

门外响起脚步声，谈明天哼着歌推门进来。她在饭堂遇到了一群难姐难妹，见大家都晒得差不多，想到这份来自太阳的强势宠爱是面向众人统一发射的，她心里顿时平衡了。

然而……

"我天！"谈明天围着陈年转了两圈，"陈年你怎么没黑？！"

看这张白净脸蛋，还有肤色统一的手背胳膊和肩背，根本不像是在大太阳底下晒了一天该有的样子，难道白天那个陈年是假的？

"没办法，"床上的丁唯一摘掉耳机跳下来，"天生丽质啊。"

谈明天深受打击，把陈年的小手揉了又揉："不公平啊不公平。"

"陈年，你用的是什么牌子的防晒霜？"

陈年把防晒霜拿给她看，上面印着的不知是哪国文字，一个都看不懂，谈明天长长地叹气。

陈年也看不懂，她从抽屉拿出一支新的防晒霜："我妈妈给我准备了好几支，你如果要的话可以拿去用。"

"真的可以吗？"谈明天两眼放光，"会不会很贵？"

"还好吧，我妈妈说是朋友送的。"

"那我就恭敬不如从命啦。"

陈年又问："唯一，你要吗？"

想到可能还要忍受十几天像今天这样的烈日，等军训结束说不定一层皮都得褪下来，丁唯一也决定不逞英雄了，愉快地把防晒霜接了过去。

不得不说，陈年的防晒霜还是很有用的，谈明天发现自己虽然还是日渐变黑，但跟其他人相比明显好太多。最不可思议的是陈年，整个军训下来，她也黑了，可只有那么一丁点儿，完全可以忽略不计。

军训最后一天拍合照。

陈年站在第一排中间的位置，四周全是顶着如出一辙的黝黑脸的班上男生，她旁边那个之前还担心她细皮嫩肉半个月下来不知道会被晒成什么样的男生。此时看着她依然白皙的脸和手，眯着眼，自顾自地摇头，心情格外复杂。

"来，大家看镜头，一二三，茄子。"

微弱的"咔嚓"声后，三十张笑脸和一份珍贵的青春记忆被摄进照片里，永远珍藏在每个人心中。

军训结束后，很快就到了中秋节。

陈年有三天的假期，她收拾东西回了家，这是回到叶家后一家人第一次共同度过的中秋节，意义独特。

以前这个日子是容昭的伤心日，大家都团团圆圆、和和美美，她的小叶子却不知道流落何方，生死未卜，哪里还有什么心情过节？

陈年一踏进家门，就看到张灯结彩，喜气洋洋的一片，简直比过年那时还隆重。

听用人说，叶明远和容昭正在厨房做冰皮月饼，陈年回房间放好东西，洗干净手准备也加入进去。

容昭心疼女儿军训辛苦，早就炖好了一锅老火靓汤，掐准司机接她回来的时间，事先盛好放在桌上，等她喝时温度刚刚好。

陈年喝完汤把碗放进水池里，然后才去帮忙做月饼。

虽然没有什么经验，不过这可难不倒陈年，她可是包饺子裹粽子小能手。经妈妈指点，她很快就掌握技巧，还成功做出了一个印着花好月圆图案的冰皮月饼。

一家人围着长桌，有说有笑。

窗外，日光丰盛，簇簇红花开得绚烂，迎风婀娜多姿地摇摆着。

冰皮月饼做完后就被送进冰箱冷藏。陈年窝在沙发里，喝着冰镇的金橘柠檬茶，随意地把拖鞋蹬掉，两只脚丫踩着地板，感受着丝丝凉意。

容昭走过来，握着她的脚放到了沙发上："小心着凉。"

陈年抓抓头发，笑嘻嘻地搂住妈妈肩膀："妈妈，我们来拍张家庭合照吧。"

容昭紧紧贴着女儿的脸，想到这十几年来的骨肉分离，多少个日夜的椎心泣血，好在苦尽甘来，一家人终于得以团圆。她的声音带着轻微的哽咽："好啊。"

"明远，你快过来。"

几分钟后。

叶明远面带笑意，端正地坐在沙发上，旁边是气质温婉优雅的容昭，陈年张开双手从后面揽住他们的肩膀，看着镜头，笑颜如花。

画面定格，成了永恒里的一瞬间。

从今以后，一家人再也不分离，永远永远都这样幸福地生活下去。

中午吃过饭，短暂午休后，陈年提着两盒自己亲手做的冰皮月饼来到程家老宅。程立学在屋前凉亭下和几个老朋友惬意地品茶聊天，陈年过去和他打了个招呼，给了一盒月饼请他们品尝，然后就上楼去找程遇风。

程遇风在书房练书法，他随意地穿了T恤和亚麻色休闲长裤，气定神闲地立在书桌后，长指执笔，宣纸上墨字渐渐成形。

空气里弥漫着淡淡的墨香。

陈年站在门口，看着这赏心悦目的画面，一时间迈不开脚步，最后还是程遇风先发现了她，有些意外，更多的是欣喜："怎么过来了？"

"我来给你送月饼，我自己做的哦。"陈年走到他身侧，弯了腰去看他写的字，遒劲大气，如御风凌云，一派潇洒自在。

"你先等一下，"程遇风继续运笔，"我把这幅写完，待会老爷子要检查的。"

陈年"噗"的一声笑了出来："程爷爷这么严厉啊。"

他都快三十岁的人了，还要像个小学生一样被程爷爷检查作业，想想就觉得好笑。

程遇风似乎有些无奈地叹息一声。

陈年抿唇不说话了，安静地站在旁边看他写——

道生一，一生二，二生三，三生万物。

好像挺复杂，每个字她都认识，可是连起来就不懂是什么意思了。

陈年悄悄摸出手机，搜索起来，哦，原来这是《道德经》的内容，看了一遍释义，她还是似懂非懂。

境界太高深了。

冰皮月饼完成后就进了冰箱，饭后又吃不下，陈年还没尝过一口呢，她以前也没有机会吃这种月饼，不知道是什么味道。

木质盒子就近在眼前，她受不住诱惑，朝盒子伸出了手。

盒子一开，露出里面四个颜色各异的月饼：紫色（紫薯），绿色（抹茶），白色（牛奶），红色（玫瑰）。

陈年拿起一个牛奶冰皮月饼，轻咬了一小口，凉凉的、软软的、甜甜的，味道好像和之前吃的月饼都不一样。她又咬下一口，吃到了馅料。

真好吃啊！

她想都没想就把月饼给程遇风送过去："你尝尝，很好吃。"

程遇风停下了笔，看她一眼，眸色深深。

陈年后知后觉地想起月饼是自己吃过的，而且正对着他的刚好是咬过的缺口，上面可能还有口水什么的。她立刻就想把手收回来，没想到被男人轻扣住手腕，然后，他低下头，就着她原来吃的地方咬了一口……

看着他因吞咽而微微蠕动的喉结，陈年的脸慢慢地红了。

"还要吃吗？"

程遇风低低地"嗯"了一声。

陈年等了几秒，也没见他有动作，不禁疑惑抬头，只觉他扣着自己的大手一紧，然后整个人就被拉进了他怀里。

她还没弄明白这是怎么一回事，下巴就被他轻捏着抬高，接着，一阵柔软的触感印上嘴唇，浅尝辄止，极有耐心。

陈年的呼吸变快变热了，双手揪着他胸前的衣衫，仰头去承受他的所有气息和索取。齿关已破，当彼此的舌尖相触那一刹，她仿佛浑身过了一道电流，猛地瞪大了双眼。

上次……

上次不是这样的，只是徘徊在齿间，远远没有如此刻般这么亲密。

原本平静的心在看到陈年的身影出现在门口时已经起了波澜。之后不经意的诱惑，更是让程遇风难以自持，所以才会在书房，在这个最该清心凝神的地方，像个毛头小子一样，不管不顾地吻住了她。

他觉得自己多少是有些意乱情迷了。

既然开始，就不会轻易结束。

砚台不知道什么时候被打翻了，墨水沿着桌角流下，落在檀木地板上，晕开一簇簇的黑花。桌上写了一半的宣纸也遭受池鱼之殃，打头的"道"字已看不清原本的轮廓。

然而，谁也无暇顾及这些了。

浓浓的墨香让空气迅速升温。

许久后。

一吻结束。

陈年脑子还迷蒙着，已分不清南北西东，眼前只看得到停驻在窗台上的阳光，银片似的灿烂耀眼。

原来，原来他说的还要吃，不是吃冰皮月饼，而是……

饶是平时接受过各种高强度训练的程遇风，此时也是心跳加速，呼吸难以平复。他再次低头在她眼皮上亲了亲，带着无法用语言来表达的缱绻。

"吓坏了？"

才没有，很喜欢呢。

陈年心里羞答答的，嘴上却顺着杆子往上爬，在他手臂上戳了两下："程先生，你教坏我了。"

"是吗？"程遇风心情极好地轻哼一声，薄唇挨上她红扑扑的耳朵，"那……我以后就不教了？"

"好啊，"陈年眼睛俏皮地转了转，故意扯到别的话题上，"我现在的英语已经学得很好，不用你教了。"

言下之意，其他的……还是要教的呀。

程遇风捏了捏她脸颊，语气有些好笑，听起来很是纵容："你啊。"

陈年也学着他："你啊。"

在书房里不务正业，还教坏人，看看书桌都成了什么样子，之前写的字全废掉了，待会程爷爷还要检查，只能再写一遍了。

还有啊，地板上到处都是墨迹，清理起来挺麻烦的。她的牛奶冰皮月饼才吃了两口就掉到了地上，好浪费。

程遇风也注意到了桌上地上的狼藉，抵着额头无奈一笑："你先去旁边坐着，我收拾一下。"

陈年从桌上跳下来。书房没有开冷气，落地窗倒是大开着。不知道是因为这会儿风停了，还是因为刚刚那场亲密，她感觉自己很热，像煮在沸水里的小虾。

这么热，冰皮月饼会不会融化？

她把盒子盖好："我把月饼拿到冰箱去。"

陈年熟门熟路地进了厨房，放好月饼后，顺便拿了瓶矿泉水喝。不料回到书房时，看到程立学也在，她脚步微顿，笑着喊了声："程爷爷。"

程立学原本严肃的脸在听到她声音时立刻换上和蔼的笑容。"年年。"见她手里拿着矿泉水，他又瞪自己孙子一眼，"多大岁数的人了，连基本的待客之道都不懂。"

老爷子刚把几位老朋友送走，看时间也差不多了，就想着上来检查一下程遇风的书法成果，结果只看到空空如也的桌面，再看看废纸篓里沾着墨渍的纸团，他就大概明白发生了什么。

好端端的，怎么连砚台都打翻了？

陈年回想被程遇风抱起来那时，手忙脚乱之下，好像是不小心碰到了什么东西，现在看来应该是砚台没错了。她正要说话，听到程立学又说："年年，好久没见了，我们下楼去说会话。"

"好啊。"

"你留在书房再抄一份。"老爷子这话是对程遇风说的。

程遇风就这样看着爷爷把自己的小女朋友带走了，他摇摇头，重新研墨，铺好宣纸，尽量心无旁骛地誊写起来。

那边，陈年跟着程立学来到楼下凉亭，老爷子特地泡了一壶平时不常喝的花茶，给她倒了一杯，关切地问起她学习和生活上的情况。

陈年一一作答。

老爷子看着眼前出落得亭亭玉立的小姑娘，心里别提多欣慰了，听她说起在学校里的趣事，更是笑得合不拢嘴，花白胡子也跟着一颤一颤的，看起来就像个老顽童。

两人聊了半小时左右，叶家的司机就过来接陈年回家了，听说是家里来了很重要的人。陈年跟程立学告辞，老爷子送她出门，还让她有空一定多过来玩。

陈年当然也是欣然应下。考虑到书房里的程遇风任务繁重，她就没上去打扰了，上车后给他发了一条信息。

程遇风没立刻回复，陈年收好手机，问前面的司机："单叔，是什么重要的人来了啊？"

单叔神秘一笑，熟练地打着方向盘将车子开上主干道："等你回去不就知道了？"

任凭陈年怎么旁敲侧击，单叔就是不肯告诉她，勾得她的心越发好奇了，恨不得自己长了翅膀飞回去，一探究竟。

四十分钟后，车子开进叶家。刚停稳，陈年就迫不及待地解开安全带下车，她走进客厅，听到熟悉的声音："招弟！"

　　她冲过去的脚步硬生生刹住，不可置信地看着坐在沙发上的人，捂住嘴巴，再用力眨眨眼，是真的。不是幻觉！她简直开心得快要晕过去了。

　　"外婆！"

　　外婆笑得眼睛眯成了一条细缝："年年，你放学回来了。"

　　"是啊。"陈年的泪水夺眶而出，她走过去，趴在外婆膝上，"我回来了。"

　　就像以前的每一次一样，就像分别只是在昨天般，外婆慈爱地摸摸她的头："快洗手，吃饭了。"

　　外婆又看向容昭和叶明远："如意、阿烨，你们怎么还在这儿？年年回来了，快去做饭，吃了还要做作业……"

　　"我们这就去。"夫妻俩齐声应着，起身进了厨房。

　　"我们的年年长大了。"外婆刮了刮陈年鼻尖，"可还是这么喜欢哭鼻子，从小啊就是个哭包，娇气得很，怎么哄都哄不好的哟。"

　　陈年接过路招弟递的纸巾，擦掉眼泪，她不知道外婆说的是自己，还是那个真正的"陈年"，但这又有什么关系呢？

　　她是外婆的外孙女，这一点永远都不会变。

　　叶明远刚从机场接到老人家和路招弟，容昭就开始张罗着让用人准备饭菜了。饭菜很快上桌，陈年和路招弟一左一右扶着外婆过去坐。

　　叶明远和容昭已经吃过午饭了，也还是陪着坐下来。

　　顾及着外婆的口味，摆在她面前的都是些熬得软糯可口的清淡菜式，她见其他人都不动："吃啊，怎么都不吃？"

　　叶明远拿起筷子："大家都吃吧。"

　　外婆这才满意了，她往叶明远碗里夹了块肉："阿烨，你工作辛苦，多吃点。"

叶明远也给她舀了鸡蛋羹："谢谢您。"

"一家人有什么好谢的。"外婆的注意力又被桌上的月饼吸引过去，"今天都八月十五了？"

"是啊。"容昭应道。

外婆不说话了，垂着眼睛不知道在想什么，陈年轻碰了碰她手背："外婆？"

外婆抬起头笑了，眼角皱纹如推开的稻浪："这么多年，我们一家人终于算是凑整齐了，我真开心啊！"

在场的所有人都听得眼眶一热。

外婆又喃喃自语："要是如意她爸也在，那就更好了。"

"外婆，"陈年吸吸鼻子，"我们先吃饭吧。"

"好，吃饭。"外婆又笑起来，仿佛之前的伤心已荡然无存，或许过去的记忆已如风中的游丝，偶尔才会吹回她脑中，风一吹过，开心的、不开心的，便全部忘却了。

外婆吃过饭后，又开始昏昏欲睡了。房间也早已准备好，在一楼，面积不算大也不算小，是整栋别墅中最适合老人家住的房间。

陈年把外婆扶回房间，安顿在床上，拉了把小椅子在床边坐下，目光眷恋地落在外婆身上，看她发白的头发，看她安详的睡颜……

视线一点点地模糊，她把头挨在外婆手边，也跟着闭上了眼睛。

不知过了多久，听到外婆呼吸声变得均匀，陈年这才抬起头，轻手轻脚地起身虚掩上门出去了。

客厅里。

叶明远、容昭和路招弟都在。

陈年走过去，在路招弟旁边坐下。

"年年，招弟，"叶明远看着她们姐妹俩，说出自己深思熟虑后的决定，"我打算让外婆留在 A 市，就在家里住，你们觉得怎么样？"

要把外婆接回家里住？

陈年直接坐到叶明远旁边去，晃了晃他的手臂："爸爸，这是真的吗？！"

叶明远含笑点点头。

"太好了！"陈年面色难掩惊喜，以后她就可以经常看到外婆了！以前妈妈外出打工，家里只有她和外婆，两人相依为命。虽然大多时候外婆都在卧床昏睡，但只要外婆在她就有了主心骨和依靠，后来去 S 市一中读书，她仍时常牵挂着远在桃源镇的外婆。

陈年一直以来有个心愿——长大了努力赚钱买房子，把妈妈和外婆接过来一起住，一家人共享天伦之乐。如今，妈妈已经成了永远无法弥补的遗憾，如果能把外婆接回家里，那么，这个心愿也算是圆满了一半。

相信妈妈在天之灵，也会乐于见到这样的结果。

叶明远又看向路招弟，语气温和地问："招弟，你觉得怎么样？"

路招弟笑了笑："我觉得……挺好的。"

叶家一家都是心肠好的人，而且陈年特别重情孝顺，在桃源镇那会她一边兼顾学业一边照顾外婆，没有一丝的抱怨和不耐烦。比起在路家和疗养院，外婆住在叶家确实是最好的选择。

路招弟深信不疑，奶奶在这里一定能得到最好的照顾。

想想还是挺神奇的。

当初姑姑收养了陈年，把她养育到十八岁，现在陈年的亲生父母要把奶奶接回家里赡养，这一切就像冥冥中注定的一样。

无须用血缘纽带维系的亲情。

路招弟不免又想起了自己的爸爸，身为奶奶唯一的儿子，他几乎没有尽过赡养的责任。他爸爸的这大半生是多么荒唐啊，好像存在的唯一价值就是传宗接代，可惜事与愿违，路家三代单传的香火可能就要断送在他手上了。

对他来说，活着是巨大的折磨，死了则无颜面对列祖列宗，只能靠着天天酗酒，麻木度日。

作为最合适、最名正言顺该赡养奶奶的人，他连自己都照顾不好，又怎么照顾得了奶奶呢？

路招弟心底漫上一丝悲哀。

"招弟，"容昭拍了拍她的手，"你放心，我们会好好照顾你奶奶的。"

"干妈，我知道。"路招弟站起来，深深地给叶明远和容昭鞠了个躬，微哽咽着说，"干爹干妈，谢谢你们。希望不会给你们添麻烦。"

容昭摇摇头，情真意切地说："不麻烦的。"

她甚至非常感谢上天给自己这个机会答谢路如意的恩情。

叶明远说："都是一家人，不用这么客气。"

陈年眼角眉梢都是笑意，激滟而出，蔓延到唇边，再到整张脸上。她从心底深处感觉到了一种幸福的颤动，震得她心口发麻。

她想，她曾经拥有过，现在仍然拥有着这世上最美好的一切。

当晚，吃过团圆饭后，大家来到后院赏花赏月。

十五的月亮圆满又皎洁，清辉如银丝，安静地普照人间。

叶明远出了几个灯谜给两个小辈猜，难度不高，却着实难倒了陈年，她居然一个都猜不出来。倒是路招弟，几乎叶明远话声一落，她心中就有了答案，最后当然是把所有的小奖品都收入囊中。

"爸爸，这不公平。"陈年嘟着嘴嚷道，"招弟是文科生，猜谜是她的强项，我是理科生哎，猜不出来很正常吧？"

怎么也要挽回一点面子。

"正常，很正常。"叶明远忍着笑意，拿了一串葡萄放到陈年手里，当作是安慰奖。

容昭笑得把头靠在丈夫肩上，眼底都是星星点点的笑意。

九点多钟，外婆醒来一次，陈年喂她喝完粥和药，见她精神不错，扶着到后院走了一圈。

叶明远、容昭和路招弟也陪同在侧。

走着走着，外婆看了看四周，纳闷地问："年年，我们家院子什么时候变这么大啦？"怎么感觉一直走不到头？

"外婆，"陈年顺着她的问题，临时想了答案，"因为我们一直走得很慢啊。"

外婆点点头，又四处张望："你妈呢，如意呢？"

陈年抿抿唇，看向不远处，高大树木沐着月光，轮廓依然看得清晰，她喃喃自语："我妈妈，在前面呢。"

"我在这儿呢。"容昭上前牵住了老人的手。

外婆欢喜地笑了："如意。"

"哎——"容昭喊了一声，"妈。"

陈年先是愣了一下，随即又甜甜地笑了出来，她从后面抱住容昭："妈妈。"

容昭笑着侧头贴了贴她的脸。

接下来，外婆一只手牵着容昭，另一只手牵着陈年，三人步履缓慢地朝前面走去，朝着无边夜色走去。

路招弟望着她们远去的背影，捂着嘴巴又哭又笑，叶明远的手轻搭在她肩膀上，无声地安抚她的情绪。

路招弟情难自已地继续哭着，晚上洗澡时，她发现自己把眼睛哭肿了，还好不算很严重，她捧起冷水洗了洗，擦干手走出去。

已经洗漱好的陈年趴在床上，两只脚丫高高举在半空，手里捧着手机不知道在跟谁聊天。路招弟爬上床，正好陈年转头看过来，笑容满满，酒窝闪闪。

路招弟轻而易举就捕捉到了她眼底还未散去的娇羞和旖旎之色。

就算没吃过猪肉，也见过猪跑。

肯定有情况。

陈年刚和程遇风聊完，听他说起因为白天书法没写好被爷爷惩罚的事。她不禁好奇，不是重新写了一遍吗，怎么也没有过关？

程遇风告诉她："因为写第二遍时分心了。"

写书法最忌讳的便是心有杂念，心都不静了，当然写不好。

她问："为什么分心？"

他回："为什么分心，你不知道？"

真是人"在家中坐，锅从天上来"。

陈年很无辜："不知道啊。"

后面，程遇风就没回了，陈年想象着他此时的反应，开心得想在床上滚来滚去。这时，她听到浴室门打开的声音，路招弟出来了。

"招弟，我跟你说个秘密。"

路招弟爬上床："你谈恋爱了？"

"你怎么知道？"

"你就差把它写在脸上了。"

陈年捂住微烫的脸："这么明显吗？"

连招弟都看出来了，那么，她爸爸妈妈……该不会也是看破却没有说破吧？

路招弟问："是大学里的同学吗？"

陈年摇摇头。

"是……那位程机长？"

看陈年的表情，路招弟就知道自己猜对了，见陈年摆出要挠痒的架势，她连忙伸手去挡："我说，我说。"

"上次我们一起睡觉的时候，睡到一半，你抱着我，还喊了'机长'两个字。"

陈年也想起来了，就是她做梦那次，居然，居然……

"你们怎么会在一起的？"

路招弟觉得有些不可思议，毕竟两个人的年龄相差了十岁，不过，除了年龄差之外，似乎也找不到别的理由去论证他们不合适。

陈年望着头顶上的星空投影，语调带着甜蜜："我喜欢他，他也喜欢我，就这样在一起了啊。"

真简单，真美好。

路招弟忍不住心生羡慕，要是她也像陈年这样勇敢就好了，爱情就应该是这么纯粹的事啊，为什么她总要瞻前顾后，考虑计较这么多呢？

"对了，你和上次说的那个男生，怎么样了？"

路招弟想了想。"我感觉自己也是喜欢他的。"她长长地叹了一口气，像是忽然做出某个决定，"我打算等高考结束，就、就……"

她的脸红了。

陈年关了灯，蚕丝薄被一拉，将两人盖住，黑暗隐秘的空间里，路招弟鼓起勇气和她倾诉起自己那些不为人知的少女心事。

窗外，花好月圆，万籁俱寂。

远在 S 市的贾辉煌站在窗前，猛地连着打了三个喷嚏，他用纸巾擦了擦鼻子，低咒一声。

身后的朋友笑道："该不会是心上人在想你吧。"

"去你的。"

贾辉煌把纸巾准确无误地投进垃圾桶。

他自嘲地笑笑，她怎么可能会想我呢？

避如洪水还来不及。

路招弟在叶家住了一夜，第二天下午就坐飞机回到了 S 市，重新投入到高三复读的水深火热中。

中秋假期结束，陈年返校上课。今天刚好是周三，满满的课，晚上还有一个本系的讲座，邀请的主讲人是国外知名的物理学教授，封老师要求班上每一个人都不能无故缺席。

讲座结束差不多十点了，谈明天拉着丁唯一去学校后门的美食一条街扫荡，陈年没有吃夜宵的习惯，就先回了宿舍。

等她洗完澡吹干头发，两个舍友也回来了，正围在她桌前边吃东西边说话。

"陈年，看看你这军训合照。"

谈明天哈哈大笑："你好像是 P 上去的。"

丁唯一也评价说："万黑丛中一点白。"

陈年窘，不止她们，班上好多男生都这么说，这么一看还真挺显眼的。

"我发现三天没见，你好像又白回来了。"谈明天把手搭在陈年肩上，眯起双眼，"朋友，是不是有什么美白秘方，分享一下？"

虽然回家后想尽了一切办法补救，还特地去了一趟美容院，但都效果不佳，别看她现在肤色看起来也白，那是化了妆的缘故，真实肤色还是小麦色。

陈年也有一米六五的身高，被一米八五的谈明天这么一对比，倒显得小鸟依人了，她摸着脸认真想了想："可能是多喝牛奶？"

"没用。"谈明天的脸皱成苦瓜，"我喝牛奶光长个儿，不显白。"

陈年默默抬头仰望了一下她，也……爱莫能助了。

谈明天默默忧伤了一会儿，很快重新振作起来，她跑回自己的床位，从桌上抽出一张宣传单，在两人跟前晃了晃："登山协会组织的登山活动，你们要不要参加？"

丁唯一爬山，爬两步就得喘三口气，还没爬上山腰呢，命就没了半条，她连忙摆摆手："不用考虑我。"

"陈年你呢？"

"什么时候？"陈年不知道自己有没有空。

"下个月四号，刚好是国庆假期。一个白天一个黑夜，到时会在山上露营，晚上看星星，早上看日出。"谈明天又怂恿说，"去吧去吧，你不去的话，我会好无聊。"

陈年想着自己这段时间都很忙，出去放松一下也是好的，在打电话征得爸爸妈妈同意后，她答应了。

谈明天一蹦三尺高，落地时险些扭了脚，她大口喘气虚惊一场后又夸下海口："放心啊，小年年，姐姐我会全程罩着你，行李什么的也帮你背……"

不料，真到了出发这天，谈明天恨不得把自己说过的话一个字一个字地吞回去。

这次野外登山活动的目的地在 A 市远郊某座小镇的龙吟山，距离 A 大有四个小时车程。本来有三十个人报名的，但最后只来了二十几个人，还有三个女生姗姗来迟，其中一个就是温清欢。

谈明天昨晚兴奋过度没睡好，正睡眼惺忪地打着哈欠，看到穿着一身粉绿运动服的温清欢出现在眼前，连嘴巴都合不上："师姐怎么也来了？"

陈年也不知道，不过这是自由参加的活动，温清欢师姐会来也不奇怪吧？

温清欢也看到了陈年，那张妆容精致的脸上露出很浅的笑，眼神却是没什么温度的。陈年看过去，她又转头和旁边的几个男生说话去了。

登山协会会长点好人数后，一行人就准时出发了。

中午十一点多，车子到达山脚下，大家找了一间饭馆吃过饭，休息十五分钟，就背着行李开始上山。

走了半个小时，谈明天就双腿发软了，她从登山包里拿出矿泉水喝了两口，又抹抹头上的汗："陈年，你不累吗？"

陈年回过头，遮阳帽下的脸微红着，呼吸还很顺畅："还好。"

谈明天咬咬牙，继续跟了上去。

温清欢和几个男生走在陈年前面，男生们殷勤地帮她拿行李、撑伞、说笑逗乐，一路欢声笑语就没断过。

其他女生看在眼里，说心里没有想法那是不可能的。

果然美女的待遇就是好。

也有男生过来想帮陈年拿行李，不过都被她婉拒了。后面的谈明天一脸期盼，可男生们一看她的身高，就知道这妥妥的是个可以自食其力的主儿，所以只是笑笑就擦肩而过了。

谈明天险些咬碎了一口牙齿。

谁规定，长得高的女生一定体力就好？也有像她这种身娇体弱的啊喂！

继续往上爬了二十分钟，有几个男生也累得受不了了，谈明天喝光了一瓶水，靠在一根柱子上大口喘气："不行了，不行了。"

陈年的气息也不稳了："我们换包背吧。"

谈明天包里装的东西多，很沉，她平时又不怎么锻炼，体力自然吃不消；陈年则是轻装上阵，在桃源镇时也是山上山下到处跑，身体素质相对比较好。

谈明天实在累得不行了，考虑到不拖大家后腿，最后还是和陈年换了包。

"我回去当牛做马伺候你啊……"

陈年笑了笑，在空中随意摆了摆手，谈明天看着她纤细又平稳的背影，佩服得五体投地。

下午四点多，一行人到达目的地，安营扎寨。

此处地势平坦，背风，附近还有水源，虽然离山顶还有一段距离，但也是很不错的观星、看日出的地点。

陈年放下包，在草地上坐下，旁边的谈明天直接摊成了个大字形，累得连一根手指都不想动了。

陈年休息一会儿就开始照着说明书搭帐篷，虽然没有经验，但还是在日落前成功把帐篷搭了起来。

不远处飘来烤鱼和泡面的香气，谈明天一个激灵坐起来，她摸着干瘪的肚子："好饿！"

她从包里翻出一大袋零食，招呼陈年吃。

两人面对面吃着东西。

黄昏的山林间，缕缕白烟飘荡，橘红的夕阳半掩在云层间，将天边渲染得霞光万丈。

不知不觉，夜色从四面八方层层叠叠涌来，篝火生起来了，众人围坐着聊天玩游戏，火光映照着每一张青春洋溢的脸。

有个音乐系的女生给大家唱了一首《你最珍贵》，旁边的男生抱着吉他伴奏，配合得天衣无缝，有人起哄："在一起！"

谈明天靠在陈年肩上，也看热闹不嫌事大地跟着喊："在一起！"

女生羞答答地回到了原来的位置，不一会儿男生也被推到她旁边，两人目光对上又躲开，引得大家发出阵阵暧昧的笑声。

谈明天往人群中看一眼，疑惑道："咦，温清欢师姐怎么不在？"

该不会上厕所去了吧？

四周吵闹，陈年没听到她说什么，只是笑着点了点头。

十一点多，累了一天的人都散了。

陈年和谈明天钻进帐篷，并肩躺下，帐篷的顶部是透明的，可以看到一小片缀着繁星的夜空，这里没有光污染，星星特别明亮。

陈年缓缓抬起手，虚虚合拢——

仿佛，手可摘星辰。

她调好手机闹钟，迷迷糊糊睡了过去。

不知睡了多久，朦胧间听到手机在不停地震动，正是困意最深的时候，一时思绪还迷蒙，陈年只是凭着直觉接通了电话。

"喂……"

那边传来程遇风略显急切的声音："年年，你没事吧？"

"嗯。嗯？机长？！"

"没事就好，没事就好。"

隔着电话，陈年都能感觉到程遇风急促的呼吸声："发生什么事了。"

程遇风说了什么，她立刻坐了起来，睡意全无："有人坠崖？！"

"我现在正赶着过去，三两句话说不清，你先待在原地，哪里都不要去。"

"什么？"谈明天不知什么时候也醒了，尖叫道，"谁坠崖了？！"

周围的帐篷里陆续有手电筒和手机的光亮起来。

凌晨三点十分，夜色浓郁，人声恐慌聒噪，大家都争相传递着有人坠崖的消息。会长连外套都没穿就连滚带爬地从帐篷里冲出来，清点人数。

少了三个人，温清欢和其他两个男生都不在。

会长冻得浑身发抖，牙齿不停地打架，拨打那三个人的电话，结果不是无法接通就是关机，他把手机往地上一摔，骂了句粗口。

谁批准那帮傻子私自行动的？这是不要命了是吧？！

副会长哆哆嗦嗦地走出来："他们走之前跟我打过招呼，说是要去山顶看日出。阿标也跟着去了，他野外经验丰富，而且这里离山顶也不算很远，我就想着……"

谁能想到会出这么大的事呢？

会长目眦欲裂，眼底已有血丝泛出来，整个人看起来像只狂躁的狮子。

凌晨三点三十三分。

陈年裹着外套坐在草地上，山风呼啸着吹过，她忽然听到一阵类似螺旋桨转动的声音，抬头一看，视野中出现了一架直升机。

她的视线追随着那一闪一闪的灯光。

浩瀚星空之下，绵延山林之上，如从天而降的希望之光。

这一瞬，陈年脑海中回响着以前张艺可在宿舍里经常说的一句电影台词——

我的意中人，是个盖世英雄。

第三章

第三缕凉风

时间倒退回午夜十二点零七分。

雁林派出所值班室接到一个报警电话，由于信号差，加上报警人情绪紧张，通话断断续续："我、我们……在、龙吟山迷路……有人受伤了。"

由于对地形不熟，报警人也无法讲清具体的位置，声音因恐惧抖得不像话，还带着哭腔："我们……是Ａ大……的学生……

"你们快点来，拜托你们快来！"

接着，电话就中断了。

雁林派出所立刻启动山区应急救援预案，组织了包括值班民警、消防队、林业站护林员、当地农家乐老板（向导）和孤狼户外救援队在内的救援队伍，一共二十人，赶赴龙吟山实施救援。

龙吟山一共有七座海拔一千七百米左右的山峰，地势险峻，山路复杂，救援队兵分两路，从主峰的东南和西北方向上山展开搜救。

深夜的山路不好走，但因为大都是专业人员，速度比一般人要快，整整攀爬了一个小时后，一行人来到半山腰。

这时，留守派出所的民警又接到报警电话，那边换了个女声，情绪同样很不稳定，甚至有些歇斯底里地又哭又吼，信号又极差。民警费了好些工夫才得到了两个关键信息：一是他们此时的位置在山顶附近，二是有人坠崖，生死不明。

这情况就严重太多了，民警一秒钟都不敢耽搁，立即向上面汇报。

Ａ市政府值班室接到求助，第一时间启动空中救援应急机制，安排市局第二飞行救援队的直升机前往营救。

考虑到有人坠崖的特殊情况，分秒都是在和死神争时间，为了提高坠崖者的生存概率，值班室又联系上了昭远航空公司空中救援的负责人。

昭航前年引进两架专业的医疗救援直升机，这种直升机又叫"空中120"，里面配备了专业的医疗设备，可以直接在飞机上连接心脏起搏器和氧气系统等，即使是在飞行过程中也可以为伤者提供一定的救护。

这两年来，昭航使用这两部医疗救援直升机参与了多次营救，成为A市民间空中救援的重要力量，去年被正式纳入包括A市、C市等五个地市在内的政府救援体系中。

凌晨两点整。

熟睡中的程遇风听到床头手机铃声，接听后得知有大学生在龙吟山坠崖、生死不明，需要出动医疗直升机救援的消息，他顿时一颗心都提了起来。

龙吟山，不就是陈年去露营的那座山吗？

后背爬上丝丝缕缕的凉意，程遇风紧握拳头："我知道了，立刻赶过去。"

通话结束，他又拨通了陈年的电话，她没有关机，还是能打通的，他一边换衣服，一边听着悦耳的音乐铃声，愈加心急如焚。

衬衫扣子扣乱了，程遇风干脆一把扯了下来，力度过大导致扣子崩落，他用力地揉了揉太阳穴，试图让自己冷静下来。

十几秒后，铃声停了，程遇风的心跳似乎也跟着停了，然后耳边听到一个还带着睡意的模糊声音："喂……"

"年年，你没事吧？"

原来是虚惊一场。

程遇风看着自己映在落地窗上的身影，陌生得可怕，他多久……没有过这样害怕的情绪了？

时间刻不容缓，所有属于私人的情绪瞬间烟消云散。

程遇风讲了几句话，交代陈年待在原地哪里都别去后就挂断了电话，他随便套了一件T恤和外套就到车库取车，匆匆出门，赶去机场。

随着对航空领域的管制越来越严格，民用直升机必须提前一周向民航局提出申请，只有得到批准后，才能进行空中飞行。但由于救援直升机性质特殊，加上相关部门已经对低空救援开放绿色通道，所以在申请程序上并不需要太多时间，最快可以在二十分钟内完成起飞。

凌晨两点五十三分，由程遇风驾驶的救援直升机缓缓升空，不一会儿就消失在茫茫夜色中。他先去正华医院接了等候在停机坪的医生和护士，然后才前往远郊区的龙吟山。

搜救队的行动仍在继续，此时，他们离陈年所在的露营点还有半小时路程。

露营地里一片死寂。

大家都裹着外套围坐在重新燃起来的篝火旁，没有一个人说话，只有呼呼吹过的风声，冰冷而绝望。

会长捡起手机拨了报警电话，给民警提供了更多有用的信息。通话结束前，民警又嘱咐他们待在原地等消息，绝对不能私自行动。

贸然行动，非但帮不上忙，可能还会给救援队造成不必要的麻烦。会长当然明白这个道理，又清点了一遍人数后，让大家先回帐篷休息。

然而这种危急时刻，大部分人被吓得魂飞魄散的，加上同伴坠崖，生死未卜，谁还能睡得着？

不远处，有两个女生相拥着低低哭泣。

会长仰天长叹了一声，也倒在了草地上，望着星空，双眼无神，不知道在想些什么。他的黑色头发被风吹得凌乱，如同野草，茫然无助地在风中东倒西歪。

谈明天看到这一幕，心里很不是滋味，好好的一场露营，本来都开开心心的，怎么就变成这样了呢？

陈年握了握她冰凉的手，轻声安慰道："没事的。"

谈明天鼻尖一酸，眼泪就掉下来了："陈年，我好怕。"

家境优渥的女孩子，从小在父母羽翼下长大，何曾经历过什么大风大浪？更别提在这深山旷野中，亲自感受一个生命可能正在渐渐离去的绝望。

陈年紧紧抱住了她。

凌晨三点三十三分，程遇风的直升机盘旋在龙吟山上空，和市局飞行救援队的直升机分别从东、西两个方向，协助地面救援人员展开空地联合搜救。

深夜的龙吟山仿佛一头蛰伏在黑暗中的怪兽，林间飘着淡淡的水雾，无边夜色也阻碍视线，且直升机只能停留在指定高度，底下林木繁盛，沟壑纵横。从上往下看，人无异于成了一只蚂蚁，搜救难度大大增加。

山风越来越大，吹得树木簌簌发抖，落叶纷飞。

因左脚扭伤趴在杂草丛生的树下的温清欢抬头看向夜空，黯淡无光的眼睛顷刻间亮了起来，她使劲挥手："救我，我在这儿，这儿！"

几米外的另一个男生，自告奋勇当护花使者的外语系大一师弟，正把脑袋深深地垂在膝盖间，听到温清欢的声音，怀疑自己是做梦。当他看到头顶的直升机，这才整个人从地上跳起来，手脚并用，用尽全力呼救。

然而，高大树木挡住了他们的身影，茂密的枝叶减弱了他们因深受饥饿、寒冷、恐慌的压迫，从喉中挤出来的并不算很大的声音。在螺旋桨的声响中，他们无力地落回地面。

温清欢捂着脸，哭得梨花带雨，想到自己此刻的处境，心中无比懊悔。

篝火晚会时，她也是一时兴起，想着来都来了，不爬到山顶未免遗憾。而且她看过网上驴友的攻略，龙吟山山顶才是最好的日出观看点。没想到她这个提议得到了旁边两个男生的响应，其中一个还是自称野外探险专家的大三师弟阿标。

从露营地到山顶只要四十分钟左右，况且阿标还一脸自信地说自己知道一条近路，抄近路上去只需二十分钟。

既然如此，那就出发吧。

开始非常顺利，快接近山顶时，温清欢一个不小心没站稳，从小坡上摔了下来，左脚一阵钻心的疼，疼得她都快昏过去了。

不知道是扭到了筋，还是伤到了骨头。

阿标看过她的伤势，觉得眼下这情况不适合继续往上攀登，当机立断决定折返。

不料，三人下山时却迷了路。

月淡星繁，山间迷雾弥漫，再也找不到来时的方向。

阿标交代让大一师弟先照看温清欢，自己则是穿进浓稠夜色中去寻路。此处树高路杂，且因为是"秘路"，基本看不到任何的标志物，水雾将脚下的泥土浸得又湿又软。他完全没有防备，一脚踏掉了软土，坠落山崖……

坠落前的一声尖叫惊动了山鸟，鸟儿们振翅扑簌飞起，也跟着发出凄惨的叫声，听起来格外瘆人。

温清欢和大一师弟面面相觑，预感到阿标是出了什么事。

大一师弟循声小心翼翼地打着手电筒，沿着阿标在松软土地上留下的脚印一路找过去，找到了脚印尽头的山崖口，当下就双腿发软，惊慌失措地掉头跑回去找温清欢。

第一个报警电话是大一师弟拨出去的，山顶信号时有时无，好不容易拨出去，接通的那一瞬间，他脑子是一片空白的，语焉不详地告诉值班民警"迷路、受伤"，却忘了把最重要的坠崖信息告知。

拜托他们一定要赶快过来后，他的电话就因电量耗尽自动关机了。

紧接着，温清欢用自己的手机再次拨打了报警电话，可每次都拨不出去，直到后来屏幕上直接显示无信号。

她拨电话时，大一师弟又大着胆子回到山崖边，喊了好一会儿阿标师兄的名字，完全没有回应，他是哭着回来的。

不知道过了多久，好不容易有了一点微弱的信号，温清欢终于成功拨出了电话。这短短一个多小时里的煎熬已经让她情绪近乎崩溃，民警尝试着安抚她情绪，让她冷静，可怎么冷静得下来？山崖下还躺着一个人呢！

而且，这件事全是因她而起，要是阿标真出了什么事，她、她的前途肯定就全毁了。

民警又让温清欢把定位发过去，重复说了三遍她才听清楚，手指哆哆嗦嗦地在手机屏幕上滑动，定位还没来得及发出去，信号又消失了。

思绪到这里结束，温清欢握着依然信号全无的手机，手掌撑着草地爬了起来："扶我去空旷地带。"

大一师弟也迟钝地反应过来，狠狠揪了自己大腿一把，刚刚直升机过来时为什么不用手电筒呼救呢？至少那样被发现的概率还大一点。

两人从林中走出，来到一小片空地上。

电筒和手机手电筒全都开了，白光照着草地，草叶飘摇。

正做着低空盘旋的直升机里，程遇风余光瞥见地面微光闪动，他眯着眼神色一凛，用无线电话通知其他人——

"目标已发现。"

几分钟后，直升机降落，医生和护士抬着担架从直升机上下来，程遇风随后也下了飞机，参与到救援行动中。

看到他们出现，大一师弟泪流满面地冲上去，连话都说不出来，边哭边带着医生和护士去山崖口救人。

山里昼夜温差大，此时山顶的温度只有 5℃。程遇风留意到趴在地上的女生冻得脸色苍白、浑身发抖，他蹲下身把特地为伤者准备的御寒衣物盖到她身上，然后步履飞快地跟上了前面的医生和护士。

衣服覆上来那一刻，温清欢愣住了，回头只看到一张男人的侧脸，然后就是渐渐远去的挺拔背影……

她痴痴地伸出手去，只抓到了一把冰冷空气，她呼出一口气，终于把藏在心底深处的名字叫了出来："程……遇风。"

很快，市飞行救援队和大部队都赶到了山崖口。

救援很顺利。

落在二十多米深悬崖底的阿标被救援人员用扁带绳索吊着送上崖顶，在医生和护士的帮助下又送上了医疗直升机，经过医生的初步检查，阿标头部、手部和腿部均有不同程度的受伤，好在没有生命危险。

这也算是不幸中的万幸了。

程遇风立即把他们送到正华医院。

飞行救援队的直升机则是来回三趟把所有参与救援的人员运回了山下。

天一点点地亮了，太阳从地平线上升起，柔光照耀着这清晨的山林，鸟声清脆，仿佛昨夜惊心动魄的救援只是一场梦境。

知道救援成功的消息后，营地里的人都松了一口气，回帐篷睡觉去了。陈年却一夜未眠，天刚亮她就去找会长，告诉他自己想提前下山。

按照计划，看过日出后，上午还有野炊活动。

会长通红着眼，估计夜里也是没睡觉，下巴冒出了青色的胡楂。他点点头表示知道，然后召集了所有人，宣布："野炊取消，吃过早餐后就回 A 大。"

身心俱疲的大家一致响应。

接近中午时，一行人抵达 A 大。

半路上，陈年曾打电话给程遇风，得知他还在忙，就没打扰了。

等她回到宿舍洗完澡，程遇风才发来信息，说他现在在家里。

陈年拿起自己的包，对浴室里的谈明天说："我出去一趟，可能没那么快回来，午饭你自己吃。"

哗啦啦的水声里，谈明天大喊："你去哪儿啊？"

回应她的是关门声。

陈年打车来到程遇风的公寓，用他之前给的门禁卡顺利进入小区。上次他带她过来时，当着她的面按下了大门密码，她看一眼就记住了。

门也成功开了。

陈年弯腰换鞋进屋。

客厅里没有人，卧室的门虚掩着，她走进去，果然看到了睡在床上的男人。

空调还开着，温度比较低。程遇风穿着睡衣侧身躺着，薄被只搭到腰间，他看起来好像睡得很熟，但也只是看起来而已。

陈年刚靠近床边，程遇风就若有所察般醒了过来，睁开眼看到是她，似乎并不感到意外，轻笑一声。

男人的声音混着浓浓的倦意，听起来很沙哑，陈年没听清他在说什么，于是微微弯下腰准备凑过去听。

程遇风伸手准确地抱住了她，抱上床，锁在自己怀中，香香软软的一团，像没有骨头似的。他重新闭上眼睛，微勾嘴角，笑得有些……不正经："陪我睡一会儿。"

陈年乖乖趴在他胸口，听他呼吸又重新变得平缓，虽然自己也很困，可这么一个巨大的干扰源在眼前，哪里睡得着啊？她忍不住摸摸他的脸，摸摸他的手臂，又红着脸去摸那沟壑般起伏的腹部。

一块、两块、三块……八块。

吃遍了男朋友的豆腐，陈年心满意足，调整了个舒服的姿势，正准备也眯一会。刚闭眼，她就察觉到什么不对劲，自己的腿好像碰到了……

呃，现在装睡还来得及吗？

似乎……来不及了。

陈年听到头顶传来一声低笑，很轻，甚至都没有发出声音，她分明闭着眼睛，可睫毛却不自觉地轻轻颤动起来。

醒过来的程遇风许久都没有什么动作。

久到陈年都以为刚刚的笑只是她的幻觉，腿部像压在一块热铁上，灼灼温度蔓延至全身，烫红了她的脸和耳根。她严重怀疑继续再这样下去，自己会被热得化开，于是小心翼翼地往外挪动了一下。

"别动。"男人的声音沙哑极了，像是带着某种克制。

陈年乖乖地一动不动。

程遇风依然搂着她，却不动声色地慢慢把双腿移开。陈年明显放松不少，他的唇轻压在她发间，闻着清淡香气，缓缓平复体内的燥热。

"吓到了？"

"……没有。"

才怪。

毕竟是第一次这么近距离接触……

"要怎么样才可以？"

"嗯？"

起初程遇风没听明白她的话，几秒后才反应过来，他目光越发深邃，声音也柔得几乎要滴出水来："抱一下就好了。"

至少，在自制力这方面，他对自己是很有信心的。

话到底不能说得太满，这样的亲密相拥反而成了助燃的火，全部汇集到了同一个地方，颇有愈演愈烈的趋势。

"程遇风。"

陈年轻声喊着他的名字，这三个字像是某种致命诱惑，又像是开关，接着她的声音悉数被他的深吻堵回唇间。

结束前，程遇风不轻不重地咬了咬她的唇，然后才松开她："我先去洗个澡。"

陈年的脸红得快要滴血，听着浴室里传来淅淅沥沥的水声，她双手捂着脸，甜蜜地"哎"了一声，回忆着刚刚的帧帧画面，一颗心已然飘上云端。

半个小时后，程遇风穿着睡衣出来，发现床上的小姑娘已经睡了过去，腰间的衣服翻卷着，露出白皙的腰。她浑然不觉，睡得香甜。

他摇摇头，把她衣服拉下来，在腰间盖上凉被，又把空调温度调高一些后，这才关上门走出去。

程遇风十点多才从机场回到家，夜里才合眼不到两个小时，加上长时间的精神高度集中，身体疲累到了极点，他冲了个澡就上床睡觉了。

算算时间，陈年应该也是连饭都没吃就过来的。

程遇风走进厨房，从冰箱里拿了一瓶矿泉水喝了几口，捋起袖子准备做饭。

简单的三菜一汤做好后，陈年也醒过来了，揉着眼睛站在厨房门口，表情看着有些迷糊懵懂。程遇风端菜出去时，抬手在她额头上轻敲一下："洗手吃饭。"

"哦。"

这是一顿推迟了两个小时的午餐，两人面对面坐着，饭厅安静得只有空调运转声。

程遇风把盛好的汤和饭放在陈年前面。

陈年低着头喝汤，脖颈弯着优美的弧度，眼角还埋着浅浅的情愫，双颊像涂了一层薄薄的胭脂，一副天真又妩媚的模样。

这种不自觉的风情最是勾人，程遇风看得移不开目光，也不舍得移开。陈年被他的灼热视线盯得都快自燃起来了，她抬头飞快地看他一眼，眼神带着询问。

程遇风放下筷子："你嘴角沾了饭粒。"

不早说？

居然还看了那么久，存心的吧。

陈年摸了摸嘴角，没有，再摸另一边，还是没有，干干净净的，饭粒呢？不对啊，她只喝了汤，还没吃饭呢，怎么可能会沾上饭粒？

她鼓起双颊，瞪他一眼："幼稚。"

如果不是亲眼所见，说出去谁会相信昭航的程遇风机长会和"幼稚"这样的字眼沾边？

没办法，程遇风就喜欢看她这样的反应，平素里的正经严肃都是对着别人的，在她面前就露出了本性，时常以捉弄她为乐。

陈年见他居然还在笑，桌下蹬掉拖鞋，踢了一脚过去，没掌握好方向，直接踢到他的小腿……她疼得皱了皱眉。

"没事吧。"

陈年摇摇头："……没事。"

"我看看。"程遇风弯腰要检查。

"真没事，"陈年连忙阻止了他，"吃饭吧。"

她哪里有那么娇气？

吃完饭后，程遇风收拾碗筷进了厨房，陈年给谈明天打了个电话，告诉她自己下午不回宿舍，直接回家了。

通话刚结束，又有新电话进来，陈年接通："妈妈。"

"年年，我刚看新闻说有A大学生在龙吟山坠崖，你没什么事吧？"

"妈妈，我没事。"

为了不让容昭担心，陈年简单把昨晚的事说了一遍："听说那位大三师兄伤情已经稳定下来了，还有一个扭伤脚的师姐，也没什么大碍。"

"那就好。"

新闻上也是这么报道的，听女儿这么一说，容昭才彻底放下心来。为人母亲的，就算这种事没有发生在自己孩子身上，听到这样的消息，还是会感到揪心。

程遇风擦干手从厨房出来，看到陈年在跟她妈妈打电话，两人交换了一个只有彼此才懂的眼神后，他走进卧室换衣服。

下午四点，程遇风还要出席公司的一个重要会议，估计得忙到晚上，他准备先把陈年送回家。

他换好衣服出来，陈年也已经和妈妈讲完了电话，她回头一看，双眼放光："哇，好帅！"

除了机长制服外，她鲜少见程遇风穿得这么正式，剪裁得宜的黑色条纹西装，挺括的白衬衫，甚至还打了领带，衬得整个人越发丰神俊朗。

对于女朋友的夸赞，程遇风自然很是受用，他慢悠悠地整理衬衫扣子："帅又不能当饭吃。"

"谁说的？不是说，秀色可餐吗？"

这成语水平，提高得够快的。

"我又用错成语了？"

程遇风点点头，他望着她，眼里有笑意划一闪而过。"这个成语是用来形容女生的。"又别有深意地重复了一遍，"确实是秀色可餐。"

时间差不多了，程遇风捞起桌上的车钥匙："走吧。"

陈年知道他接下来还有正事要忙，乖乖地拿起包跟在他身后走出去。

路上看到的每一道风景都有着异样的甜蜜，不知不觉，叶家别墅就隐约在眼前了。陈年在门口和程遇风分别，目送着他的黑色车子在洒满阳光的林木间远去，直到再也看不见，她才转身往里走。

刚进家门，陈年刚好看到爸爸走出来，他也是一身正装，看起来整个人更显儒雅温和，估计也是要去参加公司的会议。

叶明远看了看四周："年年，遇风送你回来的？"

这……

叶明远瞧着女儿娇羞的神色，摸摸她的头，微微一笑："我要出门了，你去陪陪你妈妈吧。"

时间有些赶不及了，叶明远没有再耽误，坐进等待在喷水池旁的车子，朝门口的陈年挥挥手："进去吧。"

叶明远离开后，陈年依然呆站着，仿佛被什么钉在原地，爸爸为什么会问是不是程遇风送她回来的，难道说……他已经察觉了什么？

"年年，你站门口做什么，赶紧进来啊。"

陈年的思绪被妈妈打断，带着满腹疑问走进屋去。

容昭正坐在客厅沙发上翻看以前的相册。陈年在她旁边坐下，一眼就看到了照片上只穿着条小内裤出镜的自己，身上还套着个小鸭子泳圈，在水里蹭着小短腿，搅得水花四溅。

容昭笑眯眯地说："这是你两岁的时候。"

陈年叹气："原来我以前是个小胖妞。"

"小孩子都这样，胖嘟嘟的才可爱。"容昭回忆起了往事，"你出生时不足月，才四斤重，小小的一团，我还记得护士把你抱进来的时候，你不知怎么就哭了，哭得那叫一个响亮……"

那是母女俩第一次见面。

光线明亮的医院房间，刚刚降生人世的懵懂婴儿和不知所措的母亲，就这样打了个照面。

"妈妈，"陈年趴在容昭肩上，"我那时候是想告诉您，见到您很开心呢。"

"嗯。"容昭声音已然哽咽，"妈妈……也很开心。"

"咦，"陈年指着下面的另一张照片，"这是？"

照片上，清秀的男孩还满脸稚气，他手里抱着个婴儿，看起来有点儿紧张，却笑出了一口白牙。

"这是你一周岁生日那天，遇风抱着你照的照片。你那时比较娇气，除了我和你爸爸，其他人谁都不给抱，一抱就哭。遇风倒是个例外，你看到他不仅咯咯笑，还主动张开手让他抱。"

这是十一岁的程遇风和一岁的陈年。

陈年觉得真不可思议，原来他们的生命在那么早的时候就有了交集。

她轻轻摩挲着照片边缘，在心里无声说——

初次见面，你好啊，程先生。

国庆假期很快过去，八号上午陈年只有两节课，时间还算充裕。她慢悠悠地在家里吃了个早餐，还陪外婆和妈妈到后院花园晒了会太阳，然后才收拾东西回 A 大。

宿舍里静悄悄，谈明天和丁唯一都去上课了，她们上午满课。

陈年给阳台上的花浇了水，转身时看到隔壁阳台窗户上有道影子一闪而过。接着听到一阵"砰砰砰"好似沐浴乳洗发水之类的东西落地的声音，她猜测温清欢师姐大概是扭伤脚行动不便，不小心把东西碰掉了。

要不要过去看看有没有什么能帮忙的？怎么说也是本系师姐，而且还是邻居。

陈年敲了敲隔壁宿舍的门，里面没有人应声，更不会有人过来开门，也不知道是怎么回事。她在门外百思不得其解，眼看上课时间差不多了，她回宿舍拿了包，走之前还看了一眼那紧闭的木门。

这位师姐总给陈年一种说不清道不明的感觉，当然以她目前的经验，并不足以分析出那是什么感觉。她一路都在琢磨，几乎是踏着上课铃声走进教室。

第三、四节课是和隔壁班一起上的高数课，在可容纳一百人的多媒体大教室，从满座的最后一排往前，入座人数呈现阶梯式递减，前三排空无一人。

黑压压的一片大都是男生，女生只是零星点缀着，阳盛阴衰。

"陈年，"班上的两个男生朝陈年挥手，"这里！"

陈年走过去，在男生们特地为她预留的座位上坐下："谢谢你们。"

"不用谢，不用谢。"

陈年从包里拿出书和笔放在桌上，高数老师也夹着书进来了，他走上讲台，目光透过厚厚的镜片往台下一扫："三个缺勤，下课后请各班班长把缺勤名单交给我。"

底下一片唏嘘，众人四处张望。

您老人家这是什么眼神啊？看一眼就知道有三个人没来上课。

国庆长假刚结束，一时半会当然没有那么容易收心。有还在国外度假赶不回来的，也有身心疲累还在宿舍补眠的，没有正当理由的假不好批，那就干脆不请了，心存侥幸，想着总不至于那么倒霉吧？

可就是那么倒霉，谁让他们遇上的是系里最说一不二且心算能力强大到非人的利天华教授呢？当然，如果真要追究的话，来上课的同学多少也要分担一部分责任，坐得太整齐了，看上去一目了然。

利老师打开PPT："我们开始上课，上节课我们讲到微积分……"

已是初秋时节，窗外的树悄悄换上一身金黄，阳光透过稀疏的枝叶，慵懒地越过窗台，落在地面。坐在窗边的陈年染了一层光，她身姿笔直，握着笔在纸上做笔记，姣好的面容越发柔和。

这时，利老师的声音传来："请第五排右数第一位同学来解答一下这个问题。"

同学们的视线不约而同地去第五排找那个被点中的幸运儿。

好半晌后，在陈年后面，有个微涨红着脸的青春痘男生站了起来，眼神带着些许的茫然看向大屏幕。旁边的同伴压低声音告诉他："第三题。"

男生看看题目，还好难度不是很高，他在草稿纸上演算一遍："a=1，b=2，c=-1。"

答案是正确的。

利老师面色稍缓："坐下吧。以后上课不要走神。"

反应过来的同学们发出窃笑声，男生不好意思地挠挠头坐下，视线再也不敢往正前方看。

陈年对自己无意中引起的"走神事件"一无所知，她认真地听讲做笔记，抽屉里的手机偶尔震动一下，也无暇分心去查看信息。

十一点半，上午的课全部结束，陈年和利老师请教了两个问题。等她来到饭堂，谈明天和丁唯一已经差不多吃完了。

"慢慢吃，我们等你。"

谈明天很健谈，总是有说不完的话，有她在的地方永远不用担心会冷场。陈年一边听她说话，一边心情愉快地解决了午餐。

三个人一起回宿舍。

丁唯一去小卖部买薯片和酸奶，别看她个子小，食量却很大，除了三餐主食，零食也很少离嘴，可不管怎么吃就是不会胖。

谈明天和陈年等在门外，听到三两路过的女生都在讨论四号那晚A大学生在龙吟山坠崖的事。这个事件虽然上了本市的新闻，但并没有大肆报道。学校内部倒是传得更多，什么说法都有，有接近事实的，也有不负责任添油加醋地胡乱猜测的。

谈明天和陈年这会听到的是桃色满满的版本，用词非常露骨。

谈明天认出走过去的两个女生正是以前和温清欢同个宿舍的舍

友，也是研一的师姐。

长头发女生的声音满是嘲讽："连别人男朋友都抢的人，这种事有什么做不出来的。"

另一个女生安慰道："别气了，以你的条件，以后肯定能遇到更好的。"

"还真的是抢人男朋友之仇啊。"谈明天看着她们渐行渐远的背影，惊得目瞪口呆，"如果当时没有在现场，我肯定就信了她们的话。"

毕竟深夜远山，引人遐想的空间太大了。

可事实根本不是这样！谈明天回想起那个惊心动魄的晚上仍心有余悸，一场生死攸关的事件被说成是桃色事件，她真的是无语到了极点。

陈年只是淡淡笑了笑，没说什么。

丁唯一买好东西出来了，走到她们身边："我刚听老板娘说，两个男生为了追女生，深夜在山顶大打出手，其中一个伤了脚，另一个掉下悬崖……"

谈明天朝天翻了一个大大的白眼。

三人回到宿舍，刚好遇见两个过来给温清欢送饭的男生，其中一个是谈明天加入的动漫社团里的高冷师兄丁铭，她有些尴尬地打了招呼。

师兄表情也有些不自然："这么巧，你也住这儿啊。"

"是啊是啊，真巧。"

"师兄……那我先进去了。"

"……嗯，好。"

谈明天进去后，轻轻关上了门，龇牙咧嘴"啊啊啊"地扭动长手长脚，抖落一身的尴尬，又长长地呼出一口气："亏我前几天还把丁师兄作为重点考察对象呢，伤不起，伤不起啊。"

陈年和丁唯一都会意地笑了。

还是选别的目标吧。

这位丁师兄连着给温清欢送了半个月的饭，除去钻了几次宿舍阿姨忙着吃饭的空子把饭菜送到宿舍门口，大多时候只能送到楼下，但也是风雨不改，可谓是体贴至极了。

温清欢的脚伤已经好得差不多了，重新以美貌动人的形象出现在众人视线中。在谈明天以为丁师兄已经把这朵高岭之花拿下，为他终于守得云开见月明而松了一口气时，没想到转眼就看到他在图书馆后面的凉亭里买醉。

夜色凉凉。

谈明天过去蹭了一罐啤酒喝，顺便打听到丁师兄被发好人卡的原因：温清欢说自己有喜欢的人了。

这个理由，真是……无话好说。

当晚，谈明天回到宿舍后，没忍住把这事跟陈年和丁唯一说了。陈年正忙着处理电脑里复杂的数据，只囫囵听了个大概，又自动过滤了。

桌上的手机一亮，程遇风发来了信息，她滑开屏幕。

"在如意楼吃饭。"

又来了一条："爷爷也在。"

陈年没发现什么异样。

事实上，在程遇风赴这个饭局前，他也没想到等着自己的是一场鸿门宴，而且还是由自家老爷子帮忙设下的。

他刚忙完工作从公司出来就接到爷爷的电话，倒也没铺垫什么，直接开门见山——

"遇风啊，前段时间不是有个女孩子在龙吟山受了伤……你说怎么就这么巧，她刚好是我学生的女儿，现在人家家长找上了我，说想请你吃顿饭表示谢意，磨了我好几天，也是盛情难却……"

以前这种事也不是没有过，程遇风当然是拒绝，老爷子也不勉强。过了半个小时又一个电话过来，说和学生叙旧的饭局结束了，让他来如意楼接自己。

程遇风不疑有他，赶到包厢时才知道中计了，原来结束只是借口，一桌人都等着他呢。

老爷子倒是面不改色："来了。"

他旁边的中年男人，温清欢的父亲温儒先上前和程遇风握手，真心实意地说了一大通感谢的话后，又给女儿使了个眼色。

温清欢红着脸，目光含羞地看着眼前高大英俊的男人："那天晚上真的很感谢你。"

程遇风对她并没有什么印象，只记得那晚确实是有个女生，他不咸不淡地点了点头，脸上的笑意是恰到好处的，礼貌而疏离。

虽然心里有几分不悦，但当着爷爷学生的面，该有的修养和风度还是要有的。

落座后，温儒先给程遇风敬酒，程遇风婉拒了。"待会还要开车。"他拿起手边的茶杯，"以茶代酒。"

"好好好。"

温儒先痛快地把酒一饮而尽，程遇风也喝完了茶水。

接下来几乎是程立学和温儒先在聊。温清欢保持着淑女的矜持，只是偶尔微笑，说两句话，余光却一直看着程遇风。

看到他手边的手机亮了起来，也看到了锁屏照片，女孩子一身军训服，面容难掩清丽灵动之色，正对着镜头甜甜笑着……

温清欢认出那是陈年，心口猛地一缩，再看到程遇风拿了手机在桌下，似乎是在回复信息。他嘴角带着淡笑，和刚刚的笑完全不一样，此刻的他看起来是那么温柔，微蹙的眉心也松开了，好像手机那端的人能让他感到多大愉悦似的。

她心里起了巨大波澜。

怎么会……

他爷爷不是说他还没有女朋友吗？

至于陈年，自从在医院第一次撞破他们在一起后，温清欢也怀疑过他们的关系，不过细细琢磨下来感觉又好像不是那么一回事。

两人之间的差距还挺大的。一个社会精英，一个大一女生，怎么看也不像是正常的恋爱关系。

温清欢以为陈年不过是程遇风一时贪图新鲜结下的露水情缘，只是玩玩罢了，哪里会有什么真心？

男人嘛，生性花心。何况外面的人不都在传，机长的女朋友遍布全国各地，所以陈年的存在对温清欢来说并不稀奇。

她千方百计让父亲牵线搭桥促成了这次的感谢宴，为的是能和程遇风正式结识。两人门当户对，各方面条件都合适，说不定会有继续发展的机会。

温清欢高一时就知道程遇风这个人了。

那年的教师节，她跟着父亲来程家做客，看到了橱柜里程遇风的照片。年轻的男生，眉眼干净俊朗，简直是那时所有这个年纪女生梦中情人的模样。

心动只是一瞬间的事。

当时程遇风在美国接受培训，后来两人也没有什么机会见面，可在温清欢心底，始终有一个若隐若现的影子。

那天在医院里，她一眼就认出了程遇风，更觉得这是命运的安排，是失而复得的缘分，哪怕当时他正亲密地和一个女生走在一起。

只要两人最后能修成正果，她不会介意他的这点过往。

然而，此时看到这样温柔的程遇风，温清欢发现自己好像错了。

难道他对陈年是……认真的？

那为什么连他爷爷也瞒着？

"抱歉，"程遇风拿着手机站起来，"我出去接个电话。"

鬼使神差般，温清欢也借着上洗手间的理由跟了出去。走廊里灯光昏黄，脚步声如数被柔软的地毯吸收，男人低沉好听的声音清晰地传来。

"这家的灌汤小笼包和黄金糕还不错，带些给你？"

这是和恋人说话的语气。

"担心会吃胖？"他低低地笑了一声，"没事的，你太瘦了，胖些抱起来……"

温清欢愣在原地，心情复杂到了极点。

原来他私底下和亲近的人说话是这样的。

程遇风结束通话回过头，一眼就看到了温清欢，语调变回了无波无澜，他甚至都没记住她叫什么名字："温小姐，显然这是个误会。"

这个男人多聪明啊，他大概早就看出这是一场披着感谢宴的名，实际上是变相相亲的饭局吧？

为了避免将来遭受不必要的困扰，程遇风又说："我已经有女朋友了，而且还是以结婚为前提在交往。"

结婚……为前提？

温清欢难以置信自己听到了什么，牵了牵唇，想笑，却一点都笑不出来，她眼睁睁看着程遇风走进包厢，没多久又走出来。

温清欢拖着僵硬的脚步回去，刚进门就听到父亲说："老师，没事没事，遇风忙正事要紧……"

她忍不住在心里冷笑。

正事？

他是给自己的女朋友送小笼包去了吧。

灌汤小笼包送到陈年手上时还热乎着，她把程遇风带到宿舍楼附近的湖边，两人找了张木椅坐下。她已经吃过晚饭，还不觉得饿，小笼包先放一边。

趁着四下无人，月色又正好，陈年伸手搂住程遇风，做些男女朋友间的小坏事。

她向来是个学习能力极强的学生，已经学得很好，程遇风气息被她搅乱，甚至被勾得情动起来。

初秋的夜风已带着寒意，缠绕的唇舌和紧贴的身体却滚烫至极，四周少了虫鸣鸟叫的聒噪，某些令人脸红耳热的声音便无处藏身。

湖面映着路灯，波光粼粼。

良久后，一吻结束。

程遇风仍埋在她颈边轻轻啄吻，想到不久前的那场闹剧，若有似无地叹息一声："陈年小朋友，你打算什么时候才给你男朋友一个正当名分？"

某个小朋友像鸵鸟一样默默把脑袋埋在程遇风胸口，脸颊蹭着他的衬衫，心想，刚刚做的可不是小朋友会做的事。

哪有这么不纯洁的小朋友啊？

不过说到这个，陈年倒是想起了国庆时看到的那张一周岁照片，她问程遇风，他对此显然也是印象深刻。

由于父母都是外交官的关系，程遇风从小在国外长大，每年只有春节才会回国探亲。不过，父母工作性质特殊，一家三口一起回国的次数屈指可数。

他清楚地记得十一岁那年，一家人终于实现了真正的团圆，连远在南极考察的姑姑都回了家。当时还健在的奶奶看着儿孙们，在饭桌上开心地抹起了眼泪。

团圆饭吃得和乐融融，所有人脸上都没有断过笑意，那晚的烟火也是璀璨至极，几乎照亮了整片夜空。

父亲此次回国，除了和家人团圆外，还为了另一件重要的事。他的儿时好友去年喜得千金，可他因工作忙碌无法亲自到场祝贺，只是托人送了一份礼物，到底留下几分遗憾。

恰好年初一是那位叶家小千金的一周岁生日，这次的生日宴会定不能再缺席了，次日一大早父亲就带着他和母亲来到了叶家。

时间还很早，也没有别的宾客，用人们忙着把刚空运过来的鲜花插进瓶里，分送到每张桌上。清晨寒冷的空气里隐约跃动着花的清香。

父亲和叶叔已有近十年未见，故友重逢，便有说不尽的话。

他和母亲坐在客厅，听他们说起往事，时而唏嘘，时而相视而笑。那时他年纪还小，听不懂，也坐不住，母亲就提议一起去看看小宝宝。

母子俩一起上了楼。

他刚踏进那间四面墙都刷成粉色的房间，一眼就看到了一个粉雕玉琢般的小孩子，两只小手捧着个奶瓶，正咕噜咕噜喝着牛奶。

她也不怕生，喝完奶就主动张开手来让他抱。

反倒是他不知所措了，抱着软软的一团，手都不知道该怎么放。好在有母亲和昭姨从旁指点，他慢慢地也掌握了一些抱孩子的技巧。

那张照片是母亲拍的，据她说是自己有生以来拍得最好的照片，后来照片洗出两份，一份给了昭姨，另一份至今还夹在家里的相册中。

"扑通"一声，湖边一棵柿子树上熟透的果实掉进水里，激起涟漪片片。程遇风的思绪也被打断，他抱紧了怀里的人，想想真是不可思议，谁能想到他和这个小姑娘的缘分居然种得那么深、那么早。

兜兜转转，命运最终把红线缠到了他们手上。

"当时，我记得你亲了我一脸的口水。"

干得漂亮！

原来自己那么小就懂得做标记了？

她抬起头，目光亮如繁星，有些好奇是怎么个亲法才会亲得一脸口水。

程遇风以实际行动解答了小女朋友的疑问。

他低头，从她下巴开始亲起，干燥温热的吻落在颊边、鼻尖和额头……最后才回到她的唇。

是那种深抵入喉、连灵魂都会被吸出来的吻法。

陈年舌根发麻，在爱情这个领域，面对深藏不露的程老师，她觉得自己需要学习的还有很多很多。

她望着波光粼粼的湖面，慢慢平复好气息，小声嘟囔："才不信我小时候是这样亲。"

程遇风握住她的手，彼此的手心都滚烫，似有火烧，他轻笑一声。"没想到还有讨还回来的一天。"声音压得更低，"所以，没忍住多收了点利息。"

陈年偷偷计算了一下，嘟起微肿的红唇轻哼："奸商。"

"嗯，你说什么？"

"没什么，"她粲然一笑，"我们来说回名分的正题吧。"

"其实，我感觉我爸爸好像已经发现我们谈恋爱的事了。"

"嗯，"程遇风说，"也有可能不是他自己发现的。"

陈年听得一头雾水："什么意思？"

"其实，我们在一起没多久后，我去找你爸爸谈过……"

她不自觉地提高音量打断他："所以，你早就跟他说了我们的事？！"

程遇风点点头。

对待对自己知根知底的长辈，程遇风觉得还是很有必要跟叶明远提前报备一下，至少要表明自己对这段感情是认真的，是经过深思熟虑才开始的。

一想到这几个月来自己小心翼翼藏在心里的秘密，其实早已经被爸爸洞穿，而且他也非常配合地装作什么都不知道的样子，陈年就……在风中凌乱了。

她嗷嗷嗷地亮出小虎牙，在程遇风下巴上咬了一口，没控制好力度，咬得有点重，当即就留下了印痕。但他看上去依然还是帅得一塌糊涂。

"那接下来就……公开？"

好像也挺顺其自然的，而且谈恋爱又不是什么见不得光的事，是她之前太患得患失，生怕刚萌发的爱情小火苗会熄灭。

"嗯。"程遇风也是这么想的，"你可能还要配合我做一件事。"

"什么事？"

程遇风凑近她耳边说了一句话，陈年瞪大了双眸，心跳怦怦怦全乱了套，一下抬头看月亮，一下又垂落视线盯着地上刚被风吹过来的落叶："这么快？"

他眸色深沉地看着她，语气难得有几分幽怨："还请女朋友尽快为我正名。"

陈年觉得他此时的样子有趣极了，默默欣赏了一会儿，才晃了晃他手臂，开口说："等我再想想，好不好？"

一想到这么快就要……她的心里顿时擂鼓震天。

程遇风当然会尊重她的想法："好。"

夜色越深，寒意越重，被晾在一边的灌汤小笼包已经凉透了，程遇风看一眼手表："我先送你回宿舍。"

"好啊。"

小笼包和黄金糕也被安全护送了回去，在丁唯一的电饭煲里热好，很快就被三人分吃完了。

程遇风送完陈年，准备去如意楼接老爷子，没想到一个电话打过去，老爷子说自己已经被温家的司机送回家了。

大概是被孙子中途放了鸽子心情不悦，程立学语气听着有些冲，甚至夹带着星星点点的怒火。

果然，程遇风回到家，程立学压根就没给他什么好脸色看，还没好气地问："大忙人终于回来了？"

程遇风耐心地跟他讲道理，老爷子知道自己把人骗过去这事做得不妥，气焰一下弱了："我、我那不是……"

嘀咕个半天没什么内容，反而涨红了张老脸。

学生温儒先找上来，把所谓的"英雄救美"往台面上一摆，稍微擦点边角暗示了那么一点点，程立学也觉得这缘分挺像一回事，正好戳中了困扰他好几年的心事啊。这个孙子吧从小有主见，做什么事都让人放心，就是自己的人生大事一点都不上心，他在边上都看得着急。

到了这把岁数，半只脚都踏进棺材了，余生还有什么盼头？程立学自认是个世俗之人，也想像院里别的退休同事一样含饴弄孙，共享天伦之乐啊，而不是每次都厚着脸皮去蹭别人的孙子、曾孙子抱，听别人孩子奶声奶气地叫爷爷（太爷爷）奶奶（太奶奶），自己只有眼巴巴干羡慕的份。

何况，自从儿子儿媳双双离世后，这个家真是冷清太久太久了。

所以，他作为唯一的长辈，稍微关心一下孙子的个人大事，并不过分吧？而且这次也没想着一定能成啊，那个女孩子看起来各方面条件还不错，约出来见面吃个饭，聊聊天，说不定就看对眼了。

谁想到呢，最后连饭都没吃成，人就走了。

程立学倒不是因为被拂了面子生气，而是气程遇风这种态度，成天眼里心里只有工作，到现在女朋友都还没个影儿呢，难道真准备一辈子打光棍了？

想到这里，程立学更是气不打一处来，他抡起拐杖往茶桌上一敲："今儿咱爷俩开诚布公来聊聊。"

程遇风挺直腰背，一脸正色。

老爷子也是满面严肃，用花了七十余年才修炼出来的老辣目光将他从头到脚看了一遍，重重地清了清嗓子："你是……那什么吗？"

程遇风试图从爷爷的眼神里去找理解这句语焉不详的话的突破口，可老爷子很是生硬地扭过头去避开了，好半晌后，他才轻轻地说了一个英文单词。

程遇风听后如遭雷击，捂着额头，真是哭笑不得，同时也忍不住反省起来，自己到底是做了什么才会让老爷子产生这样的误会。

"……不是？"

"您觉得呢？"

程立学瞪圆了眼睛："我哪里知道？"

他开始数落："你看看你这些年，身边有亲近的女人吗？我听说以前好多女同事暗地里向你示好，可都被你拒绝了。如今好不容易想给你介绍个女朋友，结果你倒好，避人如洪水猛兽，连饭都不吃就走了。"

如果换了以前，还是单身的状态，今晚这顿饭程遇风或许可以当作什么都没看出来，只把它当作普通的答谢宴，然后再另外选择合适时机向女方摊牌。可他现在都有女朋友了，再留下来吃这"相亲"饭就说不过去了。

老爷子语重心长："你说你都快三十岁了，连个女朋友都找不到，这要传出去，面子上也过不去吧？还有啊……"

程遇风气定神闲地丢出一颗重磅炸弹："我已经有女朋友了。"

程立学怀疑自己的耳朵已经被炸聋了："你刚刚说什么？！"

程遇风重复一遍。

老爷子狠狠地倒吸了一口气，双眼瞬间亮了起来："你说真的，没骗我？"

程遇风无声叹气："我什么时候骗过您？"

不对，今晚刚骗过，不是工作要忙，而是忙着去陪女朋友了。

程立学正要仔细去分辨程遇风的表情，眼尖地发现他下巴上的牙印，眼一眯，心中大喜，这是真有情况了？

咬得好，咬得真好啊。看得出来是个热情活泼好动的姑娘。

程立学的脸色从秋天转换到了春天，满脸笑意："什么时候带回来给爷爷看看？"

"看看哪天比较合适。"程遇风说，"我得再和她商量一下。"

有了程遇风这个承诺，程立学开始盼星星盼月亮地等，每天按照三餐时间问三遍。可程遇风接下来几天都很忙碌，连着两晚都没回家了。

时间转眼来到周六。

程立学天没亮就醒了，躺在床上再也酝酿不出一丝睡意，看着天色一点点亮起来，听到客厅的钟敲了七下，他才没精打采地起床洗漱。

吃过早餐，慢悠悠打了一套太极拳，时间来到九点整，程立学看看天边躲得远远的太阳，又看看空落落的庭院，无限心酸地想，自己的老年生活实在太单调、太孤独了。

程立学去给前院的花浇水，水刚把喷壶灌满，门就开了，他转过身去，看到程遇风走进来，后面还跟着陈年。

小姑娘穿着鹅黄色的外套，浅色长绸裙，搭着双羊皮短靴，笑起来眉眼弯弯，精致生动，气质上越来越像她母亲容昭了。

程立学走过去："年年，你怎么来了？"

"您老人家不是说想看看我的女朋友吗？"

回答他的是程遇风的声音。

第四章

第四缕凉风

程立学觉得自己糊涂了，不然怎么会听不明白孙子的这句话是什么意思。他确实是想看未来的孙媳妇，可……和陈年有什么关系？

前些天程遇风说找个合适时机把女朋友带回来，老爷子心里大概有个底了，这是两人感情稳定要见家长的节奏，按照时下年轻人的恋爱婚姻模式，说不定很快就要步入婚姻殿堂。在那些浅眠的夜晚，他都已经未雨绸缪查完了未来半年所有适合成婚的黄道吉日，甚至连小曾孙或小曾孙女的名字都起好了。

见老爷子皱眉深思，陈年看一眼程遇风，脸上浮现一抹薄红，她走上前，把手里提着的礼物递过去，笑吟吟地喊了声："程爷爷。"

等等！

看着小姑娘露出的娇羞神态，再看看旁边温柔含笑的程遇风，程立学混沌的思绪里终于整理出了一条等式——

女朋友就是陈年。

老爷子自认活了七十多年，惊涛骇浪经历无数，除了生离死别的坎，其他事都能淡定应对。可此刻还是在两个小辈前破了功，他望天"啊"了一声，不知道该如何摆弄自己的表情，脸上的每一道皱纹都写满了震惊，花白胡子因呼吸幅度过大而不停颤动，灌满水的喷壶也提不住，狼狈落地，溅出来的水打湿了他的裤脚。

难以置信。

青天白日，该不会是在做梦吧？

程立学狠狠掐了一把自己的大腿，用力过度，痛死了。再痛也不能在他们面前表露出来，他拖着僵硬的双腿，准备先找个地方好好冷静一下，感觉还有什么事没做，他又回头，接过了陈年手里的礼品，顺便瞪程遇风一眼，这才甩袖进屋。

"程爷爷他……"

"没事的，给他点时间缓缓。"

程遇风也牵着陈年进去，老爷子不在客厅，估计是回房间了。

陈年坐在沙发上，心情难免有一点紧张，这是见家长啊，而且对方还是她很敬重的长辈，有这层关系在，总是不一样的。

程遇风进厨房给她倒了一杯温水，她接过来喝了两口，望着不远处紧闭的房门，还是忍不住担忧。

程遇风揽着她肩膀："不用担心，爷爷很喜欢你。"

陈年当然知道程爷爷很疼爱自己，可她这次是以程遇风女朋友的身份过来的，之前两人谈恋爱的事也一直瞒着他，看他刚刚的反应，该不会是……生气了吧？

程立学没有生气，他只是一时难以接受这个事实，这两人完全没有一点迹象，就在他眼皮子底下走到一起了。不对，也不是没有迹象。

他想起了中秋节那天，书房里那可疑的被打翻的砚台，当时没怎么在意，现在想来真是……还有昨晚程遇风下巴上的牙印，真不能再想下去，他的老脸臊得慌。

程立学长长地叹了一声，身前的桌子上还摊开着老皇历，上面圈了十几个好日子，旁边的本子上也密密麻麻写满了程姓名字。

本来不生气的，一看到皇历和本子老爷子就气不打一处来，好你个程遇风，当初要你多照顾人家小姑娘，结果你照顾着照顾着就把人家照顾成了自己的女朋友。

人家姑娘正值大好的青春年华，要什么样的男朋友找不着？偏偏栽在你手里，也不想想你比她大多少岁，这不是那什么……老牛吃嫩草吗？！

本是一番好心，居然被孙子"近水楼台先得月"了。程立学揉着眉心，心里那叫一个惆怅为难啊，这下让他怎么跟九泉之下的路如意交代？

还有明远和容昭那边……

"唉！"

程立学纠结万分，在屋里走来走去，突然一个激灵，想起陈年还在外头坐着呢，他这样把自己关在房间像什么话！

一点基本的礼数都没有，真是越活越回去了。

他立刻换了套正式的衣服，把凌乱的头发也对着镜子梳好，再检查一遍自己的表情，不能这么严肃，要面带微笑，万一吓着小姑娘怎么办？

客厅。

陈年把杯子里的水喝完了，看看时间才过去七分钟，可怎么感觉那么漫长呢？她侧过头去和程遇风说话，同一时间，房门缓缓地开了，她看到程老爷子走了出来。

她顿时把刚刚想说的话全忘到九霄云外去了，局促地站了起来。

"年年，"程立学笑得很是和蔼，"不用紧张，你先坐。"

陈年重新坐下。

他也在两人对面坐了下来。

他看向程遇风："家里没有什么菜了，你先出去买点回来。"

这很明显是要把人支走了。

程遇风了解爷爷的性情，越是这种时候越是要顺着爷爷的心，给了陈年一个安抚的眼神后，他拿起车钥匙出门去了。

程立学透过窗户看出去，黑色车子开出了大门。他收回视线，神色认真地说："年年，你告诉程爷爷，是不是遇风他……"

这话要怎么问呢？

电视上看过那么多花季少女上当受骗的新闻，失心又失身，令人痛心疾首。他当然相信程遇风不会做出这般下作的事，但这么大年龄差的恋爱，他也担心陈年心性尚浅，懵懵懂懂，还弄不清什么是男女情爱，就受了诱惑，一头扎了进来。

按照世俗法则，一个身心都成熟的男人和小姑娘谈恋爱，最后吃亏、受伤的总是后者。

路如意把陈年托付给程立学，他是从心底里把陈年当作孙女来疼爱，也想过等她将来找了男朋友，自己还要亲自帮忙把关。

眼下这情况，不是乱套了吗？

"程爷爷，"陈年心思通透，很快领会到程立学的言下之意，心猛地一颤，情急之下脱口而出，"他没有！我是真的很喜欢他……"

在长辈面前如此直言是需要很大勇气的，她直直地看向程立学的眼睛："程爷爷，我非常确定自己是因为喜欢才和程遇风在一起。"

有多喜欢呢？

如果真要用语言来描述，是那种想和他共度余生的喜欢。

程立学心中宽慰几许，摸着胡子问道："哦？你喜欢他什么？"

陈年想了想，沉思几秒才出声："可以说所有吗？"

太多太多了，没办法具体到某一点，她很贪心，喜欢的是他的全部。

程立学笑出声音来，爱情不就是这样吗？没有什么道理可言，喜欢就是喜欢了，纯粹又简单，是他想得太复杂了。

一老一小敞开心扉聊了半个小时左右，程遇风就回来了。他不知道老爷子特地把自己支开会和陈年聊什么，根本没有心思挑选食材，最后每样都买了些就开车匆匆返回家中。

他进门后就不动声色地观察两人的表情，没有发现什么异样。

陈年朝他笑了笑，还俏皮地眨了眨眼，看样子聊得还不错。

程遇风松了一口气，刚要在她旁边坐下，老爷子又发话了："时间差不多了，你去把饭做了。"

程遇风只好提着食材进厨房。

陈年看着他有些郁闷的背影，不厚道地抿嘴偷乐。

午饭很丰盛，程遇风展现了极好的厨艺，也很会抓重点，做出来的都是老爷子和陈年喜欢的菜。

程立学扫一眼饭桌，心里满意，脸上并没有表现出来，他的和颜悦色暂时只面对陈年："年年，快过来坐。"

饭桌上，老爷子也只跟陈年说话，完全把程遇风当成了透明人。

陈年看程遇风的眼神充满了心疼和同情。

饭后，程遇风终于在爷爷那儿找回了存在感，只是又被他差使进厨房洗碗去了。

陈年则是被程立学拉去下棋，她对棋艺一窍不通，老爷子很是细致地教，还好她学习能力很强，又有良师从旁指点，更是如鱼得水。一来二回，也能正面和老爷子对上一局了，三局过后，甚至还小赢了一把。

当然，不排除老爷子有故意放水的可能性。

二楼阳台，程遇风居高临下看着楼下凉亭里开心对弈的两人，眉目稍稍舒展开，微抿的唇也若有似无地勾起了愉悦的弧度。

老爷子使了性子，存心把他隔离开，所以暂时还没他的事。

程遇风打开笔记本电脑，开始写飞行报告。

不知不觉，黄昏临近，庭院的地面撒了一片金黄的光，因入秋而将要凋零的花草树木仿佛在柔光中重获生机。

程立学心满意足地输掉了一盘棋，终于肯放人，朝二楼阳台招手，让程遇风把陈年送回家。

回叶家路上，程遇风和陈年终于有了独处的机会，两人眼神一碰上，彼此都笑了。

心有灵犀一点通。

把陈年送回家，程遇风一刻都没有耽搁就往家里赶。他进家门时天色已擦黑，客厅安静无人，只孤零零地亮着一盏落地灯，他眼皮飞快地跳了两下。

不出所料，老爷子果然已经在书房等着他了。

书房倒是灯火通明，程立学站在窗前，拄着拐杖，背影笔直而肃穆。

程遇风脚步微顿，身后冷风吹过，寒意逼人，他忍不住打了个寒战。

程立学听到动静，回过身，沉声道："进来！"

程遇风走进去。

老爷子先声夺人，先是控诉他别有用心、近水楼台，再控诉他把一份单纯的照顾变成了男女之情，接着控诉他年近三十还厚着脸皮拐了人家如花似玉的小姑娘，并且隐瞒不报……

说到情绪高涨处，程立学抡起拐杖直接往程遇风身上招呼过去，没下太重的手，但这一下也是打得结结实实，绝不"缺斤短两"。

他又把拐杖往书桌上重重一搁，声色俱厉，字字掷地有声："你把事情给我一五一十交代清楚！"

真要一五一十地说，恐怕天亮都说不完，程遇风直奔重点，也是老爷子最重视的部分："我是很认真对待这份感情的。我确实比年年大了十岁，这是无法改变的事实，可它能说明什么呢？就因为这十年的差距，我和她就不能在一起了？

"爷爷您也知道，这些年我都是自己一个人，男女感情上一清二白，因为我不想轻易开始一段不是建立在两情相悦基础上的感情。"

他也不知道会遇见陈年，也不知道自己会喜欢，甚至爱上她。

他的爱情来临时，就是以陈年的模样，令他无法抗拒，步步深陷。

程立学内心深受震撼，程度之深，简直比知道程遇风和陈年在谈恋爱这个消息还要有过之而无不及，他也没想拿年龄这个问题大做文章，顶多就是被蒙在鼓里，意气难平，想发泄一下。

没想到就这么容易逼出了程遇风的真心话，程老爷子的气一下子就消了，这会倒是有些下不来台，只好板着脸："你之前隐瞒得滴水不漏，这事是不是做得不地道？"

程遇风很是体贴地为爷爷送上台阶："是。"

"老规矩，家法抄一遍。"

程遇风再次应是。

老爷子顺着台阶走下来，出门前，又挥了挥拐杖，语气充满威胁："要是你敢让年年受半分委屈，我第一个不饶你！"

程遇风听出爷爷态度已经发生明显的转变，心口被某些柔软的情绪撑得微微发胀，他郑重地点点头："我知道。"

又轻轻地强调一遍："我知道的。"

月明星稀。

门口挂着的两盏灯笼在寒风中瑟瑟发抖，映在地面的黑影仿佛一片缓缓流动的淡墨。

书房里的灯光温暖而晶莹。

程遇风端坐在书桌后，手边的砚台墨香淡淡，他右手执毛笔，笔尖落纸面，像是有自主意识般，行云流水地写出了"程氏家训"四个字。

无须照抄，内容早已了然于心。

尽管这是程遇风成年后第一次被爷爷罚抄家法，可那四字成形后，久违的熟悉感也越过时光悉数回归。他把笔停在半空，对着窗外夜色凝神了一小会儿，头顶的橘黄光亮打在他笔挺的身体上，眼底深处似乎也有光泽隐约跃动。

万籁俱寂，门外传来脚步声，一下轻两下重，是程立学独有的步调。他早年左腿膝盖受了点伤，走路不敢用力，声音就轻，很有辨识度。

程遇风抬头看去，果然看到爷爷挂着拐杖站在门口，外套衣摆被风吹得呼呼作响，他整个人在明灭的光影中呈现出一种非常慈祥的姿态："好好准备，明天我们去叶家一趟。"

程遇风知道爷爷的意思："好。"

"不早了，爷爷您先回房休息吧。"

知道孙子自有主张，办事牢靠，从来不让人操心，程立学也没有别的好交代了，只留下一句"你也不要太晚"，他就转身走了。

蹒跚的背影在月色中走远。

程立学回到房间，拉了把木椅坐下。他看着落在地上的清冷月光出神，姿势一动不动，像座木雕，和身下的椅子连成一体。

许久后。

他苍老的眼底浮现一丝笑意。

如意啊，这小子虽然年龄大些，但是个会疼人的，性格好，专一长情，也算有点本事，其他方面综合起来看也还不错，年年和他在一块，我是放心的。

你也放心吧，只要我老头子还有一口气在，就一定不会让年年受一丁点的委屈。

程立学又想起了九年前的往事。那年儿子儿媳不幸遭遇空难，一夜之间失去父母的程遇风像变了个人，沉默寡言，只把自己关在房间，一个月都没有和人说过一句话。

同样是失去至亲，丧子丧媳的悲痛于程立学而言也是如同拆骨割肉，但对当时才二十岁的程遇风来说，是整个世界都塌下来了。

那场悲剧也改变了程遇风的人生轨迹。

他消沉了数月后，做出了一个令程立学意外但又觉得在情理之中的决定——他放弃美国名校炙手可热的金融学专业，考进了飞行学院，用几年时间成为一名合格的飞行员，再一步步地成了如今昭航的机长。

他认定一件事就会全力以赴，同样，只要认定一个人，也一定会全心全意，从一而终。

风吹得窗户砰砰响，客厅的钟敲了十一下。程立学起身走到窗边，夜深如水，庭院的地面上铺满落叶，折射着丝丝缕缕的银光。

风如冷刀割面，他赶紧关好窗户，脱去外套上床睡觉，闭眼前还想，这么晚了，那小子应该已经抄完家法回房了吧？

书房的灯还亮着。

按照程遇风的速度，两个半小时就能把家法抄完一遍，十分钟前本来已经到了收尾部分，兜里的手机响了起来。

屏幕上跳动着"陈年"两个字。

他放下毛笔，滑开屏幕接通，那边一开口就是带着点幸灾乐祸意味的笑声："程先生，程爷爷没对你怎么样吧？"

"没怎么样。"程遇风轻描淡写地说，"只不过是罚我跪榴梿皮深夜面壁，顺便抄十遍家法。"

说着他自己都忍不住笑了出来。

"啊？"居然这么严重。

陈年听得傻眼了，跪榴梿皮面壁，想想就觉得膝盖好疼，她好半晌才找回自己的声音："那你现在……"

"傻姑娘。"男人语气带着一丝不易察觉的宠溺，"跟你开个玩笑。"

又被骗了。

数不清这是第几次，陈年懊恼地把头埋在枕头上，长发披了满肩，有几缕滑落在脸颊，她往后拨了拨，粉嫩的耳朵在发间若隐若现，白皙如玉。

"如果现在你在我身边，知道我想对你做什么吗？"

陈年一定不知道，她根本不用做什么，光是用温声软语说出这句话，就足够电话让那端的程遇风心猿意马，他几乎是哑着声音问："做什么？"

"咬你！"

程遇风的笑声震得自己心口都发颤，也让陈年的耳朵变得滚烫，她轻轻揉了两下："不跟你说了，我要睡觉了。"

"好。"他说，"晚安。"

通话还在继续，两人都没有说话，极致的安静中，程遇风听到一声轻轻的"啵"声，在这一瞬，仿佛产生了那柔软的唇印在自己唇上的错觉，他的心跳就那么猝不及防地加快了，眼底柔色漫无边际。

"收到了吗？"

"嗯？"他从旖旎中回神，"没有。"

吃一堑长一智。

陈年留意到他呼吸间的变化，知道他又在骗自己，说了句"晚安"，果断地挂断了电话。

她把手机关机丢到一边，卷着被子在床上打滚。

好开心啊。

见家长的坎就这样有惊无险地迈过去了，心头大石放下，整个人轻松得就像在云端游走。

另一边，程遇风听着嘟嘟嘟的忙音，微微失笑，他本来打算告诉她明天登门拜访的事，转念一想，其实这样也好，估计说了的话，她今晚就别想睡了。

他重新拿起毛笔，风灌窗而入，头顶的灯接连晃动，桌面影影绰绰，他一眨不眨地看着纸面上自己刚写下的两个字——

陈年。

两个字跟在磅礴的书法后面，一笔一画清晰地印入他的眼，如春水荡漾，嫩芽破土而出，又如夜空低垂，繁星闪烁……是这世上所有美好事物叠加的总和。

第一次，第二次，第三次分神都因她而起，却甘之如饴。

程遇风把宣纸放到一边，换了张新的从头开始写，直到半夜一点多，书房里的灯才灭掉。

次日，一夜好眠的陈年天亮就醒了。外面冷，不想那么早起，她从床头拿了一本书翻看起来，不知不觉，太阳已升到半空，卧室里盈满了光亮，纤尘浮动。

陈年跳下床，光脚踩在地毯上，棉拖丢得东一只西一只，她捡回来穿好，进浴室洗漱。

刷牙洗脸扎头发换衣服，然后下楼吃早餐。一切都和往日没有什么区别，天气晴好，天空高远明净。

一家三口吃完早餐。

叶明远坐在客厅沙发上看报纸，陈年则是陪妈妈去后院，边走边聊边晒晒太阳，两人走了几圈回来，容昭的吃药时间也到了。

这些年，她吃药的频率是按照一天三餐来的，久而久之，也习以为常了。

陈年倒了杯温水放到桌上。

容昭吃了药，伸手抚平她皱起来的眉心："妈妈没事。"

只不过是时节转换，担心出现什么变故，遵医嘱加大了药量。

"爸爸，"陈年扭头看向叶明远，"妈妈的病，没有办法根治吗？"

叶明远摇摇头："只能靠药物维持。不用太担心，医生说，只要情绪不出现太大的起伏，不会有什么事的。"

容昭也笑着说："这病跟了我四十多年，我还不清楚吗？"

最艰难的时间都熬过去了，现在一家人和乐美满，每天都像含着蜜糖度过，这样的日子她还想过很久很久。

陈年看妈妈脸色虽然苍白，但精神看着很不错，这才稍微放下心来。

她又发现一件事，今天爸爸妈妈好像穿得有点正式，难道他们待会要出门吗？

陈年问出心中的疑惑。

叶明远好笑道："遇风没告诉你，他和爷爷今天会过来？"

晴天霹雳。

程遇风和程爷爷要过来？过来做什么？还能做什么？昨天她刚见了家长，现在轮到程遇风了呗。

昨晚他居然一个字都不跟她提，她完全没有心理准备好吗？

还有，现在她要做什么？

不给陈年冷静思考的时间，用人笑容满面地走了进来，告知程立学和程遇风已经到了。

她抬头往门口看去，和一道深邃的视线撞上，脑海中似乎有什么炸开了，四肢百骸都漫上一阵奇异的酥麻。

心底深处有道声音弱弱响起："为什么感觉这阵势，很像是上门提亲啊？"

"叶叔，昭姨。"程遇风率先开口打招呼。

叶明远亲自上前把他手里的礼物接了过来，和老爷子点头致意后，热情地招呼他们爷俩进来坐。

容昭在丈夫身后柔柔地笑，眼角笑纹如清波扩散："程叔，遇风，你们来了。"说着，她回头别有深意地看女儿一眼。

混乱的思绪变得清明。

陈年还有什么不明白的？看妈妈这反应，显然也是很早就知道她和程遇风谈恋爱的事了，亏她还自以为瞒得好，每天喜滋滋地偷乐。

陈年立刻站起来，小羞涩、小紧张慢慢压回了心底，笑意盈盈地打招呼："程爷爷。"

其实，在某种程度上，这不正是她想要的顺其自然吗？之前是她初涉情爱，没有经验，多少有些患得患失了。

虽然速度比想象中快了很多。

陈年不知道别人谈恋爱的步骤是什么样的,以前在桃源镇时,一般男女双方见过家长后,接下来就是谈婚论嫁了。

显然她和程遇风的情况比较特殊,因为她还不满二十周岁,离可以登记结婚还有一段距离,而且爸爸妈妈也不会舍得这么早就把她嫁出去的。

嗯,但应该也不会太晚?毕竟程遇风的年纪摆在那儿呢。

陈年耳根一热。欸,怎么忽然想到结婚上去了?

三位长辈有说有笑地落座。

程遇风和陈年面对面而坐,两人的眼神越过空气交汇了两秒,陈年定力不够,做不到像他那样淡然自若,背在身后的手把衣服抓出了褶皱。

程遇风也没有表面上看起来那么淡定,见家长这种事他也是平生第一回,还是会紧张的,不过是比较善于隐藏情绪罢了。

茶香袅袅。

程立学浅抿两口,放下茶杯,直奔主题:"明远、阿昭,这两个孩子的事,你们是什么看法?"

陈年立刻竖起了耳朵,清亮双眸也紧紧盯着爸爸妈妈。只见夫妻俩对看一眼,叶明远余光捕捉到女儿的表情,他笑了笑:"遇风之前跟我说的时候,我有些意外,后来想想也不是那么意外。"

叶明远和容昭早早恋爱,尝尽爱情的甜蜜,学业也没有耽误,齐齐考进知名学府,长跑七年后修成正果。所以,两人对这件事也很开明,叶明远甚至鼓励女儿如果在大学遇见喜欢的男生,也不妨试着谈谈恋爱。

眼下,只不过是恋爱的对象变成了程遇风,叶明远向来对他赞赏有加,年轻有为,人品心性都好,最重要的是,女儿喜欢。

每次女儿从学校回家,眉眼间藏不住的喜悦之色,一颦一笑都沁满了甜蜜,叶明远看在眼里,虽然有那么一丝全天下父亲都会有的惆怅,但心里还是由衷地感到欣慰。

何况,女儿和遇风走到一起,颇有些宿命的意味。

叶明远握了握妻子的手,笑道:"这也是程东的心愿。"

容昭也想起了往事,心里万分感触,她点了点头:"是的。"

听叶明远提起儿子,程立学惊讶不已,抚着杯沿的手一抖,茶水溅落手背,他急急地追问:"这话怎么说?"

其中渊源要追溯到程遇风出生那一年。

叶明远和容昭去程家喝满月酒,推杯换盏间,程东笑说:"兄弟,你将来要是生了女儿,咱俩还可以结个儿女亲家,亲上加亲。"

当然只是戏言。

儿孙自有儿孙福,他们为人父母的,还不至于把手伸那么长去管儿女们的感情事,但万一真看对眼了,也不失为美事一桩。

于是双方约定,不干涉、不强求,顺其自然。

因为容昭身体不好,叶明远一直不敢让她怀孕,所以叶家小千金也在十年后才姗姗来迟,后来又遭遇了被人贩子拐走的意外……

没想到浮沉兜转,缘分的线最终还是把程遇风和陈年牵到了一起。或许真应了那句话——命定该属于你的人,不管走得多远,最后还是会走回你身边。

程立学听得眼眶发热,要是程东还活着,盼来了这么一天,他不知道会有多开心呢。

程遇风也是第一次听说父亲还有这样的心愿,愣怔许久,直到手心传来一阵柔软的触感,他才回过神,紧紧握住了陈年的手。

陈年下意识想抽回来,没成功,只好给他握着,脸颊微红,目光闪烁。

淡定淡定。

反正已经公开了，怕什么？

长辈们谈起的往事，对程遇风和陈年来说都是陌生的，他们听得入神，茶桌下握着的手也渐渐变成了十指相扣。

墙上的钟时针将要指到十二点时，用人过来说可以开饭了，于是谈话地点从客厅转移到了饭厅，话题也开始围绕着程遇风和陈年展开。

饭桌上的氛围格外轻松自然。

像来到山前，无须在山重水复间茫然寻觅，鸟语花香的路已铺好，只需启程，便能欣赏一路的好风景，又如同泉水涌出自有沟渠流，且有清风明月相送。

和喜欢的男人两情相悦，又得到了双方长辈们的祝福，是陈年在十九岁这一年中最鲜明的生命印记。除了笑，她不知道该用什么方式去表达此刻内心满得快要溢出来的欢喜。

午饭吃完，大家又坐着聊了一会儿天。容昭吃过药后就准备上楼休息，她顺便把陈年带上去了，母女俩一起躺在床上说些体己话。

陈年窝在妈妈怀里，嗅着她身上淡淡的药香，忍不住就想撒娇："妈妈。"

容昭一下又一下轻抚着女儿的头发，叹息止于喉间，笑声柔情四溢："我们家的年年长大了。"

而容昭却分明觉得，时间过得太快，自己错过了很多，积累了十多年的母爱还没送出去多少，女儿的人生里却有了新的内容。

"妈妈，不管长多大，我永远都是您和爸爸的女儿啊。"

有了这句话，容昭愁绪稍稍散去。她又想起什么，笑着点陈年鼻尖："怪不得在游乐园那次还跟我说，以后就算要嫁人，也不会嫁很远的。"

原来是意有所指。

嫁给程遇风什么的，还远着呢。

陈年娇羞乱扭，拖长了声音："妈妈……"

容昭摸摸她的脸，滚烫极了："好了，好了，不闹。"

午休时间在母女俩的轻声细语中过去，容昭是真的累了，她沉沉地睡过去。陈年却没什么睡意，合眼休息了半个小时，轻手轻脚地帮妈妈掖好被子，掩上房门，下楼去了。

客厅空无一人。

陈年来到后院找人，修剪花木的用人告之：天气不错，程老爷子和叶明远去后山钓鱼了，程遇风自然也是陪着一起去。

陈年正想要去后山看看，又听用人说外婆醒过来了，她重新回到屋里，走进外婆的房间。

外婆坐在床边，不停地用手去抓落在膝盖上的阳光。陈年走过去，外婆抬头看到是她，立刻露出笑容："年年。"

陈年在她身边坐下。

外婆扭头问："吃饭了吗？"

陈年点点头："吃了。"

"我也吃了。"

其实外婆没吃，午饭时她还在昏睡，这时，用人刚好把饭菜端进来，陈年接过："我来吧。"

用人把饭菜交给她就出去了。

陈年一口一口地喂外婆吃饭，外婆乖得像个小孩子，话很多，没有逻辑，基本是前言不搭后语。她耐心地倾听，偶尔也搭一下话。

外婆说到以前和外公上山捕蛇的事，表情一下兴奋起来，手舞足蹈的，手上的玉镯银镯相碰，叮当作响。她很快又从捕蛇跳到了陈年初中班主任家访的事上，比出大拇指："我们家年年，顶呱呱！"

陈年跟着笑，跟着外婆沉浸在对往事的回忆中。

外婆说着说着就昏睡过去了。

陈年扶着她在床上躺下，盖好被子，又坐了十几分钟，听她呼吸变得均匀后，这才走出去。

陈年没有走远，而是进了隔壁的一间小书房。

前天晚上叶明远从公司给她带回来一箱子的信件，一直到现在才有时间拆看，信封素黄，全部是统一式样。

陈年拆开一封，映入眼帘的是满页工整又带着几分稚嫩的字——

亲爱的小叶子姐姐：

你好。我是慕昭希望小学的苗苗，我这次给你写信，是想告诉你，我有新衣服穿了，红色的，穿在身上暖暖的，袖子上还有一只漂亮蝴蝶。对了，我还有了新笔盒……

我不知道你能不能收到这封信，可校长教我们滴水之恩要捅（涌）泉相报。我和班上的其他同学在山里找到了一个泉眼，不过现在还没有水，老师说等明年春天就有了，到时你一定要过来看看哦！我们等着你哦！

此致敬礼。

后面还画了一只敬礼的小手。

陈年看着看着就笑了出来。

之前的庆功宴，她收到了很多长辈给的礼物，其中有几张银行卡，数额加起来差不多有六百万。从小到大，她只知道要怎么把十块、五十块和一百块掰开来花，最大限度地做到钱尽其用，所以当沉甸甸的六百万交到手上时，她不知所措了。

六百万是什么概念？需要多少个一百块叠加才能凑成？

陈年慢慢冷静下来，和爸爸妈妈商量后，她决定把这笔钱全部捐给慕昭少年儿童慈善救济基金会。

陈年的学业也是在好心人的资助下读下来的，如今不过是把别人给予自己的帮助继续传递下去。她没想过自己会收到这样的感谢信，字里行间充满真挚之情。

这是她收到的最好的礼物。

陈年又拆开第二封信，这是个男生写的，字迹比较潦草，需要仔细辨认，她看得太入神，恍然不觉身边有人坐下。

第三封信，是一只修长白皙的手递过来的。

陈年猛地抬起头，绽开笑颜："你怎么回来了？"

不是说在后山钓鱼吗？

程遇风微抬下巴，没说自己是被爷爷赶回来的，其实也不是赶，老爷子大概看出他"身在曹营心在汉"了，这才体贴地给了个理由让他先回来。

昨晚心情忐忑，想了很多未来的事，几乎没怎么睡。

现在见完了家长，一切都尘埃落定。

程遇风知道陈年应该有很多话想跟自己说，他也是，彼此的心情应该都是一样的。可当她就在触手可及的地方，他却不怎么想说了，目光深深地胶着在她嫣红的唇上。

女朋友、未婚妻、孩子他妈、终身伴侣。

这就是他夜深人静时的全部所想。

"忘了某样东西。"程遇风倾身过去，温热的气息逼近的一瞬，陈年闭上了眼睛，脑中浮现昨晚那个隔空传递的晚安吻。

光明消失，男人的吻覆上她的唇，很轻，像蜻蜓点水，却格外缱绻磨人。

陈年情不自禁地揪住他的毛衣，在自己的手心里紧握住。

唇间响起他细碎的声音："年年，我很开心，是你。"

她听懂了，他是在说——

我很开心，遇到的人是你，将来要一起走的人，也是你。

“年年，我很开心，是你。”

晚上入睡前，陈年反复咀嚼着这句话，心神荡漾地看着天花板上的星空投影，仿佛每一颗星星都变成了灌满蜜浆的花朵，连空气里也弥漫着一股清甜气息。

她把枕头揉在怀里。

睁眼，闭眼，睁眼……还是睡不着。

这么晚了，陈年又不想去打扰程遇风，他明天早上要飞巴黎，要待到大后天才回来，算算两人有将近三天时间不能见面呢。

七十二个小时，感觉好漫长。

她幽幽地吐出一口气，甜蜜中夹着一丝怅然。

明天早上还要赶一、二节课，陈年闭上眼酝酿睡意，一只绵羊，两只绵羊……六百六十五只绵羊……

头顶的星空，繁星自动退隐，一秒两秒，流星雨在暗夜里飞过，床上的人已经慢慢沉入梦乡。

翌日六点，生物钟在闹钟响起来之前先发挥作用。陈年起床洗漱完，背着书包下楼，看到在饭厅忙碌的身影，她脚步轻快地走过去：“爸爸，早上好。”

“早。”叶明远把一杯刚热好的牛奶放到桌上，“可以吃早餐了。”

陈年放下书包，拉开椅子坐下：“爸爸，以后您不用起这么早给我准备早餐，我自己可以的。”

“爸爸很乐意为你做这些事。”叶明远笑了笑，眼神里带着那么一丁点儿的促狭，“说不定过几年，想做也没有机会了。”

陈年哪里听不出他话中的戏谑之意，在桌下跺了跺脚：“爸爸……”

“好了。趁热吃吧，吃完我送你去学校。”

从家里到学校大概一个小时路程，好在早上车子不多，一路畅行。

和爸爸在校门口分别后，陈年没有回宿舍，直接去了教室。

教室还没有人，冷冷清清的。上课前十分钟，其他同学才揉着眼睛进门。这两节是封老师的课，小教室，堪堪能剩出两三个位子，不仅逃课率为零，连前三排都坐满了。

冷风呼呼吹进来。

坐门口的班长缩着脖子去把门关了，他刚回到位子，听到"砰"的一声，接着是"我天"，然后门被推开了，一个男生微睁着满是血丝的眼，哈欠连天地进来。

"哟，困成这熊样，昨晚又通宵了？"

"一夜春宵？"

"滚。"

陈年明显感觉到班上小部分同学的学习状态不比开学那会了，这些从全国各地选拔进来的尖子生，以前在高中都是数一数二的，可现在被放到同一个班里，人外有人、天外有天，从名列前茅到垫底，心理落差之大可想而知。

高中时一心扑在学业上，上了大学后，生活变得丰富多彩，各种各样的社团活动，交女朋友，通宵玩游戏……哪种不比枯燥的物理学诱惑大？

学习上难免松懈，开了个小口之后，全盘溃败也只是时间早晚的问题。久而久之也干脆"破罐子破摔"了，反正有 A 大金光闪闪的学历，就注定一只脚已踏入了锦绣前程。

陈年不赞同这种想法，却也没有资格去干涉别人的选择，她牢牢记得高三时曾老师说过的话，不要忘记自己的初心——

物理学很美好，值得在座的各位为之奋斗一生。

这不是一句空话，而是她的誓言。

上午四节理论课结束，下午还有两节实验课。和陈年一个小组的男生立鹏飞，也就是上午撞门那位，不小心把自己负责的步骤弄错了，导致实验失败，整个小组只能重新再来一遍。

立鹏飞不停地道歉，同组的其他男生都说没关系，顶多就是多费了些时间，让他不必放在心上。闻言，立鹏飞脸上的愧疚之色就像清晨沾在玻璃窗上的水雾，得阳光照耀，瞬间消失于无形了。

他见陈年不说话，又单独跟她说了句抱歉。

陈年定定地望着他发红的眼睛，缓缓弯起嘴角，笑得好看极了，她的语调却是平缓的，声音也压得很低："你该道歉的人，不是我们。"

立鹏飞一愣，胸口闷得几乎透不过气来。

陈年没有再看他，朝其他人笑笑："我先走了。"

"我也走，一起一起。"临近饭点，大家也散了。

立鹏飞站在实验室门口，看着那道被簇拥着走远的浅蓝色身影，直到它消失在视野中，他才像被抽空全身力气般靠着墙滑坐了下来，头快垂到地上，短发也被抓得凌乱不堪，一副失魂落魄的样子。

陈年吃完饭从饭堂出来，天色已黑，她去图书馆还完书，回宿舍路上，忽然听到有人叫自己名字，她疑惑地四处张望。

没有看到熟人。

奇怪。该不会是出现幻听了吧？

陈年继续走，没走几步，右前方有道黑影走了过来，等看清来人，她猛地瞪大了双眼。

"还记得我吗？"清冷的声音几乎要压过这秋夜的寒意了。

陈年忍不住打了个哆嗦："许、许远航？"

大半年没见，这个男生又高了好多。而且他不冷吗？她都穿薄毛衫和外套了，他身上还只有一套短款的运动服，脚下是一双耐克运动鞋。

"你怎么会在这儿？"

许远航说："我是来找你的。"

啊？找她，什么事？

"你……有她的联系方式吗？"

陈年迷茫一瞬后才反应过来："芸帆？"

听到这个名字，许远航的思绪好像就被牵绊住了，比她更迟钝地开口："嗯。"

陈年察觉他的眼神似乎带着隐隐的期待，又有一种把她当最后一根救命稻草的感觉，可他注定要失望了。

"没有。"

虽然她和迟芸帆经常一起吃饭，但并没有交换联系方式，后来她来 A 市集训，两人就再也没有见过面了。

许远航眼底的一缕亮光熄灭了，陈年的心不知怎么也跟着紧了一下："芸帆，不是出国留学了吗？"

"也许吧。"

"你也……联系不上她？"他们不是在交往吗？

许远航没有回答，似乎在压抑自己的情绪："谢谢，再见。"

他转身就走。

"等一下。"陈年追上去，"你喜欢她，是吗？"

许远航没有回头，背对着陈年，勾起嘴角自嘲地笑了："那又怎样？"

"走了。"他的手在空气里挥了两下。

陈年停在原地，看着许远航缓缓穿行在萧瑟秋风中，走过枝叶稀疏的树下，高瘦身影被树影层层铺盖，几乎与黑暗融为一体；走到橘色路灯下，他落寞的身影又重新出现，一暗一明，明明灭灭，最终消失在路的尽头。

她有一种感觉——这个男生此刻好像孤独得只剩下自己的影子了。

在后面的几年时间里，陈年屡屡能听说许远航获奖的消息，看到他身披国旗走上领奖台，看到他把金牌高高举起。她想，他大概是想举给某个人看。

而迟芸帆，陈年再没有她的消息，她就像人间蒸发了一样。

周三，是程遇风回 A 市的日子。

这天下午，陈年上完课，匆匆赶到学校南门。

欧阳、张玉衡和秋杭杭已经等在门口了，三剑客风采不减当年，光是在那儿站着说笑，就引来不少路过女生的频频侧目。

欧阳和秋杭杭脸上一本正经，实际上是在幼稚地低声争执谁的魅力大，女生的目光在谁身上流连得多，谁也不让谁。

欧阳说自己收到的表白信息险些导致手机瘫痪，秋杭杭说追自己的女生从南门排到东门……

张玉衡听得无语极了，偏头看见陈年走来，他如释重负地松了一口气。

开学以来，大家忙东忙西，时间总凑不上，今晚总算能四个人小聚吃个饭，好好地嗨皮一下了。

吃饭的地方是张玉衡定的，一家临湖小包厢，环境幽静，最适合聊天叙旧，隔音效果也好，连欧阳的大嗓门都能镇得住。

四人口味相近，菜式不用太费心思，服务员陆续把菜一道道地送上来，秋杭杭又多要了一打啤酒，无酒不成欢嘛。

这种重新聚在一起的时光真是太美妙了，大家畅所欲言，恨不得把这几个月发生在各自身边的大事趣事都说一遍，说着说着三双眼睛不约而同地看向了陈年。

欧阳笑得贼兮兮的："听说昨天有人在宿舍楼下摆蜡烛阵跟你表白。"

"喀喀喀……"陈年被一口汤呛到，背过身去咳了起来。

秋杭杭评价："什么年代了还摆蜡烛阵，老掉牙的套路，就不能有点创意吗？陈年你应该没有答应吧？"

当然是没有。

陈年想到昨晚的场面，顿时窘得不行。那个男生她不怎么认识，只记得一起上过几次公开课，见了面能认出来但不知道名字的那种交情，谁能想到他居然……

"你们怎么会知道这件事？"

欧阳一脸"这还用问"的表情："都轰动整个物理学院了好吗！"

哪有这么夸张啊。

其实是因为表白的男生就住欧阳隔壁宿舍，昨晚闹的动静挺大的，而且今早还被人发去了学校论坛，加上女主角顶着光环却为人低调，想吃这口瓜的大有人在。

陈年问张玉衡："你也听说了？"

张玉衡含笑点头。

连他这样"两耳不闻窗外事"的人都知道了，可想而知流言的传播速度和范围有多么惊人。

桌上手机轻震，陈年拿起来一看，程遇风的信息，问她现在在哪儿。

他回来了？

她直接发了个定位过去："在和以前的同学吃饭。"

欧阳看向陈年，清了清嗓咙："我觉得他人还挺不错的，阳光帅气，积极向上，如果你对他有感觉的话，也许可以考虑一下？"

秋杭杭一掌拍在他脑瓜上："说，他给你什么好处了？值得你这么胳膊肘往外拐的。"

欧阳吃痛："哪有！"他是那种会为了好处坑自己好朋友的人吗？

两人又打闹起来。

陈年更窘了："我已经有男朋友了。"

包厢霎时间安静下来。

欧阳的声音直穿屋顶："什么？！"

这消息真是太劲爆了好吗！

在欧阳的想象里，像陈年这样全心扑在学习上，高中那么多人追都不见心动的女生，如果没有什么意外，她会一路顺遂地从硕士读到博士，将来成为牛哄哄的女物理学家。

她知道复杂的物理定律，她会解最难的物理题，可……她知道怎么谈恋爱吗？

张玉衡也觉得挺意外的。

秋杭杭惊得嘴巴都合不上了："真的吗？"

陈年大方地找出照片给他们看。

"也是我们学校的？"秋杭杭看着身穿军训服的男生，陈年眼光不错，这人看着还挺英俊正派的，和陈年站在一起也很般配。

"这张照片是 P 的吧？"欧阳眼尖地发现了异样。

"是啊。"陈年点头，"我 P 的。"

见三人一脸怪异的表情，她连忙说："你们别误会。照片虽然是 P 的，但男朋友是真的。"

什么时候开始，她居然也把"男朋友"说得这么顺口了？

知道陈年不至于拿这种事开玩笑，那就是真有男朋友了。欧阳开了一罐啤酒庆祝："恭喜脱单！"

张玉衡和秋杭杭也拿起啤酒："尖刀班脱单第一人。"

陈年本来不打算喝酒的，可在他们的怂恿下，还是意思意思着喝了两口，开始觉得唇间苦涩，慢慢地变成了淡淡的甘甜，刚好压过了之前吃的水煮鱼的辣味。

一罐啤酒快要见底，陈年的脑袋就开始晕乎乎了，连眼前的欧阳都变成了一个半，还不停地晃，晃得她更晕了，她软绵绵地趴在了桌上。

"不会这样就醉了吧？"欧阳惊呼。

张玉衡皱着眉，喊了两声她的名字，没反应。

秋杭杭打了个响亮的酒嗝："那接下来该怎么办？"

欧阳和张玉衡面面相觑。

陈年忽然又抬起头，脸红扑扑的，眼睛四处找人，然后双手捧着自己的脸开始唱歌。

"采蘑菇的小姑娘，背着一个大竹筐，清晨光着小脚丫……"

三个大男生哭笑不得，看得停不下来，原来喝醉的陈年这么有趣。

程遇风电话打过来时，陈年正好唱到"听妈妈讲那过去的事"，电话是欧阳帮她接通的，程遇风一听她声音就不对劲："喝酒了？"

"没有啊。"她傻乎乎地笑。

张玉衡在一边说："她喝了一罐啤酒。"

程遇风叮嘱几句就结束了通话。

半个小时后，程遇风出现在包厢里，三人一眼就认出他是照片上的人，心里想法也大同小异，没想到陈年的男朋友居然是这种社会精英人士。

他身上那种沉稳的气质，哪里是他们这个年纪的男生能比的？

看到程遇风出现，陈年把临时充当麦克风的酒瓶丢掉，张开双手上来就要抱抱。

程遇风稳稳地把人接住，陈年像个树懒一样挂他身上，闭上了双眼，嘴里还哼着轻快的旋律。

"我先带她回去。"

"哦！"

三个男生如梦初醒。

程遇风把陈年带走了，送到宿舍楼下，陈年不肯下车："不要上去。"

"那你要去哪里？"

"哪里都不去。"她脸上红云密布，眼神带着一丝娇憨，靠到他肩上，咕哝道，"想和你在一起。"

程遇风心底的某个角落轰然崩塌。

最后，他还是把陈年带回了自己的公寓，一来担心她喝醉了在宿舍不方便，二来是他有分寸，不该发生的什么都不会发生。

车子开进公寓地下车库，陈年已经睡了过去，程遇风只好把她抱上去，除了开门时遇到了点困难，其他都很顺利。

陈年的身子一挨到床，还是会下意识地去分辨气息，很熟悉，很令人安心，她连最后一丝顾虑都没有了。

程遇风进浴室打了一盆热水，拧干毛巾帮陈年洗脸洗手和脚，她乖乖地配合。为了让她睡得舒服些，他把她的外套脱了，放在一边。

程遇风又进浴室倒水，刚出来就看到陈年不知什么时候坐了起来，正脱着身上的薄毛衫，他想阻止都来不及了……

程遇风是个正常得不能再正常的男人，而且对着的是自己的女朋友，他不可能做到心如止水。

第五章

第五缕凉风

程遇风疾步走过去，赶在陈年解开扣子前一把捉住了她的手。陈年动作受限，又仿佛被手心里传来的灼热温度烫到了，她睁开一双还迷蒙着的眼，定定地看着近在咫尺的男人。

　　程遇风被她这眼神看得喉咙发紧，将近三十岁血气方刚的男人，温香软玉在怀，自制力已然到了失控边缘。他用力闭了闭眼，重新把人塞回被子里，又去衣帽间拿了件干净睡衣替她换上。

　　做完这些，程遇风在床边静静坐了十几分钟。陈年翻了个身，背对着他又乖乖地睡了过去。他摸摸她额头探过体温，没什么异样。

　　他关掉大灯，只留了一盏小壁灯，然后进浴室洗澡。

　　这个澡洗得比以往久很多。

　　花洒里的水迎头浇下，沿着流畅的肌理线条流下，在地板上积了浅浅一层水，水光潋滟。

　　程遇风从浴室出来，头发只是随意用毛巾擦过，看起来有些凌乱，更添了一丝慵懒意味。他扣好睡衣扣子，抬头看到床上的人，不由得又是微微失笑。

　　陈年不知何时踢了被子，纤细的身体被过于宽大的男式睡衣衬得格外娇小，她皱着眉心，手不安分地动着，似乎还没放弃要解除掉胸前束缚的想法。

　　可能是真的很不舒服吧。不解开的话，她大概一晚上都睡不安稳。

　　程遇风花了三秒时间做出抉择。

　　虽然是第一次做这种事，好在他领悟力极好，经过简单摸索，很快就解开了三排扣子，只是，后面出现了一点意外。

　　束缚感消失，陈年眉心也松了，惬意地翻转过来，正好把程遇风还没来得及撤退的大手压在身下……

　　触及那片柔软肌肤，程遇风的眼神也柔和得一塌糊涂，女孩子怎么能娇嫩成这样，好像真是水做的，……意识到自己在想什么，他动作猛地一顿，缓缓把手抽了回来。

今晚，他已经失控太多次。

陈年兀自睡得香甜。

程遇风掖好被子的边角，关上门出去了，他穿过偌大客厅，推开落地窗，倚在阳台边。月亮藏在银灰色的云层后，周围点缀着几颗亮星，夜空上有航空器的灯光一闪一闪，底下是温暖的万家灯火，车水马龙。

秋风也冷得正好，十分仗义地驱散了程遇风体内的燥热，他站了很长时间，直到所有的情绪彻底平息后，才转身回了客房。

夜深了，整座城市都陷入沉睡。

主卧的大床上，陈年呼吸均匀，睡颜恬静，她正做着一个梦，梦回了自己十三岁那年的秋天。

那时路招弟刚好来了初潮，没人教过她那是什么。她害怕极了，以为自己快要死了，谁也不敢告诉，白天穿两条裤子去上学，晚上用塑料袋裹着睡觉，甚至还写了一份遗书。

幸好班上的女老师通过路招弟在椅子上留下的痕迹发现了端倪，把她叫去了办公室，让她赶紧回家找妈妈。

路招弟稀里糊涂地回到家，鼓起勇气把事情跟妈妈一说。苗凤花嫌弃地看她一眼，丢了包卫生巾给她就出门打牌去了。

和路招弟的情况不同，陈年要幸运很多，她发现身体的异样后第一时间去找妈妈。路如意很耐心细致地把相关生理知识解释给她听，还笑着安抚她："不用担心，你这是长大了。"

妈妈已经很久没有来过梦里了，陈年被这个美梦拖了很长时间，醒来时已经是天光大亮。她打量四周，眼神浮现不知身处何处的茫然，还好周围的气息是熟悉的，她再看一遍，这是程遇风的卧室？

她怎么会在这儿？

昨晚的记忆成了断片，拼凑不出完整的画面，陈年揉揉酸疼的眉心，只觉得小腹也跟着酸酸胀胀的，稍微一动，双腿间涌出一股热流。

感觉那黏湿程度，似乎大姨妈已经造访一段时间了……

陈年抱着最后一丝侥幸，掀开被子一看，灰色床单上果然有一片湿润的红，她捂住脸"啊"了一声。

在客厅喝水的程遇风听到房间里的尖叫，立刻冲了进来："怎么了？"

陈年像只鸵鸟似的缩在被子里，只露出张小脸，根本不敢和他对视："我、我……那个……床单……"

陈年的话语无伦次，可程遇风还是从她的表情和动作中领会到了意思，到底十岁不是虚长的，他比她镇定很多："我知道了。"

程遇风往外走，走到门口，又停下来。

陈年坐在床上，余光看到他的两条长腿又重新出现，接着听到他问："有什么惯用的牌子吗？"

陈年脸一热，飞快地看他一眼，说了个名字。

程遇风揉揉她头发："没事，我会处理。"

陈年听明白了，他说的是去买生理用品和处理床单，有他在，这些事都不用她担心，她垂下长睫，轻轻"嗯"了一声。

"乖。"程遇风在她额上亲了一下，"等我回来，很快。"

陈年再次："嗯。"

一会儿后，听到外面传来关门声，她笑倒在床上，笑够了才发现身上穿的是程遇风的睡衣，灰色长袖，真丝质地，柔软贴身。

贴身？

陈年低头看着胸前松松垮垮挂着的内衣，拼命在脑中搜刮记忆碎片，会不会是她昨夜醉了，只解开扣子没有完全脱下就睡了过去？

一定是的！

那睡衣呢？总不可能是她自己换的吧？

不是她，还能……是谁？

陈年控制不住自己的思绪朝某个不可言说的方向奔涌，想象着昨晚程遇风是如何如何的动作，她连两只耳朵都羞得红扑扑的。

为什么要醉过去啊啊啊？！

如果当时她是清醒的，该多好。

他看到了吧？

他会喜欢吗？

欸——

桌上手机不停震动，陈年从粉色想象中回神，拿起来一看，四人微信群里信息满天飞，大部分是欧阳和秋杭杭发的，各种笑她醉酒后的行为。

陈年往上滑动查看信息，终于把昨晚的事情大概理清了。

原来她喝醉以后，程遇风刚好打来电话，了解情况后就过来把她接走了。

看他们的对话，似乎以为程遇风是把她送回宿舍了？对啊，陈年也很好奇，为什么不是宿舍，而是来了他家呢？

陈年当然不会把程遇风往非正人君子那方面想，他也根本不会做乘人之危的事。然而，没等她琢磨出答案，程遇风就回来了，她从他手上接过纸袋，进了洗手间。

等她磨磨蹭蹭处理完出来，卧室的床单已经换好了，饭厅里，热腾腾的早餐也摆上了桌。

陈年饥肠辘辘，坐下就吃了起来，熬得软糯的粥清淡可口，她很快就喝了个见底，肚子有七八分饱了。

程遇风又端了一碗生姜红糖水出来，放到她前面。

想不到他居然连这个都知道。

"程先生。"

"嗯？"

陈年笑得眉眼弯弯："一百分哦。"

程遇风也跟着笑了出来，声线偏低，却掩不住喜悦："这么说，没有进步的空间了？"

言下之意，他以后还能做得更好。

"有啊，"陈年想了想，"满分是一……"本来想说一千分的，后来改口变成了"一百五十分"。

程遇风点点头："我会继续努力。"

陈年心念一动，轻咬下唇，欲言又止："昨晚我……是你……"

"嗯。"

"……哦。"

什么叫"心有灵犀一点通"，这就是了。

冬日暖阳溢满室内，两人四目相对，仿佛除了彼此，周遭的一切全都消失了。

阳光、暧昧和脉脉温情肆意交织，地面上清影斑驳。

桌上，程遇风的手机一震。

陈年下意识看过去，屏幕上正好出现她军训时给程遇风发的照片，她惊喜道："你怎么把它当锁屏了？"

程遇风没说什么，长指一滑，解锁给她看，桌面也是她的照片。

程先生，你完全可以再往上加五十分好吗！

而且，这也太默契了吧？她的手机锁屏刚好也是那张把两人P在一起的军训照片。

恋爱中的女生总是很容易就被这样的小细节打动，他不止把你放在心上，甚至以这样的方式默默昭示他已有归属。

陈年看着对面沐浴在柔光里的英俊男人，双手撑着桌面弯腰过去，准确无误地亲上他的唇，红糖的甜味在彼此唇齿间辗转缠绵。

一吻结束后，她轻喘息，一语双关："甜吗？"

男人温热的呼吸和她的缠在一起："甜。"

得到满意的答案，陈年像脚踩棉花般喜滋滋地回卧室换衣服去了。程遇风拿起手机，看到上面的一串陌生号码，眸底闪过一丝冷意。

来自这个号码的未查看信息有七十多条，起初程遇风还是看在爷爷和他那位学生的面子上，多少留了点情面，可对方似乎并不领情，接连发来莫名其妙的信息。

饶是有再好的修养，此时也已告罄。

他直接把号码拉进了黑名单。

陈年上午只有第三、第四节的课，程遇风把她送到 A 大南门，离上课还有四十分钟，她打算先回宿舍洗个澡。

在南方生活了十四年，哪怕是冬天，她也习惯每天洗澡。同为南方人的丁唯一也说一天不洗澡就浑身不舒服，倒是土生土长的 A 市人谈明天，天气稍冷时，洗澡这种事全凭心情。

陈年站在宿舍门前，钥匙刚插进锁孔，门就被人从里面拉开了，裹着羽绒外套的丁唯一手里提着两袋垃圾走了出来。

屋内开了暖气，屋外寒风凛冽，一门之隔俨然两个世界。

"陈年，你回来了。"丁唯一丢下这句话，百米冲刺去丢了垃圾，眨眼间的工夫人又回到陈年面前，就像大变活人似的。她搓手跺脚，嘴里呵出一团白气，"好冷。"

冷也是会传染的。

陈年跟着打了个哆嗦，两人一前一后进去。

谈明天敷着面膜，趴在软垫上练瑜伽，还空出一只手玩手机。

陈年放下包，正要脱外套，谈明天腾地一下站起来："陈年，你昨晚不是回家了吗？"

面膜太碍事，她干脆扯了下来。

不像丁唯一家在千里之外的南方，一年只有寒暑假才回去，谈明天是本市人，想什么时候回就什么时候回去，随心所欲、自由自在。陈年情况也差不多，谈明天理所当然地把她的一夜未归以为是回家去了。

被谈明天这么一说，丁唯一也才发现陈年还穿着昨天那套衣服。

两人的灼灼目光让她如同芒刺在背。

陈年淡定地把脱下的外套搭在椅背上，笑意清浅："我昨晚没回家，去我男朋友那儿了。"

男、朋、友！

八卦之火在谈明天眼里熊熊燃烧："你什么时候交的男朋友？"

丁唯一猜测："该不会是前天晚上在宿舍楼下跟你表白的那个男生？"

那晚谈明天刚好回了家，所以错过了表白现场，不过她已经事后通过学校论坛的八卦帖子摸清楚了事情的来龙去脉。

"不是听说你当场就把人家拒绝了吗？"难道还有她不知道的内幕？

陈年摇摇头，先回答丁唯一的问题："不是。"

谈明天又问："也是我们学校的？"

"不是。"

"那是……混社会的？"

陈年被谈明天这个说法弄得扑哧一乐，但好像也没错？她还在满大山掏鸟窝时，程遇风已经开始工作了，她忍住笑意："是。"

"帅吗？"

"超帅。"

"高吗？"

"大概比我高二十厘米。"

"哇，最萌身高差。"

…………

丁唯一觉得谈明天的问题都太肤浅了，她出其不意地问了个极有深度的："技术好吗？"

既然都一起过夜了，嘿嘿嘿……

"非常好。"

陈年亲自体验过程遇风的飞行技术有多精湛，如果去年六月不是他力挽狂澜，她的生命大概已经永远停止在十八岁那年了。

"哦哦哦！"谈明天和丁唯一对看一眼，笑得格外意味深长，"技术非常好啊。"

陈年觉得她们语气怪怪的，来不及细想，一看时间，快来不及了，她匆忙拿着衣服进了浴室。

只是简单冲洗，陈年用了十分钟就洗好澡，她梳着头发出来，听到谈明天在长吁短叹地感慨："怎么感觉大家都扎堆谈恋爱啊。"

她原本看好的社团师兄买醉后没多久就火速和同班女生坠入爱河，而那位总喜欢游走在男生间的温清欢师姐据说最近也定下来了，男朋友是富二代，自己开了家游戏公司，也算是青年才俊一枚。

想到那个为博美人一笑不幸坠崖至今还躺在医院的阿标师兄，谈明天不免心生同情。小道消息称在阿标师兄出事后，只有温清欢的父母去医院看过一次，送了点医药费。温清欢本人倒是把自己摘得干干净净，只是被辅导员喊去办公室了解了下情况，后面就跟什么事都没发生一样，围绕在她身边的男生照样"花团锦簇"的。

不过她现在有男朋友了，配置的规格还挺高的，图书馆后面的凉亭里不知又有多少人黯然神伤地深夜买醉了。

"实不相瞒，"丁唯一把玩着手机，弯唇笑起来，"一分钟之前，我也结束单身了。"

我去！

陈年要赶着去上课，没有机会听更多的八卦。谈明天拍拍胸口，递给她一个"包在我身上"的眼神，转身张牙舞爪地扑向了丁唯一……

陈年把追逐打闹声关在门内，小跑着下楼去了。

今天的课不算很多，上午两节，下午三节连堂，晚上本来有堂选修课，可因为老师家里有事，调到明天晚上去了。

下午四点半，陈年结束最后一节课，她给程遇风打了个电话："晚上的课临时取消，程先生要一起去看电影吗？"

听说最近有部科幻电影还不错，高口碑、高质量、大阵容，班上好多男生向她推荐。

程遇风刚从国外出差回来，正好有两天休息时间，对于小女朋友这个简单的要求，自然很乐意去满足，尽管他已经有好多年没有看过电影了。

晚饭是在外面吃的。

程遇风把陈年带去了郊区一家藏在深巷里的小饭馆，如果平时只是路过，陈年绝对不会知道这座外表看起来很普通的房子是个饭馆，进去了才发现里面暗藏乾坤。

老板是个身材矮胖，看起来很有福气的中年男人，下巴上蓄着山羊胡，满脸亲善，笑起来眼睛会眯成一条缝。他和程遇风是旧识，两人刚打上照面，他就亲切地握住了程遇风的手："程老弟，好久没来了。"

程遇风也笑得眉目舒展："任哥，打扰了。"

任老板是个爽快人，拍了拍程遇风肩膀："老弟，说这话就见外了哈。"又看看他旁边站着的漂亮姑娘，"这位是……"

"我女朋友，陈年。"程遇风看陈年一眼，目光和声音都很温柔，"年年，这是任哥。"

"任哥好，我是陈年。"连家长都见过了，陈年这时候才不会怯场呢。

任老板看着眼前一对璧人，笑意越发深了。姑娘看着年纪小点，打招呼时也是落落大方的，丝毫不怯，何况自己和程遇风也认识将近十年了，哪里见他用这种眼神看过人？

任老板把袖子一捋："那我今晚可得亲自下厨好好招待一下弟妹了。"

弟妹什么的……

陈年的脸因这个陌生又甜蜜的称呼升温不少，眼角余光瞥向程遇风，一下被他捕捉住，他还故作不解地挑了挑眉。

好坏。

任老板离开后，有个穿旗袍的女人过来把他们带进了最里面的包厢。

整个饭馆只有四个包厢，布置得很是雅致，梅兰竹菊，风格不一。他们这间的布置是以梅为主题，身后木案正中有个花瓶，斜插着一枝红梅，花朵或含苞，或绽放。

这才十一月中旬，怎么会有梅花？

难道是假花？

不用走过去看，陈年已经闻到了一股幽冷的香气，确实是梅香。

桃源镇有兰竹菊，可唯独梅花是缺席的。陈年第一次看到真正的梅花是在去年春节，叶家后院种了一棵梅树，春节前后梅花开得正好，叶明远隔三岔五总喜欢去剪下一枝摆在书房或客厅，那时她虽然只在家里待了几天，可印象深刻。

程遇风倒了杯热茶给她。

陈年虽然对茶没有什么研究，但也感觉得出面前的茶并非凡品，色清香淡，她严重怀疑，他们这样做生意不会亏本吗？

程遇风像是看穿了她的想法，凑过去说了两句什么。陈年不可思议地睁大星眸："一天才开十桌，这样也行？"

在 A 市，千奇百怪的事多了去，不多这一桩的。

十分钟左右，第一道菜上来了，精致的盘子边缘印着菜名"香山飞雪"。陈年一个没有什么浪漫细胞的理科生自然看不出什么名堂，只觉得盘子里装的东西看起来很像豆腐，她吃了一口，险些把自己的舌头也吞进去，太鲜美了！

又滑又嫩，好吃得都来不及细细品味。

"这是什么？"

程遇风扬起嘴角："豆腐。"

陈年不信，连桃源镇做了五十多年豆腐的老豆腐西施也做不出这么好吃的豆腐啊，可看对面的人一脸正色，不像是开玩笑的样子，她又问："真是豆腐？"

"不然呢？"程遇风轻哼一声，尾音稍扬，带着几分愉悦，"这得从一颗豆子说起……"

什么纯正基因，专人种植，雪山水灌溉……陈年听得头大，没想到看着简单的豆腐也有这么复杂曲折的故事，她都不舍得吃了。

可是不吃又好浪费。

还是吃吧。

最后，分量不多的豆腐全部进了陈年肚子。

吃完饭已经是七点半了，头顶的夜空铺满了星星。任老板亲自送两人出门，见天色不早，小两口说不定后面还有别的活动，他非常识趣地止住了话头，笑呵呵地跟陈年说欢迎以后常来吃饭。

陈年说好啊。她计划着下次把爸爸妈妈也带来。

程遇风把车开过来了，陈年打开副驾的门坐上去，降下车窗："任哥，再见。"

"再见。"

车子一路前行，开往繁华的市中心。

陈年已经预订了两张电影票，特地选的情侣座，取完票，进放映厅前，程遇风问她要不要买点零食，她说不用了。

"奶茶呢，要不要？"

"喝奶茶夜里会失眠。"

电影将近持续两小时，程遇风担心她会渴，于是去买了两瓶矿泉水。

他们进去时，放映厅已经几乎是满座了，大都是年轻人。情侣座在最后面两排，陈年找到位子坐下，她侧头看程遇风，想跟他说入座率这么高，我眼光不错吧。这时，后面传来一道女声："师妹，这么巧。"

陈年诧异回头，一眼就看到了温清欢，旁边的那个年轻男人，应该就是她的男朋友？

她礼貌地喊了声："师姐。"

温清欢笑吟吟的："我说看着背影挺像，没想到真的是你。"

她又看向程遇风："程先生。"

程先生？

这是什么情况？难道他们是认识的？

陈年下意识看向旁边的男人。

程遇风不动声色地握住她的手，淡淡一笑，笑意却未抵达眼底，反而显现出疏离之感："温小姐。"

陈年心思单纯，没有从这一热一冷的你来我往中发现不寻常的气息，她的关注点主要集中在——他和温清欢是怎么以及什么时候认识的？

温清欢的男朋友张腾游戏花丛多年，显然在这方面拥有更敏锐的嗅觉，他或许已经察觉到了女朋友在看到前面这个男人时，面部表情的某些微妙变化，他占有性地揽住她肩膀，露出玩世不恭的语气："谁啊，不介绍一下？"

温清欢下意识挣了一下，语焉不详地说："只是一个朋友。"

"哦？"

四周灯光暗下来，大屏幕上开始播放广告了。

"专心点。"低沉的声音伴着温热气息拂过陈年耳根，"你想知道的，我都会告诉你。"

"嗯。"

情侣座稍微宽敞，两人却坐得很近，身体都挨在了一起，程遇风握着她的手放到自己腿上，十指相扣。

电影开头很吸引人，陈年认真地看着屏幕，跟随情节沉进去，浑然不觉身后有一道浸透了不甘不平的目光，仿佛要洞穿她的后背。

今晚看电影是温清欢主动提的。她足够自信，也深谙男女相处之道，一上来就弄男欢女爱那套，贬低自己不说，还不是长久之计。男人嘛就得先勾着，勾得心痒痒的又吃不着，只好整天围在她身边，等差不多了就给点小甜头，他们自然而然就死心塌地了。

当然，如果遇到非常喜欢的男人，露水姻缘也未尝不可。

人生苦短，及时行乐，她也没有多少年的青春可以这样肆意挥霍了。

直到遇见程遇风，温清欢才知道，他不在她的任何一种设定里，他不受诱惑，始终和她保持距离，她终于体会到了求而不得是一种多么煎熬的滋味。

原本以为靠着父亲和他爷爷的交情可以少走很多弯路，但谁能想到原来他已经有女朋友了。但为什么是陈年，一个家境贫寒的女学生，不就是年轻漂亮了点吗？她有什么好的？门不当户不对，将来能进程家的门吗？

如果对方是什么名媛或大家闺秀，她或许不会产生这样的情绪，可偏偏是陈年。

不甘心。

温清欢托父亲要来程遇风的号码，连着给他发了几天信息，除了第一条有不咸不淡的礼貌回复外，后面的都如同石沉大海，今天早上她还发现自己被拉黑了。

正走着神，腰间突然被人重重一握，温清欢吓了一跳，扭头一看，张腾眼神带着警告地瞪着她，她勉强收拾好思绪，脸上也扯出笑意。

只有她知道这笑容有多么假。心高气傲的她，屡次在程遇风那儿碰了钉子，也会灰心丧气，刚好这时候张腾冒了出来，跟在她身后穷追不舍，高调送花送裙子、项链，女人的虚荣心有时候是要在男人身上得到满足的。何况张腾也算是个优质男，相貌堂堂，事业有成。

温清欢没怎么犹豫就答应了和张腾交往，情人眼里自带滤镜，在周围女生艳羡的眼神中，她也渐渐觉得他是不错的选择。

然而今晚，被成熟稳重又温柔体贴的程遇风这么一对比，张腾在温清欢眼里仿佛变成了另一个人。年轻气盛，其实是个毛头小子，无意间显露的霸道，是小心眼、小家子气，至于名下的公司，不过是靠着家里开起来的，他只是挂个虚名，原本长得也算七分帅，现在怎么看怎么普通，掉进人堆里都找不着的那种！

越看越觉得她当初是瞎了眼。

电影播放到小高潮部分，巨大的爆炸声后，一部直升机在半空中解体，前面的观众爆发出阵阵压低的惊呼。温清欢抬头看去，程遇风不知怎么忽然捂住了陈年的眼睛，陈年也顺势靠到他肩上去，两人耳语起来。

她又看到男人拧开矿泉水，就那样旁若无人地喂到陈年口中，陈年喝过后，他对着瓶口也喝了几口，修长的手一直保持着搂人的姿势。

"只是电影效果。"程遇风轻声安慰道。

"我知道，"陈年笑了笑，"我没事。"

她又凑近些，声音低得只有两人才能听见："程先生，只要和你在一起，我什么都不怕。"

话声刚落，陈年感觉到程遇风搂着自己的手稍微收紧了，他的感情表达总是很内敛，大多时候都体现在行动上。没关系，以后这些甜言蜜语就由她来说。

她暗暗期待有一天能把他撩得红了脸。

电影主角自带光环，从飞机爆炸中死里逃生后，却误入了平行时空，在这个陌生世界，他遇见了另一个"自己"。

两个主角刚像照镜子般碰上面，陈年再也忍不住，不安地扭动了一下。

"怎么？"

"喝太多水了，想上洗手间。"

陈年说着，借了程遇风手上的力起身，他轻声提醒她："旁边的走道阶梯上躺着一个小孩子，小心不要踩到。"

啊？

陈年借着微弱的灯光看过去，果然看到地上躺了个三四岁的小男孩，小嘴噘得老高，正无聊地玩着自己的手指。她想起来，之前他还坐在妈妈腿上，因为看不懂电影吵着要回家被爸爸训斥了几句，就赌气躺在了走道上。

孩子父母也是心大，周围黑漆漆的，也不担心会出什么事。

程遇风俯身和小孩说了几句话，小孩起先把脑袋摇得像拨浪鼓，后来乖乖地点头，重新回到了妈妈怀里。

看不出来这男人哄孩子也这么有一套。

陈年在心里又默默给他加了分，这样下去，两百分都不够用的，程先生好得有点过头了。

她上完洗手间回来，半个小时左右，电影就到尾声了，画面一暗，全场灯光亮了起来，观众们陆续往外走。

程遇风和陈年耐心地等别人先走，后面的温清欢和张鹏似乎也是这个打算，最后放映厅里只剩下四个人。

"我们走吧。"陈年搂着程遇风的手臂站起来。

"师妹，"两人刚走到门口，温清欢出声喊住了她，"我们刚好要回学校。"她的目光落在程遇风身上，"方不方便捎我一把？"

闻言，张鹏几乎立时就变了脸色，眼底浮现薄薄的怒色，手也在身后紧握成拳。

迟钝如陈年，也感觉到了空气里异常的波动，温清欢师姐的男朋友不是在这儿吗？怎么还要舍近求远坐别人的车回去，这于情于理都说不过去吧？

而且，她看起来也不像是和男朋友闹了矛盾的样子。

程遇风目光坦然地看向张鹏，声音冷了下来："可能不是很方便。"

陈年接上去说："因为不顺路。"

她怕温清欢不理解自己的意思，又补充道："我今晚不回学校。"

当然，在场的只有程遇风知道，这是陈年的临时决定，她用这七个字彻底切断了接下来三人行的可能性。

不回学校，那是要在外面过夜了？

除了去程遇风家里或者去酒店开房，还能是其他什么别的地方？

温清欢不想在程遇风面前失态，她刚刚就是看不惯他们在她眼皮子底下你侬我侬、好不亲昵，一时冲动鬼使神差地说了那句话，这下把自己置于难堪境地。进退两难之下，她冷着脸跑出去了。

张鹏追上去，温清欢穿着高跟长靴依然跑得飞快，他在走廊尽头才追到她，一抓住她的手，用力一扯。温清欢挣扎着甩开，他一肚子的火气也被激上来了，直接把人按在墙上。

"温清欢，你什么意思？"

温清欢后背撞上墙，手腕被他紧紧箍着，两处都疼，她低吼出声："你疯了？！"

张鹏又把刚刚的话问了一遍。

温清欢声调比他更高："什么什么意思？莫名其妙。"

"你别跟我装傻！"张鹏咬牙切齿恶狠狠地说，"从那个男人出现开始，你温清欢的眼睛就恨不得黏到他身上去，人家可是有女朋友的，你该不会这么贱主动去当三儿吧？"

张鹏也是从小被家里当宝贝疙瘩疼大的，向来只有女人主动上来倒贴的份，现在被人当成了备胎玩弄于股掌之间，这口气怎么咽得下去！

当初看上温清欢，不就是觉得她游走在清纯和妩媚之间，和身边的女人都不一样，这才激起了他的征服欲吗？

没想到这个女人心思这么深，脚踏两条船，吃着碗里看着锅里，不爽，很不爽！要是她看上的那男人平庸无奇也就罢了，可偏偏不是，光是那气质和风度，就把他的优越感和自尊碾成了渣渣。

"你以为他会看上你？呵呵，老子告诉你，没戏！你也不照镜子看看自己什么样，人家女朋友比你漂亮百倍千倍万倍去了，老子当初就是瞎了眼……"

温清欢平静道："我们分手吧。"

平生第一次被女人甩的张鹏，脖子上青筋暴突，眼睛都快从眼眶跳出来了。他硬是愣了十几秒才反应过来，一拳狠狠砸在墙上："分就分。谁稀罕你！"

女人嘛，追的时候有劲儿，追到手还死活吃不到就没什么意思了，何况就这种女人……将来他估计得头顶一大片草原出门。

张鹏头也不回地走了。

同一时间，市中心主干道上。陈年坐在车里，看着窗外缓缓后退的景物："我们要去哪里？"

这不是回学校的路啊。

程遇风目视前方，稳稳地扶着方向盘："先去一趟超市，买点生活用品。"

陈年听得一头雾水。

"不是说不回学校吗？"程遇风低笑。

陈年轻咳一声："我那是……"急中生智，随口说说的嘛。

不过，温清欢师姐就在隔壁宿舍，如果她回去刚好被师姐知道了，也是尴尬，而且她还有疑问需要程遇风解答呢。

程遇风也知道女朋友心里藏不住事，为了避免躲过奶茶却躲不过心事导致的辗转难眠，他决定还是今晚就把事情跟她说清楚。

陈年心神飘忽，真的又要去他家啊，隐隐有些兴奋是怎么回事？

"嗯？"

陈年耳朵红红的："……嗯。"

这个时间点超市人不多，倒是灯火通明的。陈年还在"亲戚造访期"，昨天程遇风买的卫生棉带回宿舍了，只好重新再买一包。

程遇风很快选好了要买的几样生活用品，两人到收银台结账。收银员是个年轻的长马尾姑娘，原本还在和同事小声聊天，见有客人过来立刻切换回工作模式，她扫码又快又准，看得出平时训练有素。

陈年的目光被不远处货架上花花绿绿的一片吸引过去，咦，这个口香糖又出了新口味吗？包装也粉粉嫩嫩的，真好看。

她随手拿起一盒，正要放下去一起结账，程遇风从后面拉住她的手臂，声音压低："年年，我们……嗯，暂时还不需要这个。"

陈年微讶回头，只见男人漆黑眼睛里闪过一丝笑意，她再看一眼手里的东西，最下方一行小字写着"天然胶乳橡胶避孕套"。

她的脸颊瞬间变得滚烫犹如火烧。

为什么这避孕套的包装和口香糖那么像啊，摆的位置也相近，太具迷惑性了。

"你好，"收银姑娘已经把物品扫码装袋，眼神示意陈年拿着的粉色小盒子，"请问这个还要吗？"

陈年像丢烫手山芋似的把盒子丢回了原来的位置。

收银姑娘微笑着看向程遇风："一共四百六十八块，请问是现金、刷卡还是微信支付？"

程遇风从钱夹里拿出五百块递过去，然后把找回来的零钱按照面值大小一一放好，一只手提起袋子，另一只手牵着脸蛋红红的小女朋友："走吧。"

回公寓路上，车厢里弥漫着一股暧昧。

是那种彼此都能感觉到，却很默契地不去戳破的暧昧。

无意中触及男女之间更深层次的禁忌边缘，陈年忍不住阵阵心悸，有些慌张，有些甜蜜，更多的是好奇。她大概知道那是怎么一回事，也在梦里演练过，可每次还没有到最后一步，梦就醒了。

到家后，她第一件事就是冲进洗手间。

程遇风则是进了主卧的浴室，把东西分门别类放好，漱口杯和毛巾用热水烫一遍，捞起来拧干，和自己的并排挂在一起。他倚着墙，不知想到什么，蓦地轻笑出声。

他出去时，陈年正坐在客厅沙发上，手里捧了个杯子，小口地喝着热水，热气氤氲中，小脸上的红云像是晕开了般。

看到程遇风，陈年柔柔地飞了个眼神过去："我刚刚想了一下，你和温清欢师姐是在龙吟山救援那次认识的？"

程遇风坐在她身侧："不是。"

他简单把那天晚上荒谬的变相相亲事件告诉了她。

"相亲？！"陈年倒吸一口凉气，"就是你给我送灌汤小笼包那晚？"那时他还说要她给个名分，后来两人就顺其自然地见了家长。

没想到温清欢父亲和程爷爷还有那么一层关系，更没想到温清欢居然对程遇风存了那样的心思，陈年慢慢品出来她之前三番五次对待自己的怪异态度，现在想想，那可能是一种隐约的敌意。

无形中像有一根线，牵着陈年去回忆之前被忽略的细节。不对，时间线对不上。如果温清欢是在龙吟山那时对程遇风一见钟情，然后拜托父亲在中间牵线搭桥，加上程爷爷也操心程遇风的终身大事，又不知道他已经有了女朋友，双方一拍即合，这才有了那场相亲。

可是，她和程遇风在宿舍楼下相拥，温清欢先在远处窥视，后来还以言语试探，问程遇风是不是她男朋友，这又怎么解释呢？

有没有可能，其实温清欢在那之前就已经认识程遇风了，甚至很早就对他有了好感？

程遇风沉吟半晌。龙吟山那晚，他只是匆匆给受伤倒在地上的温清欢盖了一件外套，连她长什么样都没有留意，别说认识，知道她的名字还是在那场答谢宴上。

陈年用眼风扫他一眼，这张脸太招人了，说不定无意中招来了桃花还不自知："你不认识她，不代表她不认识你啊。"

程遇风不说话了，眸色极深地看着她。

"怎么了？"

"没什么，"他微微挑眉，一双长腿惬意地舒展开，"只是觉得空气忽然间变得有点酸。"

酸？

陈年还很认真地闻了闻："没有啊。"

反应过来，自己又栽进他挖的浅坑了，忍不住粉拳相向。

她那点力气打在程遇风身上像挠痒似的，他握住她的手，在她鼻尖上轻刮一下："我和她没有任何关系，以前没有，现在没有，将来也不会有。"

"所以，"他短暂地停顿，声音染了笑意，"不用吃醋。"

"这世上没有任何女人需要你去吃醋。"他认真地说。

"哪有吃醋？"陈年拒不承认，哪怕两分钟前是有些酸溜溜，可现在已经被他的话哄得甜得都找不着北了，"她现在有男朋友了。"

按理来说，应该不会对程遇风再有什么想法了。

心事解开，陈年掩口打了个哈欠。

"困了？"程遇风看看时间，十一点半了，"你先去洗澡，睡衣我放浴室了。"

"好。"

陈年明天有早课，需要早起，而且她也没有当夜猫的习惯，平时十一点之前就上床睡觉了。今晚注定是个例外，她洗完澡出来已经是十二点了。

她摘掉发绳，用手梳了梳头发，望着落地窗外的无边夜色出神，其实在男朋友家过夜没什么的吧？反正他们又不做什么坏事。

她还差两个多月才正式满二十周岁，估计程先生真要和她做什么坏事，多少也会有些顾忌吧？

程遇风走进来："怎么还不睡觉。"

"就、就睡了。"

陈年火速爬上床，拉起被子把自己盖得严严实实："晚安。"

程遇风关掉床头的台灯，在她额上落下一吻："晚安，明天见。"

他起身出去了。

陈年在黑暗中偷偷回味了一番，困意如潮水袭来，她枕着熟悉的气息，沉沉地睡了过去。

她梦见自己也穿到了平行时空，她在桃源镇找到另一个"陈年"，她紧紧握着后者的手，一遍遍地嘱咐："高二下学期你妈妈患了癌症，你要想尽一切办法守在她身边，陪她过完生命中最后的一段日子。"

梦里不知道说了多少遍。次日，陈年醒来口干舌燥，枕头也被泪水打湿一片："妈妈，我好想你，真的……好想你。"

她清楚地知道这世上没有如果。

可如果时光能倒退，她会选择不顾一切地在妈妈病重时陪在她身边，而不是被善意隐瞒，在掺了蜜糖的砒霜里生活，到最后整个世界天崩地裂，心也千疮百孔。

因为这个梦，陈年周末回到家，格外黏着爸爸妈妈，容昭还笑她真成了"黏黏"，她撇撇嘴："妈妈不喜欢吗？"

容昭说当然喜欢，她不知多么希望女儿能一直黏在身边。

两天时间匆匆而过。

周一早上，照例是叶明远开车把陈年送回 A 大。陈年夜里睡觉踢了被子，不小心着了凉，下车后被冷风一吹，就咳嗽起来。

"没事吧？"叶明远关切地问。

"没事。"陈年摇摇头，她对自己的身体状况心中有数，在桃源镇时就像是个铁打的人，大冬天都敢穿着拖鞋在霜地里走，回家夜里棉被一裹，第二天照样活蹦乱跳。哪有这么脆弱？

叶明远也下了车，摸摸她额头，没有发烧，他脱下外套披到她身上："要是有什么事，随时给爸爸打电话。"

"嗯嗯。"

陈年甩着外套的两条袖子，叶明远看出她的意图，按住她的手：

"披着吧。"

"那爸爸您赶紧回车上去吧，外面冷。"

叶明远回到暖意融融的车里，目送陈年走进了校门，这才调头驱车往公司的方向开去。

陈年抹了丁唯一从老家带来的祛风油，中午蒙在被子里睡了一觉，醒来人就神清气爽了，就是体力消耗严重，她爬下床去抽屉里找零食吃。

丁唯一和男朋友在图书馆自习顺便约会，连午觉都不回来睡了，宿舍里只有两个人。

"人家也饿了，求投喂。"斜对面的谈明天双手合十，可怜兮兮地说道。

"你想吃什么？"

谈明天来者不拒："什么都行。"

陈年给自己挑了一包糯米糕，把零食袋放到了谈明天桌上。谈明天笑嘻嘻地全盘接收，隔空连连飞吻："小年年，我就知道你疼我。"

陈年摸摸自己的手臂："好肉麻呀。"

谈明天学她娇软的语气："好爱你呀。"

陈年刚吃了两口糯米糕，桌上的手机响了，她接通后，程遇风的声音传了过来："年年。"

程遇风十分钟前收到几张照片，陌生号码发过来的，照片上的人是叶明远和陈年，地点是 A 大南门。他起先没有头绪，后来对方又发了一句话——

你现在认清自己女朋友的真面目了吧？

他知道的人里，还有谁会做这么无聊的事？答案已昭然若揭。

陈年安静地听程遇风把事情说完，瞠目结舌，那位温清欢师姐到底想做什么？

这时，谈明天突然一拍桌："哇！陈年你和你爸爸上我们学校论坛了。"

她急急忙忙地举着手机过来："你看。"

陈年眼皮一跳，入目第一行字就是最上面的帖子主题——

一组有那么点儿意思的照片，请大家共赏。

这组照片一共四张，每张侧重点都不同。

第一张：叶明远脱外套。

第二张：外套到了陈年身上。

第三张：叶明远的手按着陈年的肩膀，两人离得很近地交谈。

第四张：旁边黑色车子牌子的特写。

发帖人只上传了照片，帖子里没有任何的配文，但帖子主题暗示的"有那么点儿意思"，到底是什么意思，这就需要广大网友发挥想象力了。

谈明天纵横八卦界十多年，早就像猫儿闻着了腥味一样，准确捕捉到了发帖人的意图。在舆论风向还未正式形成前，她先发制人地在帖子里留下了第一条评论——

今天我姐后天我妹："咦，这不是陈年和她爸吗？"

紧接着，第二、第三条评论也来了。

牛皮在天上飞："所以，楼主想让我们欣赏的是……父女情深？"

樱桃小番茄："如今真是世风日下，人心不古啊。鲁迅先生有云，一见到短袖子，立刻想到白胳膊什么的……楼主自己心理阴暗、思想龌龊就算了，还想把大家都当枪使、当猴耍，真是打得一手的如意算盘啊！"

小番茄评论一出，不知多少蓄势待发的"键盘侠"默默地停下了手上的动作，之前激烈的脑内运动也偃旗息鼓。他们向来是引领风向的一把好手，可有小番茄的话在前头，现在谁还上赶着去被人当枪当猴？

只能静观其变。

温清欢去上了个厕所回来，震惊地发现帖子的回复和自己预想的天差地别，父女情深是什么鬼？她想让大家看的可不是这个。

一大早的，豪车旁，中年男人，年轻漂亮的女学生，亲近接触，几个关键要素都具备了，这不是很明显吗？她起初也是抱着这样的想法，所以才没有配文，任凭大家自由想象，可万万没想到帖子会是这种走向……

温清欢气得快吐血，一双好看的眼睛都鼓了出来，她换了个小号。

bluelue："父女？只怕也是干爹干女儿的那种父女吧，谁不知道照片上的女主角出身贫寒，上学都要靠助学金，她要真有这么个有钱的爸爸，至于过得这么穷苦吗，可别告诉我她是在体验生活。"

为了增强说服力，她把之前找到的 S 市一中网上公示的助学金名单贴了上去，还特地标红了陈年的名字。

一片和谐中突然出现这么一条恶意满满的扎眼评论，很快有人猜测，该不会是楼主披着马甲上来做的吧？

唱对台戏似的，下面又有人回复："G 省物理竞赛一等奖、全国中学生物理竞赛决赛一等奖，国际奥林匹克物理竞赛一等奖，了解一下？"

bluelue："楼上不要转移话题。"

野生小仙女："楼主，照片上的男主角，昭远集团的叶总裁，了解一下？"

温清欢拍到照片时被兴奋冲昏了头脑，事先并没有去查过中年男人的身份，只是根据他的车和气质推断应该是个有钱人。她根据这条信息找到了叶明远的百度百科，迅速扫一遍，视线定在一行字上：集团旗下包括昭远航空公司。

昭航。

那不是程遇风所在的公司吗？

温清欢隐约觉得哪里不对劲，可她的注意力被更重要的信息吸引过去：配偶容昭。她露出一个冷笑，退出页面，重新回到帖子，点开回复框，手指在键盘上纷飞。

bluelue："说好的父女呢？一个既不跟爸爸姓也不跟妈妈姓的女儿？呵呵呵呵。"

莴笋菇凉："楼主，麻烦你去A大物理系网的学生风采栏目看一下，人家确实姓叶。"

麻雀东南飞："楼主，照片上的女主角，昭远叶总裁失散多年的独女，了解一下？"

叶明远和妻子容昭苦寻被人贩子拐走的女儿十多年这件事已经算不得秘密，随便一搜，网上铺天盖地的消息。

温清欢无论如何都想不到其中还有这样的渊源，她看得双眼发红，烦躁不已："怎么会是陈年，怎么会呢？"

帖子里已经有好心人帮忙总结了："富家千金，幼年不幸被拐卖到偏远小镇的平凡人家。从天之骄女的人生轨迹偏离，在所有人认为她将沿着平庸无奇的新路线走下去，她却通过自身的不懈努力，一路拿下物理竞赛的市级、省级、国家级甚至世界级一等奖，大放异彩，大家难道不觉得这是一个非常励志的故事吗？况且就我知道的这位同学，为人非常低调，明明不管是外在还是内在，不管是软件还是硬件，她都有足够的资本去炫耀不是吗？可她有吗？我敢打包票，在这个帖子发出之前，整个A大知道她真实身份的不超过五个人。"

不知道该取什么名字："妒忌已经使楼主面目全非。"

愿做一朵白莲花："楼主你知道自己已经暴露了吗？"

温清欢看到这条回复，简直不敢相信自己的眼睛，她发帖和回复都是用的不同小号，怎么会暴露？

"我的天！楼主真是物院研一的温清欢？"

"同是物理学院的，多大仇？"

看到自己的名字，温清欢的心立刻就慌了，她急急忙忙往前翻，终于找到暴露的原因——那张助学金名单图片上还带着她的微博水印。

百密一疏。

温清欢凉了手脚，第一反应就是去找论坛管理员删帖，可这时候对方似乎不在线，迟迟没有回复，三分钟时间不到，帖子倒是增加了上百条评论。

"连舍友男朋友都抢，好不到几天就把人一脚踹，另投他人怀抱的人，还有什么事是她做不出来的？"

"大家一定不知道吧？这个温某某脚踏几条船，男朋友换来换去，比换衣服还勤快。据说龙吟山坠崖事件就是因她而起，可怜的某个师兄，全身多处骨折还在医院躺着，她不闻不问，一次都没去看过，照样夜夜笙歌。"

"不是说她又勾搭上了某个富二代吗？哪有时间和心情去管别人的死活。要我说，那男的也是瞎了眼才会看上她，不过大家都知道的，富二代嘛，人傻钱多，哈哈哈！"

看到这里，地主家的傻儿子张鹏咬紧牙关，眼底怒火燃烧，恨不得把手机烧成灰烬，一旁的死党见这架势，立刻把手机抢了回来。

和温清欢分手的第二天，张鹏就出国度假顺便散心了，昨晚才回来的，上午睡到一半被几个死党拉来了酒吧，说是要庆祝他恢复单身。

死党带来了新交的女朋友，刚好也是A大的，自然对张鹏和温清欢交往的事有所耳闻。为了讨好男朋友的兄弟，证明他和温清欢这种表里不一、水性杨花的女人分手是明智的选择，她亮出了学校论坛的帖子，想让张鹏看清温清欢的真面目，没想到最后居然把他牵扯了进来。

她惴惴不安地拿着手机，脸上火辣辣的，会不会无意中就把人得罪了啊？

张鹏憋了一肚子气，都快气炸了。

"其实吧，我有些事瞒了你。这个女人吧，她之前和我堂哥有过一段，"死党说得隐晦，"就是不谈感情的那种……我原本想着你只是玩玩而已，反正迟早都要分手的，所以就没说。

"我觉得这个女人不简单，特地留了个心眼去调查过她……"

世上没有不透风的墙，在这个时代，只有不想知道的，没有不能知道的事。

张鹏越听脸色越坏，指间夹着的烟灰烬积了长长的一截，愤怒情绪到达最高临界点后，人反而平静了下来，他只冷冷地吐出一句脏话。

两人交往时，稍微不规矩一下都像占了她多大便宜，就是这么一个看起来纯情得不行的女人，一边和他谈情说爱另一边跟别的男人去开房，她温清欢把他当成什么了？她让他男性自尊心扫地，他也不会让她好过的。

下午六点，帖子不仅没删，反而热度持续不减。除了主楼里的四张图片和某些楼层因涉及隐私已被屏蔽掉，这个帖子彻头彻尾成了温清欢的扒皮帖，在自己挖的坑里被口诛笔伐，她也算是自食其果了。

不知从哪里涌现出一堆知情人士，直接发了这半年来温清欢在各大酒店、宾馆的开房记录以及她像只花蝴蝶似的流连在各个男人身边的照片，最后更是放出一颗重磅炸弹。

温清欢的本科毕业论文被扒出抄袭，证据确凿，抄袭的调色盘都做出来了，她和当时导师间千丝万缕的关系也被放上台面……

谈明天不敢去看后面的评论，也无法想象事情发酵下去会有什么后果，她一把抱住陈年："好可怕！"

陈年心情也复杂到了极点，完全不知道该说什么好。

谈明天摇摇头："温师姐平时太招摇了，不知多少人看不惯她，这下墙倒众人推，唉！"

陈年的手机响了，她滑开屏幕接通，谈明天一看她表情就知道电话是她男朋友打来的，比了两个"卿卿我我"的大拇指调侃她。

陈年抿唇一笑，听了没一会儿就挂断电话，她拿起外套："我出去一下。"

"去吧去吧！"

谈明天知道不太好，可就是忍不住啊，她实在对陈年的男朋友太好奇了，于是就偷偷跑上阳台。

天色已擦黑，橘色灯光一盏盏地亮到远处。

谈明天看到陈年出了宿舍楼大门，蹦蹦跳跳地朝树下某个挺拔身影跑过去，然后张开双手一把抱住了那个男人。

谈明天捂住自己心口，妈呀好帅！好有男人味！她是个超级颜控，不看身材，光是那张脸就足够迷倒众生了好吗？关键是他的神色还那么温柔。

她又看到男人摸了摸陈年头发，不知说了什么，陈年摇摇头，彼此四目相对，柔情似水，四周的一切自动隐身。

俊男美女相拥，画面不要太养眼，谈明天都忍不住化身导演给他们导戏了。

"快亲，快亲啊！"

谈导注定要失望了，树下那两人抱了一会儿后，就手牵手走远了。她觉得他们的背影看起来都那么甜蜜和谐，忍不住仰天感慨，真好啊，弄得她都想找个人谈恋爱了，然而现实……太残忍！

身在阳盛阴衰的物理系，女生无异于香饽饽，大部分都内部消化，肥水不流外人田嘛，也有少部分是被别系勾搭过去的。总之，只要想谈恋爱，随便走几步都会不小心掉入爱河。可谈明天因为过于突出的身高，哪怕掉进爱河也高出一大截，让许多男生只敢远观，不敢近身。

这大概就是"平胸不懂大胸的苦，矮个儿不懂高个儿的泪"的道理吧。

谈明天骄傲地挺了挺胸，正要转身进去，不经意瞥见隔壁宿舍的阳台上立着一道黑影，她脊背不由得爬上一丝凉意。

刚刚楼下那一幕，好像并不是只有她一个观众。

温清欢笼罩在一团黑暗中，谈明天看不清她的表情，只看到她散乱的长发被风吹起来，又落下。她一动不动地目视前方，安静得像没有生命的洋娃娃。

像极了恐怖片里的场景，谈明天忍住想要尖叫的欲望，手臂上起了密密麻麻的鸡皮疙瘩。她迅速跑进房间，心跳得厉害，咚咚咚撞着胸腔。她想了想，又把落地窗关上。

温清欢师姐为什么要发那个帖子，她和陈年有什么过节吗？两人以前好像都没有说过话，更谈不上认识吧？

谈明天思来想去，女生之间结怨无非就是两种原因：感情和事业，目前看来，前者的可能性更大些，难道是……她们看上了同一个男人？！

谈明天沉入自己脑补的一场戏中，连陈年回来都没察觉。直到陈年走到近前跟她说话，她才"啊"的一声回过神："你什么时候回来的？"

回得这么快？花前月下、你侬我侬的，还以为得消磨很久呢。

程遇风晚上公司还有事，待了半个小时，就匆匆离开了。陈年充足了电，脸颊红红，双眸清亮，泛着柔光，浑身透着不张扬的惊艳之色。

谈明天觉得如果自己是男人，在陈年和温清欢之间，其实一点都不难选择，她清了清喉咙，故作什么都不懂地问："陈年，你的嘴唇怎么肿起来了？"

啊？

陈年捂住嘴巴，慌慌忙忙去找镜子，鹅蛋脸映入镜面，她才后知后觉自己上当了，哪里有肿？顶多就是唇色红了些，是被吮出来的。临别前，在湖边的树后，两人身体贴得严丝合缝，连风都穿不过去，就那样忘情地亲吻着彼此。

结束时，她还不小心咬到了程遇风的嘴角，被他用那种混着情愫的低哑声音取笑了几句，现在耳朵还酥麻着。

"啧啧啧。"谈明天没错过这个好机会，调侃了她一番，笑闹一阵后，她说出自己先前的推测。

陈年点点头，除了部分细节对不上，大体推测得八九不离十了。

最后，谈明天评价说："真没想到她居然是这样的人，真是糟蹋了那样一个好名字。"

处心积虑地给别人泼脏水反而将自己置于死地，开房记录和涉嫌抄袭的本科毕业论文也被爆出。温清欢接下来估计是很难洗白了，甚至连她的本科学校D大也受牵连陷入了舆论风波。

接下来的十二月份是考试准备月，大家都投入到紧张的复习中。温清欢这个人和她各种极品事件也不知不觉在众人视野和笑谈中消失。

陈年复习任务繁重，几乎每天都在图书馆熬到半夜，回到宿舍，一开门就可以看见两只神色疲倦的"大熊猫"，或埋头看书，或"沙沙"刷题。

三人互相打趣谁的黑眼圈重，按深浅程度排队进浴室洗漱。陈年往往都是第一个，她洗完澡就夹着本书把自己扔上床。

陆续考了三科后，就迎来了元旦假期。陈年回了家，容昭见女儿清减不少，心疼极了，变着法儿地炖了各种补品给她喝。陈年在家里待了三天，脸色红润、眉眼飞扬地回学校，被蔫花蔫草似的谈明天和丁唯一追在身后，抓住后就是一顿胖揍。

一月十号下午，考试全部结束。

物理学院是最晚放假的。其他学院的人都走得差不多了，花木凋零，落叶满地，处处积着薄雪，雪光晶莹耀眼，整个校园显得空空荡荡。

丁唯一是明天的飞机，三人约好晚上一去出去聚餐。暮色深深，天空飘起了小雪，学校后门的美食一条街也冷冷清清的，只有零星几个店面还亮着灯光。

三个女生手牵手走在路上，太安静了，欢声笑语从街头传到街尾，隐约还能听到回声。

晚饭吃的是水煮鱼和鸳鸯火锅，寒冬雪夜，围着热腾腾的桌子，每个人都吃得脸颊泛红、鼻尖冒汗，相视着哈哈大笑，举起饮料杯子一碰："敬青春！"

敬勇往直前无所畏惧永不回头的青春。

"还要敬我这只单身狗，"谈明天哼哼道，"明年我也要找个男朋友，才不要天天吃你们的狗粮。"

"好好好，一定能找到的。"陈年和丁唯一异口同声。

窗外的雪飘得更欢了，在暖黄的灯光下，片片无声落地。

将近十点钟，三人吃完饭，沿着来时的路回去，雪白路面上留下深深浅浅的脚印。陈年回头看一眼，眸底映着灯光，盈盈跃动，她弯起嘴角，笑颜如花。

大一上学期，至此已经画下一个圆满句号。

第六章

第六缕凉风

元宵节后，陈年又迎来了新学期，和舍友们重聚，一个眼神、一个笑容，亲近得如同昨日才分别。一切似乎都没怎么改变，除了隔壁宿舍，再也没有灯光亮起。

谈明天不知道从哪里听来的消息：温清欢因抑郁症暂时休学一年。不久后，空着的宿舍又搬进了两个女生。

生活在起了细微的波澜后，又恢复了它原有的平静模样。

这学期的课程比上学期要繁重，还有各种各样的比赛，陈年忙得像个陀螺似的转不停，好在日子过得很充实，也学到了很多东西。

时间如白驹过隙，春去夏来，转眼间就来到了六月。

七号八号两天是全国高考日，潜心复读一年的路招弟信心满满地踏进了考场，不管这次考试的结果如何，她都已经全力以赴，无怨无悔。

这段时间陈年刚好在国外参加一个重要的物理比赛，等她回到 A 市时已经是十三号了。过两天是妈妈路如意的忌日，她在家里休息一晚后，踏上了回 S 市的归途。

叶明远和容昭本来也要一起去的，可因为容昭身体微恙，医生建议最好不要长途奔波，于是作罢。好在有程遇风陪着，夫妻俩才放下心来。

自从知道之前的免费头等舱待遇是爸爸的杰作后，后来陈年每次坐昭航的航班都没有选择头等舱了，她更喜欢待在经济舱，因为它对她而言更有安全感，且意义非凡。

它见证了很多事情：她第一次坐飞机，她在高空和死神擦肩而过，她遇见了程遇风……

容昭说他们父女俩在这事上都一个样儿。

叶明远父母也只是普通的工薪阶层，他有今天是靠自己一步步打拼出来的。哪怕后来成立了昭远集团，他也没有忘记自己的过往，更不会忘记自己还是个穷小子那会，第一次坐飞机时心灵上的震颤。平时出行，经济舱也是他的首选。

这次从 A 市飞 S 市的航班机长也是程遇风，仿佛一个命运的轮回。

陈年换了登机牌，随身只有一个包，无须办理托运。她过完安检后，轻车熟路地进了候机厅，找了把椅子坐下没多久，就听到广播在放航班延误的消息。

刚进来的乘客边走边讨论，说是不久前有架飞机冲出跑道了，也不知道有没有人员伤亡，机场方面决定暂时封闭机场，至于什么时候开放还是未知数。

广播里温婉的女声没有抚慰乘客们因航班延误而生出的焦灼，候机厅里响起阵阵不满的抱怨声，甚至有几个人上前去大声责问登机口的工作人员。

哪怕对方态度不佳，工作人员依然笑容得体，尽量把自己知道的情况告知，并让他们耐心等待。

陈年就坐在不远处，听到了几句脏话，她眉头微皱，那几人一通骂骂咧咧后又回到了座位，嘴里继续说着脏话。

她面无表情地把耳机塞回了耳里。

这一等就等了近三个小时，候机厅里怨声载道。傍晚六点十七分，机场重新开放，由于先前的意外，排队等飞等降的航班很多。加上天公不作美，六月的天说变就变，乌云迅速在天边堆积，一层层地压下来，三分之二的天空都变成了黑色。

闪电在乌云堆里跳跃，雷声轰隆响个不停。

晚上七点零五分，乘客们在等了将近五个小时后，耐心告罄。不一会儿后，机场和昭航的工作人员过来通知：由于天气原因，本次航班取消了。

像这种因天气意外取消的航班都会有相应的补偿措施，比如安排食宿，给予一定的补偿金之类。大部分乘客都能表示理解，只有小部分乘客坚持要见机长、见领导讨要说法。

"说取消就取消，我们的时间就不是时间了吗！"

"就是，你们都是什么垃圾玩意，找个能管事的人过来和老子谈……"

"我老公可是要去 S 市谈上千万的生意，耽误了你们赔得起吗！说啊，是不是你们赔？！"

…………

中间夹杂着工作人员们一遍遍的道歉、解释声。

陈年也正准备要离开，她刚起身，就看到一个满头黄色卷发的中年女人，板着满脸横肉，把自己手里端着的方便面桶扣到了正前方的女地服身上……

女地服蒙了几秒，眼圈红了，滚烫的汤汁全部渗进制服，她咬紧牙关，全身微微发抖。

在另一个机场工作人员反应过来之前，怒不可遏的中年女人又扬起手给了女地服一巴掌，"啪"的一声，在偌大的候机厅内回荡。

围观的几个乘客也没有上前帮忙的，机场工作人员背过身去拿手机报警了。

陈年丢下包，冲了过去。

女人见女地服并未反抗，一副好欺负的样子，冷笑着说"打的就是你"，又要上前。陈年从后面拉了那女人一把，她怒目圆睁地回过头，见只是个年轻小姑娘，气焰更嚣张了："你别拉我，不然连你一起打！"

陈年没有松手，目光平静地看着她："阿姨，航班取消也是出于对乘客生命安全的考虑……"

"你是哪里来的？！狗拿耗子——多管闲事，呵！别跟老娘叽叽歪歪……"

女人反扣住陈年的手腕，她抬起来的另一只手也被一股不容抗拒的力量捏住。她惊诧扭头，想看看到底什么人这么大胆竟然敢这样对自己，入目是一双密布冷意的眼睛，男人的声音更冷——

"这巴掌落下去，信不信你将会永久进入昭航的乘客黑名单？"

这是相识以来，陈年第一次见到程遇风发怒的样子，陌生而充满了男性魅力。

她看到他出现的第一眼，就觉得无比心安。

中年女人见程遇风神色凌厉，气势压人，一看就不是好惹的。她有那么几秒的慌神，可稍微冷静下来后，发现他身上穿着的是机长制服，她冷笑两声，双下巴也跟着颤动起来："真是活久见啊，什么时候连个小小的机长都有随随便便把乘客列入黑名单的权利了？"

"放手！"

她使劲想把自己的手抽回来，嘴上还不忘恶狠狠地威胁："否则，我就去找律师告你殴打、骚扰女乘客。"

这是打算颠倒黑白、反咬人一口了？

程遇风把陈年护在身后，这才松了那女人的手，他用的力度恰到好处，并没有在她手上留下任何痕迹。倒是陈年，手腕处泛着一圈红痕，因为肌肤白皙，看起来格外明显。

"没事吧？"

陈年摇摇头，悄悄地揪住了男人的制服衬衫。她是第一次经历这样的场面，以前在桃源镇，邻里之间闹了矛盾，嘴上吵几句，各自回家，第二天见面时又能笑着打招呼。哪里像现在，二话不说直接就动手，如果不是程遇风及时出现，她相信那一巴掌真的会落在自己脸上。

女地服看到程遇风就像看到了主心骨，在眼眶里打转的泪水"唰"地一下流了出来。她紧抿着红唇，无声地哭，哭得梨花带雨，好不委屈。

程遇风给了她一个安抚的眼神："先去换身衣服，其他事都不用担心。"

女地服听懂了他的意思，后续会有公司帮忙处理，公道也会帮她忙讨回来的。昭航上下谁不知道，这位程总最护短了，她声音哽咽："程总……"

程遇风点点头。

女地服在另一个工作人员的陪伴下先离开了。

"程总！"

中年女人那位要去S市商谈千万生意的丈夫这时也认出程遇风来。他有朋友在昭航任职，多少知道一点内幕，昭航集团里既是机长又是程总的，也只有那位最年轻的英雄机长程遇风了。

如果真是这样，那么，被列入永久黑名单可不是说着玩玩的事。

中年男人把无理取闹的妻子扯到一边，朝着程遇风赔了满脸的笑："这女人嘛，头发长见识短，程总您千万别跟她一般见识。"

女人平时最擅长的就是察言观色，见丈夫态度忽然转变，心里也打起了小鼓，重新审视起眼前的男人来。

他身上并没有那种居上位者的锋芒，反而气质沉稳，侧脸的轮廓稍显清冷，薄唇在灯光下几乎抿成了一条直线。

她越看心里越不淡定了。

程遇风准确地捕捉住了她打量的目光，微微一笑："阿姨。"

中年女人不过比他大十多岁，被他这声"阿姨"叫得脸色微变，可又不好发作出来，两团横肉抽搐着，皮笑肉不笑。

程遇风继续语气淡淡地说："安全是昭航的首要原则，在恶劣天气严重影响到飞行安全时，我们不可能把乘客的生命当作儿戏，取消航班也是慎重考虑之后的决定，这点希望你能理解。"

"理解理解！"中年男人拼命向妻子使眼色，她不情不愿地说了句，"能理解。"

程遇风扬唇笑笑，看起来一副息事宁人的态度："我也能理解航班取消给你们带来的困扰和不便……"

说到点子上了，女人情绪又开始激动，不是很有礼貌地打断了他的话："是啊是啊，一千万的生意呢，要是合同泡汤了，损失惨重啊！"

"住口！"男人呵斥住了她。

"程总，您说您说。"

"只是，"程遇风话锋一转，眼睛看着中年男人，"我不是很能理解尊夫人的行为。"

中年男人想到妻子先前又是扣方便面桶又是出手打人的，自己都觉得害臊，笑容也干巴巴的："一场误会，一场误会……"

那么多双眼睛看着呢，怎么就是误会了？陈年心中火气也上来了，明明就是你老婆蛮横无理，先出口伤人再出手伤人，现在一句轻飘飘的"误会"就想揭过去了？不过不怕你们抵赖，刚刚有别的乘客用手机录下来了，证据确凿，不容辩驳。

"是不是误会，"程遇风轻笑一声，"这个恐怕你们得跟警察去解释了。"

陈年顺着他视线看去，原来是机场派出所的警察赶到了，她悄悄松了一口气。

警察把这对中年夫妇、女地服和拍手机视频的乘客一起带去调查了。临走前，程遇风又非常善意地提醒道："这位女士，关于您之前对我本人的指控，以及对被列入黑名单这件事还有什么异议的话，昭航的律师团将随时奉陪。"

中年女人早已气焰全无，脸色苍白如纸，脚步微跟跄着被警察带走了。女地服回头朝程遇风感激地笑了笑，这种被维护的感觉温暖又美好，是她在昭航这个大家庭里才有的独特体会。

"程先生。"陈年晃了晃男人的手臂，"你刚刚……好帅啊！"

程遇风牵着她的手，轻轻摩挲手腕处："还疼吗？"

"不疼。"陈年露出甜甜的笑容，梨涡也跟着一闪一闪的。

"以后遇到类似的事，最重要的是要保护好自己，知不知道？"

她点头如捣蒜："知道知道。"

程遇风还不了解自己的女朋友吗？嘴上答应得痛快，可如果还有下次，她肯定也不会袖手旁观，他无声叹了一口气。

外面黑云蔽空，雨下得很大，没有要停下来的迹象。航站楼里滞留了无数乘客，说话声此起彼伏，不远处，机场最高的建筑塔台仍然灯火通明。

程遇风把陈年带去了机场休息室。陈年刚坐下，手里就被塞了个保温杯，盖子已经旋开，她低头喝了两口水，舌尖舔舔唇瓣。

她只是下意识的动作，殊不知落在程遇风眼中，简直是难以言喻的巨大诱惑。

"雨不知什么时候……"能停呢。

剩下的话通通被男人的热吻堵回了唇里。陈年钩住他脖子，主动以舌尖侵犯他那温热濡湿的领地，不一会儿后又被他反攻回来……两人你来我往，空气跟着急剧升温。

陈年是被手机铃声唤回心神的，她伸手去包里翻出手机，目光由情动的朦胧转为清晰，看到屏幕上跳动的"爸爸"两个字，她惊得险些咬到了程遇风的嘴角。

旖旎散去，铃声悠扬。

陈年深深呼吸，平复好自己的气息后才接通电话："爸爸。"

"我刚刚没听到。"这是实话，亲得太入迷了，"嗯，航班取消了，我现在还在机场。"

"您和妈妈不用担心我，今晚我可能……"她看程遇风一眼，"不回家了。"

叶明远隐晦地问她是不是和程遇风在一起。

"嗯，是的。"

半晌后，叶明远才说："注意保护好自己。"

陈年听得耳朵一热。很显然，爸爸这话说得意味深长，身为过来人，他已经猜到了"今晚不回家"背后的深意，没有下禁令，而是让她保护好自己。

这是不是意味着……

她和程遇风在一起将近一年了，除了偶尔的失控，他从未越过最后一道雷池，就算是在他家过夜，两人都是分房睡的，也不会发生什么事啊。

有时候陈年也会怀疑，三十岁血气方刚的男人，他难道真的不想吗？

还是说他那方面……

呸呸呸！

暴雨在接近十一点时转成了中雨，程遇风和陈年回到公寓，两人身上多少都淋了雨，程遇风先用毛巾帮她擦脸和头发，然后让她进浴室洗澡。

他自己也拿了睡衣进客厅旁边的公用浴室。

半个小时后，陈年顶着一张素净而微红的脸从浴室出来，程遇风比她先洗好，正用吹风机吹着头发。她走到他身边去，拍了拍他手背，拿过吹风机："我帮你。"

程遇风配合地往下弯了弯腰，吹风机的"呼呼"声中，他感受到女孩子柔软的指腹穿过自己的头发，还有那总往鼻间钻的淡淡馨香，经过肺腑，化作一团灼灼烈火，一路往下……

"好了。"

男人身体绷紧："嗯。"

"早点休息，晚安。"

在程遇风转身出去前，陈年拉住了他的睡衣衣摆，脸颊也贴上他后背，蹭了两下。她看着窗外隐隐跳跃的闪电，眼底笑意亮晶晶的，嗓音也软乎乎："打雷，我不敢一个人睡。"

假话。

程遇风却当真了，当两人面对面躺在主卧的大床上时，他才迟钝地反应过来，自己掉进了小女朋友的温柔陷阱。

傻子才会想着跳出来。

在这个雷电交加的夜晚，和心爱的姑娘相拥而眠，哪怕什么都不做，他内心也得到了极大的满足。

卧室安静得只有两人的呼吸声，黑暗中，陈年一条腿搭到程遇风腰间，几乎是贴着他的唇说话："程先生，你睡了吗？"

"……睡了。"

陈年："嗯……"

"年年。"男人的声音低哑极了，不动声色地往外移了移身体。

陈年心魂都飘到了半空，她微微抬头，想去亲他的唇，结果错估了角度，亲到了他的喉结，她轻轻咬住……

许久后，程遇风从喉咙深处发出一声低笑，亲了亲小姑娘的眼皮、鼻尖和嘴唇，拥着她睡去。一夜两人竟相安无事。

窗外的雨下了一夜没停，到了次日清早才有减缓的趋势，仍淅淅沥沥地飘着，天光朦朦胧胧的，越过窗帘缝隙透进来，落到地板，爬上了床，虚笼着床上仍酣睡的人。

陈年先醒过来，几乎刚睁开眼睛，身后紧贴着她的男人也有了动静："早。"

"早。"

说完早安后，陈年走进了浴室。她打开水龙头，拿了洗漱杯去接水，牙刷一进嘴里才觉得味道不对，她低头一看，洗面奶的盖子还开着，牙膏倒是好好地倒立在置物架上。

叹气。

陈年你要争气、要淡定。

陈年刷完牙，简单冲了个澡，穿好衣服后，才磨磨蹭蹭地出去吃早餐。

程遇风订的是下午的机票，由于天气原因，排班错开了，他这次也是以乘客的身份陪陈年回 S 市。

从吃早餐、到午餐再到坐上飞机这段时间，陈年都不怎么好意思和程遇风的眼神对上，生怕他一眼就看穿了她心底的全部想法。

乘务员过来客舱送餐点饮料，看到程遇风时，微笑着打了声招呼。昨天他在机场维护公司员工的事一夜之间在昭航内部传开，这下不知道又有多少颗芳心要蠢蠢欲动了。

按照惯例，每年新来的乘务员都会千方百计地向前辈们打听程遇风，可得到的答案都是——

没戏，别浪费时间了。

可也有那么些不信邪的，撞了两三次南墙后，也就老老实实地收起芳心，或者转赠他人了。

乘务员看看程遇风旁边的小姑娘，面上的笑容仍不减，心里却波澜起伏，这该不会就是程总的女朋友吧？

是的吧，谁看过他和异性走得这么近，得，还牵着手呢。

程总也笑得太温柔了吧，能不能稍微考虑一下曾经暗恋你的人的感受啊？

乘务尽量让自己的声音不要显得太突兀："请问需要点什么？"

程遇风习惯性先去征询陈年的意见，陈年想要喝水，他向乘务点点头："两杯水，谢谢。"

"好的，稍等。"

乘务倒了两杯水给他们后，就去为其他乘客服务了。

陈年喝了水润润喉咙，想到什么，戳两下程遇风的手臂："你们公司，是不是有很多人喜欢你啊？"

不难想象，她有很多隐性情敌。

程遇风把胳膊搭在她肩上，漫不经心地勾唇笑起来，一副要清算旧账的不正经样子："陈年小朋友，我的情敌把表白信息发到我手机上，我有说过什么吗？"

而且还不止一条。

啊？

陈年也是第一次听说这件事，脸上的表情僵住了，那些表白的男生消息有点不靠谱啊，怎么会把程遇风的号码误以为是她的？

想起来了，好像有一次，她在学校填写同系师姐的调查问卷时，随手就写了他的号码。

"哎，"陈年想快速把这一页翻过去，她看向舷窗外，非常不自然地转移话题，"不知道这次能不能看到彩虹。"

程遇风哪里会这么容易放过她："要看看吗？"

看什么？

陈年蒙了一瞬，才意识到他说的"看"，不是看彩虹，而是看表白信息。

她当然是摇头："……不用了。"

"还是看看吧，写得还挺好的。"

陈年把额头砸在他手臂上，闷声闷气地说："程先生，求高抬贵手放小的一马。"

程遇风沉默了，抿着两片薄唇，似乎在思索什么。

陈年也慢慢琢磨过来了，简直恨不得把刚刚的话一个字一个字吞回去……

她觉得自己真被某人带坏了。

好在程遇风也没有再开口调侃，两人任由这只有对方才知道的暖昧发酵。好几回气流颠簸后，陈年整个人晕乎乎的，也忘了去留意窗外是否有彩虹流云飞过。

抵达 S 市机场已经是下午五点多，知道陈年归家心切，程遇风先带她去吃了晚饭，然后开车送她回桃源镇。

车子开进镇上时，夜色已浓。桃源河水静静流淌，弯着腰的水仙桥在水波里荡漾。夏夜总喜欢搬着板凳小椅子围坐着谈天说笑的人们，也在尽兴后乘着凉风散去，钻回了自家小院柔亮的灯火里。

偶尔，远处会传来几声狗叫。

车子不能开进巷子，程遇风把车停在巷口，陪陈年步行进去。

大概是刚下过雨的缘故，青石小路湿漉漉的，凹凸不平处积着水，水光潋滟，缝隙里还有小片的青苔。，陈年小心翼翼地避过，拂面的风里夹着植物的淡香，她深深吸一口气，这是熟悉得不能再熟悉的气息。

小巷纵横交错，各自通向不同的人家，每一条都印着她的脚印。这原本是不属于她的轨迹，命运却偏偏把她放到这里，格外恩赐了她另一段纯真美好的时光。

陈年停下脚步，站在暗黄的路灯下，风吹起她的裙摆，像一双手般温柔地拥抱着她，让她瞬间眼眶温热。

家里，再也没有人会等她了。

老旧的木门"吱呀"一声，尘封的时光扑面而来。她亲手种下的花木，有些依然生机盎然，有些却已枯干，仍保持着挣扎向生的姿势。

水井边长满了青苔，时光把她以前常坐的那张小木椅也磨旧了，它被遗忘在角落里，像个垂垂老矣的长者，顾影自怜。

萤火虫在庭院里飞来飞去。

"进去吧。"程遇风在身后说。

陈年点点头。

越往里走，陈旧沉闷的气息越重，陈年站在客厅中央，视线贪恋地朝四处看。

程遇风把东西放下，捋起衬衫袖子，拿了盆子去外面打水。接下来两人分工合作，用了将近一个小时把客厅和陈年的房间清理了一遍。

时间来到十点整。

程遇风准备去镇上宾馆下榻一宿。他从来不是会在乎世俗眼光的人，但也深知人言可畏的道理。桃源镇本就不大，消息传播速度很是可观，一个还在上学的女生公然带着男人回家里过夜，流传过程中说不定还会有各种各样的添油加醋，别人会怎么看陈年？

他不得不为她考虑。

"我手机不关机，有什么事随时打电话，"程遇风把她颊边散落的头发别回耳后，很自然地捏了捏她耳朵，"一个人睡，不会害怕吧。"

当然不会。

陈年撇撇嘴，她才没有那么胆小。

"乖。"他亲了亲她鼻尖。

"那你到了给我发条信息。"陈年妥协了，她看看门外苍茫的夜色，"巷子很复杂的，你会不会迷路啊，要不我送你到巷口吧。"

不过，他方向感很好，就算导航失效，开着飞机在天上都不会迷路，这小巷怎么能难得倒他呢？

"嗯。"男人的声音很轻柔，透着愉悦，"到时还要我再把你送回来？"

"好了。"他哄孩子似的轻拍她后背，"我走了，记得把门锁好。明天见。"

陈年站在原地，目送着男人颀长挺拔的背影走进夜色，渐行渐远，进了小巷后，眨眼就不见了。

她抬起头。

夜空上，藏在云层后的月亮偷偷露出了半边脸，不一会儿后就整个都露了出来，清辉满天，是满月。

她和程遇风的一场相遇，就像从深巷里出来，无意中撞见了一轮月亮。

程遇风一路踏着月色走出小巷，兜里手机"叮"的一声，他掏出来一看，沉静的目光变得比天上月还要柔和。

陈年之于他，又意味着什么？

这个问题只有程遇风知道答案。

她是太阳，是月光之源，永远炽热光亮，越过晴空之下的乌云，落入他寂静暗淡的生命，温柔照耀。

第七章

第七缕凉风

陈年一夜无梦到天明，她是被阵阵清脆悦耳的鸟叫声吵醒的，睁开眼就看到窗台上停了一双燕子，正啾啾啾欢快地叫着踱来踱去。

清晨的阳光把它们线条优美的身影印在蚊帐上，陈年默默欣赏了一会儿，注意力又被一只牵着白丝挂在半空的蜘蛛吸引过去，视线往上，只见昨晚清理干净的天花板上又多了一个蜘蛛网，看来是小家伙连夜赶工织出来的。

她坐起来，睡裙下两条纤细笔直的腿在床沿悬空晃了两下，一只脚刚钻进拖鞋，"啪"的一声，脚边突降一只壁虎，大概摔晕了，蒙了几秒后才有动静，一溜烟儿地不知蹿到哪个角落去了。

看来她不在的这段日子里，这个只有十平方米的小房间，已成为了自然生灵们的乐土，它们以自己的生命和活力，为老旧房子注入了新的生机。

陈年穿好鞋子，拿了杯子牙刷出去，打上来半桶混着新鲜落叶的井水，身体很自然地自动按以往的习惯去做，她几乎都无须大脑思考就在水井边蹲了下来。

井水很清凉，刷好牙后，陈年掬起一捧轻泼在脸上，凉意满面，说不出的舒服。她把手也放进去泡，水下，手指根根白皙，指甲也泛着浅浅的粉，好看极了。

自恋了几分钟后，陈年用毛巾擦干脸和手，重新进屋，她刚换好衣服，门外就传来敲门声。

她以为是程遇风，跑出去开门，门打开才发现外面站着的是路吉祥，她满脸的笑容收敛几分，有些拘谨地喊了声"舅舅"。

路吉祥神色也十分不自然。"我、我昨晚……看到你屋里亮了灯，知道你……回来了，"他慢吞吞地甚至有些结巴地说着，"今天是你妈妈的忌日，我就想着……是该回来了……"

找不到别的话题，他把手里提着的袋子递给陈年："这是家里母鸡生的蛋，你、你拿去吃，补补身体。"

路吉祥或许想到她如今身份不同往日了，什么山珍海味没吃过？他的脸上不由得显现出几分羞愧之色，不安地看了她一眼，搓搓双手："小东西而已，你别嫌弃就好。

"以前的事，是我们不对。一直没有机会跟你说句对不起……"

陈年看着舅舅佝偻的身子，以及透着这个年纪少见的沧桑和颓败的眼神，她心里有些不是滋味，伸出手去把袋子接过来："谢谢舅舅。"

手上一空的刹那，路吉祥紧绷的肩线明显放松了下来。

"您……和舅妈现在怎么样了？"

"还不是那样，"路吉祥苦笑，"凑合着过呗。"

一个人老珠黄、脾气暴躁、丧失生育能力，一个懦弱无能、逆来顺受还残疾，以前总说是一朵鲜花插在牛粪上，现在看起来倒是天生一对。

自从生儿子的梦破灭后，苗凤花安分了不少。深居简出，日升月落，她喂鸡、浇菜、发呆、睡觉，也不出去嚼舌根、寻衅滋事了，连邻居家的鸡闯进来，她都能跟没看到似的走过去。

被她娘家兄弟绑去山里狠狠教训了一顿，路吉祥原本坚定着要拼个鱼死网破、誓死要离婚的心土崩瓦解，想着以后的日子也没盼头了，那就随便过吧。

毕竟一场夫妻，同吃同住、朝夕相处近二十年，反正想找第二春是不可能的，索性继续一起过，年纪越大越孤独，有个人陪着说说话也是好的。

良久后，路吉祥问起母亲，依然是那副低声下气的语气："你外婆也好吧。"

"嗯。"陈年笑了笑，"挺好的。"

"那就好。"

路吉祥挠挠花白的头发："那……我先回去了。"

"好。"

路吉祥转身走了，陈年这才发现他竟然是瘸着一条腿的，铺满日光的小路上，那道一瘸一拐的身影越来越小，她倚门呆立着，沉思许久。

刚刚居然忘了请他进来坐坐。

七点半，程遇风提着早餐过来了，陈年也煮好了两颗白水蛋。两人面对面坐着吃早餐，有一搭没一搭地说话。

程遇风把鸡蛋剥好放在她面前的碗里，见她勺子停在半空，他出声问："想什么？"

陈年想到了自己十八岁生日的第二天，她和程遇风就是在这个地方，坐的也是相同的位置。当时他跟她说"如果你二十岁以后，知道自己真正想要的是什么，觉得还有必要跟我谈谈的话，那我们就好好谈谈"。

现在她刚好二十岁了，而他们的关系已经提前一年确立下来。

"我在想，"陈年露出清浅笑容，粉嫩小脸在晨光里格外动人，"两年前我就非常确定自己想要什么了。"

她想要的，从始至终，只有他。

程遇风从她柔软的眼神中读出了答案，一颗心被熨帖得十分舒坦。两年前他不知道自己会这样喜欢甚至深爱这个小姑娘，当她那样努力，光芒万丈地朝他走来，他想告诉她，其实他早已在不知不觉中沦陷……

具体说不出是什么时候，只知发觉时已深陷。

程遇风握着她的手，低声道："我非常确定自己将来想要什么。"

陈年的心怦怦跳。

阳光渐渐有了温度，两人相视一笑，眼中俱是化不开的浓情蜜意。

吃过早餐后，陈年提着木篮和程遇风出门了。

前两天刚下过一场暴雨，树枝横七竖八地挡在路间，泥土松软，上山的路不太好走，他们多花了点时间才来到墓地。

由于气候湿热，清明节时才扫过的墓地上又新添了绿意。陈年在路如意墓前缓缓蹲下，把野生的花草清理干净，用湿巾擦过手后，她从木篮里拿出了妈妈生前喜欢吃的几样点心摆上去。

她又将一束路上摘来的还滚着露珠的野白菊放在旁边，在心里无声说："妈妈，年年来看您了。

"妈妈，正式跟您介绍一下，这是年年的男朋友，也是您……未来的女婿，您一定要好好看看哦。

"妈妈，年年一切都好……"

程遇风也在看照片上微微笑着的路如意，他其实和她只有两面之缘，印象中她非常清瘦，为人也很和善，说话总轻声细语的。

她是一个平凡得不能再平凡的女人，同时也是一个伟大得令人钦佩的母亲。

女本柔弱，为母则刚。

他郑重地做出承诺："您放心吧，以后我会好好照顾她的。"

陈年轻抚着墓碑上当初自己亲手刻下的、在经历无数风吹雨打后已有些褪色的字："妈妈，我知道您不需要我说谢谢。

"可您对年年这么好，年年却再也没有机会为您尽孝，报答您的恩情，"眼泪大颗大颗流出来，她哽咽得语不成声，"妈妈，谢谢您啊……"

陈年不相信有来生，就算有，她也不是她，妈妈也不是妈妈了，两人只有这辈子的母女缘分，断了就永远断了。

程遇风从后面轻揽住她肩膀，她趴在他胸口，淋漓尽致地哭了一场，他柔声抚慰她的情绪："有我在，我会一直在。"

陈年把他抱得更紧了。

程遇风的衬衫被她哭得湿了一片，她平时都是以笑意盈盈的模样示人，好像从来没有烦恼和悲伤，只有他知道，她脆弱起来，有多么令人怜惜和心疼。

"我、我不想哭的，"陈年像个做错了事的孩子，眼眶红红，抽抽噎噎地说，"我只是……忍不住。"

放在心底最深处去怀念的人，眼下触景伤情，往事种种齐齐浮现，她就一下失控了。

"我知道。"

程遇风一直知道的，她是个善良重情的女孩子，别人对她一分好，她能回馈一百分。养母路如意间接给了她一场新生，像对待亲生女儿一样地去疼爱她，最后还留下了一份无法弥补的遗憾……

"我答应过妈妈以后都不会再哭的。"

程遇风帮她擦去脸上的泪："今天是个特殊日子，你妈妈会谅解的。"

"真的会有另一个世界吗？"所有离开的人都在那儿，等着其他亲人在世间寿终后过去团聚？

"我不知道，"程遇风也想起了和自己缘分浅薄的父母，声音低而涩，"但是，我愿意相信它的存在。"

他顿了一会儿又说："年年，你要做的是把你妈妈这份无私的善意继承下去，尽自己的力量去帮助更多的人，这就是你报答你妈妈的最好方式。"

你可以从中收获快乐，明白活着的真正意义，脚下的路也会越走越踏实、越明亮。

阳光照得白菊花瓣上的露珠熠熠发光。

陈年把手扣进他指间，眸底水光盈盈："你会陪我一起走吗？"

"会。"程遇风说，"我会。"

十一点的太阳热力惊人，好在下山时沿路的树木枝叶繁茂，如巨大伞盖，撑出一片片阴凉。

陈年挽着程遇风的手臂，踩着从头顶透下来的点点光亮，一袭收腰的浅色棉质长裙，随着她的动作轻盈摆动。

之前陈年哭得太厉害，嗓子干哑，程遇风进了镇口的一家小卖店给她买水。老板娘是个四十多岁的胖女人，齐耳短发，笑起来像个弥勒佛。

外面太热，陈年也跟了进去，老板娘一眼就认出她，笑得眼睛都眯成了一条细缝："你回来了啊。"

陈年愣了愣，唇边牵出一丝笑意："嗯，是啊。"

桃源镇有近两万人口，流动频繁，陈年对眼前的中年女人并没有什么印象，可这并不妨碍对方很热情地像个熟人一样跟她说话，她看了看程遇风，又问："这是你男朋友啊？"

陈年继续点点头。

老板娘乐呵呵的："真俊欸！都快赶上电视里的明星了。"

程遇风从一排品牌陌生的矿泉水中挑了两瓶，拿到柜台结账。老板娘还在和陈年聊天，她身后的电视机正播放着 A 市卫视的新闻，内容恰好是他们熟悉的——

之前大闹候机厅被警方带走调查的中年女人，因证据确凿，且社会影响恶劣，被予以行政拘留十日并罚款三百元的处罚。

新闻主持人："根据中国航空运输协会制定出台的《民航旅客不文明行为记录管理办法》，对民航工作人员实施言语辱骂、人身攻击的乘客，将来搭乘飞机出行可能会面临某些限制。我们的记者就此事连线了昭航的官方发言人……"

"哎呀，渴死我了！"一道声音凭空插了进来。

陈年回头看去，只见一个穿着校服的女生从门外走入，她把重重的书包往沙发上一甩，倒了杯凉白开，仰头咕噜咕噜地灌下去。

她喝完水，一抹嘴唇，顺便蹬掉了凉鞋："妈妈，什么时候能开饭啊，我饿死了！老师布置了好多作业……"

"啊！"女生这时才注意到店里还有两个客人，她眼睛忽然一亮，蹦蹦跳跳地跑到陈年面前，"你是陈年姐姐！"

"天哪！"她原地转了两圈，"我真不敢相信！这是真的吗？"

陈年惊讶地问："你认识我？"

"当然认识了！"女生险些跳起来，"你可是我的偶像，我的女神耶！

"你知道吗？你的照片现在还在桃源中学的公告栏上挂着，学校每年新生入学时校长总要提起你的名字，什么省市全国世界物理一等奖啦，全校几乎就没有不认识你的人！

"我还把你在伦敦的领奖视频保存下来了，每晚入睡前都要看一遍，"女生神采飞扬，"我将来也要像你一样考上 A 大，走出桃源镇！"

"还有啊，我想跟你说声谢谢。"她有些羞涩地笑着，"如果不是你的话，我可能连高中都没有办法上了。"

陈年更加不解了，这和她有什么关系？

女生说起了其中的缘由。

原来她家里条件也不算很好，父亲在 C 市当建筑工人，母亲在桃源镇开了家小卖店，勉强维持生计。高中不属于义务教育范畴，费用较高，夫妻俩打算等女儿初中毕业就让她出去打工，赚钱贴补家里。

女孩子嘛，读再多书，将来都是要嫁人的。

谁知道女儿初三那年，陈年屡获各种大奖以及拿到了百万奖金的消息一夜之间传遍了整个桃源镇，这下可就无异于给这里丢下一颗重磅炸弹了。他们当然不会理解那些金光闪闪的奖项真正的含义，却垂涎于数额巨大的奖金……

人们如梦初醒地觉悟到，原来上学读书也是一条致富发家的路啊。

"陈年姐姐，我们班上现在有十五个女生，而且成绩都很好，把那些臭男生都打败了，哈哈哈！"因为知道这个机会来之不易，所以几乎是拼尽全力，想证明她们并不比男生们差，还想为自己谋取一个自由而美好的未来。

她们不想要一个一眼就能看到尽头的人生，更不想轻易去接受父母强势安排的命运。

一个班有十五个女生，这是什么概念？

在陈年的记忆里，她读高二那年，全年级总共才十个女生。

女生一口气说完，眼眶已然发红："陈年姐姐，能不能请你帮我签个名啊？"

陈年一颗心也是变得又热又软，她从来没有想到，自己从桃源镇走出去的那一刻，在她以为自己慢慢地丢掉某些东西时，其实是无意中为这个偏僻封闭的小镇带来了更重要的东西。

不记得是谁说过：有时候并不是因为看到了希望才去坚持，而是因为坚持才看到了希望。

陈年接过女生手里的本子，在上面写下一行娟秀的字：不忘初心，不畏将来，加油！

落款是"叶陈年"。

"谢谢姐姐。"女生立正给她敬了个礼，"我一定会好好学习、天天向上的！"又凑过来，压低声音，"将来我也要像你一样找个这么帅的男朋友。"

这单纯又坚韧的模样，让陈年想起了当初在某人面前，自己也说过几乎一模一样的话。她偏头看程遇风一眼，他微微挑眉，显然也明白她心中所想。

她绽开笑容，对女生说："等你的好消息。"

女生小鸡啄米似的点头，肚子也跟着咕噜叫，她立刻羞红了一张脸。

程遇风拿出钱夹结账，老板娘连忙摆手说"不用不用"，这两瓶水就请他们喝了，还说什么这水能给陈年喝是它的造化之类的话，陈年听得耳根微热。

最后，程遇风还是悄悄地在柜台上放下了一张十块钱，然后牵着陈年的手走出去。

晴空万里，日光丰沛，到处落满了明亮的光。偶尔有热风吹来，挑逗得树叶一阵娇羞乱扭后，毫不眷恋地离去了，树上的知了仍不知疲倦地叫着。

走过水仙桥，陈年的心情比在山上那会儿好了不少，她想自己有些明白程遇风在墓前说的那番话是什么意思了。她真的有通过自己的努力，让这个世界变得更美好了一点点呢。

"有什么感想？"程遇风问。

陈年认真想了想："豁然开朗。"路还很远，她后面还要更加努力！

程遇风眼底闪过一丝笑意。

"对了，"她又想起刚刚在电视上看到的新闻，"打人闹事的那个女人真的进了昭航的永久黑名单？"

"三年。"

这是昭航高层开会协商后的一致决定，当然是基于对长远利益和社会影响等方面因素的考量做出的，本来只是一年期限，略作警告，也表明立场和态度，后面在程遇风的坚持下才改成了三年。

他的坚持无非就是因为：谁不是父母捧在手心里的宝贝，费了那么多心血去培养出来的，凭什么要来你昭航受这样的委屈？

在他的能力范围内，这份公道，无论如何都是要替那位无故受委屈的女地服讨回来的。

"程先生，"陈年转身，一只手搭在他肩上，踮起脚尖在他唇上亲了一口，"这是奖励。"

也是……谢礼。

谢谢你长得帅还这么开明温柔体贴、替他人着想，谢谢你成为我迷航时的灯塔，还有男朋友，谢谢你让我遇见了更好的自己。

程遇风搂住了她的腰。

"妈妈，"桥畔树荫下，有个扎着羊角辫的小女孩指着他们，一副纯真无瑕的语气，"那位叔叔和姐姐在做什么呀？"

在女孩妈妈说话之前，陈年跺了跺脚，连忙推开程遇风，飞快地跑走了。她现在在镇里可是无人不知、无人不晓呢，一定不能教坏祖国未来的花朵。

程遇风追了一百多米才追上她，两人继续牵手往前走。

拐个弯，陈年远远就看见了一户人家墙外，串串红通通的荔枝高挂着，一幕幕往事也跟着涌现。

"还记得你以前差点陷害我的事吗？"

程遇风当然记得，抵唇轻咳一声："想吃荔枝吗？"

"程先生……"转移话题太明显了好吗？

程遇风又说："我记得你后面还问了我一个问题，好像是关于荔枝价格的，同样的荔枝别人买居然比我买要贵三倍，这是怎么回事？"

陈年耸耸肩："因为那男的地中海、满脸坑坑洼洼，一点都不帅，而且还是个胖大叔。"

"嗯？"程遇风还是不怎么明白。

她点到即止："你以前在学校饭堂吃饭时，打菜阿姨的手应该都没怎么抖吧？"长得好看的人不管走到哪里都是有特殊待遇的。

"我打个比方，本来满满一勺的红烧肉，阿姨'不小心'抖两下，就只剩一半了。"

这个有趣的说法让程遇风轻笑出声："听起来像是你的亲身经历。"

可不就是！

不过，按理来说，他女朋友长这么漂亮，没理由……

"同性相斥啊，"陈年一脸悲愤，"阿姨一定是妒忌我长得这么好看。"

程遇风非常认同这个说法："百分百是。"

到底是道行浅，陈年那要清算旧账的心思早被他拐到九霄云外去了。

　　程遇风买了十斤荔枝，一半送到了路吉祥家。路吉祥他听说陈年明天要去找路招弟，又吭吭哧哧拖着瘸腿进屋里拿了一袋鸡蛋和一罐腌豆角让她帮忙转交给女儿。

　　"家里没什么好东西，这两样都是她爱吃的……"路吉祥铺垫了一大段话，才说出重点，"年年，你跟她说说，在外面不要太辛苦了，多吃点好吃的，身体要紧。

　　"有空的话，也可以回来看看，再怎么说，这里也是她的家，一时的气话怎么能当真呢，打断骨头还连着筋，难道真老死不相往来了……"

　　"舅舅，我知道了。"

　　陈年接过两样东西，走向巷口，程遇风正在那儿等着她。她忍不住回头看了一眼，路吉祥站在门边，正低头擦眼泪，远远对上她的视线，他又笑着用力挥了挥手。

　　坐在车里，陈年仍无法忘记这一幕，她看到了一个不善表达感情的父亲，她看到了一份在历经波折后迟到已久的亲情。

　　夕阳如火，黑色车子平稳碾过一路橘色柔光。

　　陈年回头张望，桃源镇的山山水水在她视野中慢慢远去。她想，自己从来没有丢掉什么，它们化作了山间的风、暗夜里的星辰、镶嵌在土地里的山川河流以及无所畏惧的勇气……一路都在伴她前行啊。

　　晚上八点出头，程遇风和陈年来到下榻的金叶酒店，办理完入住、放好行李后，两人去楼下吃了饭，时间还不算晚。陈年提议去附近的夜市走走。

夜市是人们夜晚打发时间的好去处，琳琅满目的各种摊档，几乎汇集了全国各地所有的特色小吃，至于味道是否正宗及用料是否卫生似乎并不太重要，重要的是价格便宜。

混杂着一股油腻的夜风吹过湿淋淋的地面，积水里装着五彩缤纷的灯光，被匆匆行人接连踏碎，仿佛一面模糊的镜子，支离破碎地映着世间芸芸众生的百态。

刚走到街口，就有一阵浓重的香辣味飘过来，陈年忍不住偏头打了个喷嚏。不远处有个烧烤档，对面是卖麻辣烫的，两边都排着长长的队伍。

店里，四人座的小矮桌已全部坐满，气氛浑浊而热闹。劳累一天后的人们，在俗世的烟火里，像濒临枯萎的花重新回到水中，一扫颓意，变得生动而饱满。

路边随处都是垃圾桶，但也能看到随地乱丢的垃圾。陈年把揉成一团的纸巾塞进满得快要溢出来的垃圾桶，转身时有辆小黄车几乎贴着她擦过去，幸好程遇风眼明手快地抓住她的手。

小黄车的主人头也不回地钻进了人群里。

程遇风轻蹙眉心，陈年晃晃他手臂："我们继续走吧。"

前面传来阵阵乐声，绵长而悲戚，如泣如诉。陈年拉着程遇风走过去，只见灯光黯淡的角落里，一个男人正盘膝坐在地上拉二胡，前面还堆着零散的硬币、纸币，面额最大的是五块钱。

陈年听不出曲目，也不知道男人的水平如何，她只注意到他那双没有焦点的眼睛，空洞而浑浊，如同没有生命的冰冷物件。为了生计，不惜以最软弱之处示人，可收效甚微。

一曲终了。

她从钱包里拿出一百块钱放上去，男人一无所觉，换了一首新的曲子，继续拉起来。

陈年不知道他背后有什么故事，走出好远后，她在心里无声轻叹，如果所有人都能看到这个世界就好了。

当然，目前来说，这是不可能实现的事。

然而，陈年不知道的是，今天晚上的一个小插曲，其实是一股无形中的力量，牵引着她，让她用尽毕生所学，投入到为盲人重见光明的事业中。

"要进去看看吗？"

陈年被低沉的男声唤回心神，她才反应过来自己不知什么时候走到一家照相馆前面了，正前方一部照大头贴的机器旁贴了一片用于宣传的少男少女们的非主流照片。她目光越过去，落在店内，忽然被点亮似的："好啊。"

她拉着程遇风进去，指着衣架上的衣服："老板，你们这里是有出租军训服吗？"

老板正无聊地吃西瓜看电视，见有生意上门，瓜皮往桌上一丢，满脸笑容地过来："租一套五十块，免费拍照。"

他看着程遇风，犹豫了一会儿才说："如果租两套的话，可以给你们打八折。"

老板嘴上是这么说，可压根不抱什么希望能做双份生意，因为眼前这男人看着就是出入高级写字楼的社会精英那一类人，怎么可能会对穿军训服拍照什么的有兴趣？

他不过随口一问，没想到程遇风竟答应了，他险些跌破眼镜："那、那你们先去换衣服吧。"

照相馆老板当然不会知道穿军训服拍情侣照对程遇风和陈年来说有什么重要意义，职业敏感告诉他，这对相貌气质都出众的男女，拍出来的照片一定很赏心悦目，说不定还会成为他的镇店之宝。

军训服还算干净，也没有什么味道，就是……穿在程遇风身上，太小了。陈年看着那薄薄的布料下紧绷起来的身体线条，简直移不开目光。

几乎不需要指导拍照姿势，两人并肩坐在一块，亲密感十足。老板忍不住多拍了几张照片，上传到电脑，看了又看，觉得根本就用不上修图软件，每张照片都很完美，当然也有他拍照技术高超的功劳。他关掉软件，通过微信把照片传到了陈年手机上。

陈年一张张地看过，觉得都很满意，这是三十岁的程遇风和二十岁的陈年，无须 PS，彼此终于同框，也算是圆了她的一个小心愿。

由于身穿同款军训服，似乎连年龄差都看不出来了呢。

程遇风从钱夹里拿了一百块递给老板，老板接过，正要找零，陈年说照片她很喜欢，不用打折了。老板哈哈大笑着说："那我也祝二位百年好合了。"

陈年嗓音清甜："谢谢。"

老板送他们出门，转身进屋时一拍脑袋，竟忘了跟他们说自己想把照片贴出来宣传的不情之请了。他摇摇头，还是算了吧，未经同意不擅用客人照片，这点职业道德他还是有的。

陈年和程遇风回到金叶酒店，程遇风放下东西后拿衣服进了浴室，洗完澡出来见小女朋友仍窝在沙发里，爱不释手地捧着手机看，他在旁边坐下："就这么喜欢？"

陈年直起身，趴在他背后，脸颊蹭蹭他的脸："程先生，我最喜欢的是你啊。"

这话让人很受用，程遇风扬起嘴角，侧头就这样吻住她的唇……这是一个又深又火热的长吻……他像要把她吃进去一样。结束时陈年满脸涨得通红，连嘴唇都微微肿了起来。她合拢好上衣，小跑着进了浴室。

这夜，两人是在同一张床上睡的。

陈年和路招弟约好了八点见面，次日早上六点她就醒了，身侧的男人也被她闹醒，胡闹一通后，她才被放下床洗漱。

陈年吃过早餐，时间差不过了，程遇风把她送到约定的奶茶店后，就被一个工作电话叫走了。她找了个靠窗的位置坐下，几分钟后，路招弟的身影就出现在门口。

路招弟长高了，肤色也变白了，穿着浅绿色的衬衫和牛仔吊带裙，看着青春又活泼，和以前唯唯诺诺的胆怯样子截然不同。

陈年激动地站起来，发现路招弟身后还跟着一个高个子男生，她在脑中搜索记忆："啊，你……"

男生也认出她了，惊讶道："这么巧！怎么是你？！"

路招弟不知道他们在打什么哑谜，听得云里雾里的。

陈年解释说："前年六月份，我第一次坐飞机时，他刚好就坐我前面，当时头发还是紫色的，对吧？"

贾辉煌摸摸脑袋，还好她给自己留了点面子，没有把他那时又哭又吐被空姐扶下飞机的狼狈事情说出来。

路招弟恍然大悟，陈年朝她挤挤眼："不介绍一下吗？"

路招弟面带羞涩："这是我复读班上的同学贾辉煌。"

"这是我姐姐，陈年。"

"我很早就知道你，"贾辉煌说，"你是叶伯伯的女儿，而且我们的遭遇也挺像的。"

"嗯？"

这事说来就话长了。

两年前，昭航的心理咨询师无意中发现潜逃的人贩子方德平。报警后，警方立刻控制了犯罪嫌疑人，经过审讯后发现原来他儿子贾辉煌也是他以前非法拐卖的儿童之一……

一头紫发、个性张狂的少年，发现命运和自己开了一个巨大的玩笑，从此一蹶不振。

"后来，慕昭少年儿童慈善救济基金会的工作人员就找上了我，他们不仅帮我寻找父母，还提供了让我继续上学的机会。"

"那你现在……"陈年轻声问，"找到你父母了吗？"

"没有。"

不是每一个被拐卖的孩子都那么幸运可以回到父母身边的。

路招弟在桌下握了握贾辉煌的手，被他用力反握住。她也是第一次听说这个倔强少年还有这么曲折心酸的过去，心不禁也跟着疼了起来。

"我没事。"贾辉煌说，"反正我现在也过得挺好的。"

陈年露出淡淡的笑。

陈年不记得了，贾辉煌也想不起来，这并不是他们的第二次见面，而是第三次。

他们的初见在十六年前，那个窄小脏乱的面包车后车厢里。

高烧昏迷的小叶子，被一个陌生小哥哥抱着，身上的热度几乎把他融化。

他感觉怀里的人随时都会死去，害怕极了，哭得上气不接下气——

"妹妹的头好烫。

"妹妹喝不进水了。

"妹妹没气了。"

…………

在这片刻的交集后，同病相怜的他们走上各自不同的路，小叶子被丢弃，而他也在阴差阳错之下变成了人贩子的儿子。

十八岁那年在高空共同经历一场惊心动魄，劫后余生，才是重逢。

"不说这些了。"贾辉煌叫来服务生，"你们想喝什么？"

陈年和路招弟分别要了一杯果汁和一杯奶茶，贾辉煌则是点了咖啡、水果拼盘和几样点心。

"招弟，你想好要报什么专业了吗？"

"我想读法律专业。"路招弟说，"不过要等月底成绩出来再看看。"

"肯定没问题的。"贾辉煌笑道。

"你呢？"陈年问了贾辉煌同样的问题，她之前知道他和路招弟是同一个复读班的同学，月初也刚参加完高考。

"我可能还要再考一次。"贾辉煌并没有觉得不好意思，反而满脸自信，"我将来想成为昭航的一名机务工程师。"

他看看路招弟，用开玩笑的语气说："路路你要等我啊，别上了大学就被什么乱七八糟的男生勾走了，那我该怎么办啊。"

路招弟直接用手肘顶了过去。

"咦，这是什么？"她视线落到陈年手边的袋子上。

"哦！"陈年这才想起来，她打开袋子，"这是你爸爸让我带给你的鸡蛋和腌豆角。"

路招弟看着那两样东西，彻底地沉默下来。

气氛微变。

贾辉煌眼观鼻、鼻观心，察觉到路招弟脸色有异，自知接下来的话题自己可能不方便在场旁听。他拿起手机："我出去给朋友打个电话。"

路招弟从来没有跟贾辉煌提过家里的情况，学校家长会她父母也总是缺席，每逢过节放假她都留在学校，他简直都要怀疑她是个孤儿了。不过这属于个人隐私，他也不方便问。

"我已经将近两年没回家了。"路招弟缓缓吐出一口气，露出微笑，苦涩的声音却出卖了她的真实情绪，"年年，你说我是不是太自私了？"

平日里越是隐忍内敛的人，一旦遭到伤痛，而且是来自至亲给予的伤痛，以心性敏感作为催化剂，它就会被放大千百万倍，除了无助地躲起来舔舐伤口，别无他法。

"不，你不自私。"陈年握住她双手，"你只是还没有迈过心里的那道坎，没事的啊，慢慢来。"

"时间还不够，"路招弟摇摇头，"或许这辈子的时间都不够……我不知道该怎么去面对他们，真的不知道……

"他们真的有把我当女儿吗？在他们眼里，我只是一颗用来谋取利益的棋子，现在完全没有利用价值了，他们还惦记着我做什么？"

路招弟说不下去了，眼底已经积了一层晶莹的泪光，她死咬着牙不让眼泪掉出来，看起来倔强又脆弱。

陈年走过去抱住她，轻轻抚着她后背。

路招弟硬是把眼泪逼了回去："年年，你觉得我应该原谅他们吗？"

陈年虽然是后来才知道到底发生了什么事，也一度对路吉祥和苗凤花感到深深失望过，可她和他们关系不亲厚，她不会有其他太激烈的情绪。

路招弟不一样，那是她的父母，同时也是伤她最深的人，她难以释怀也是人之常情。

"无论你做出什么决定，我都支持你。"陈年永远都是站在路招弟这边的，"只要你开心就好。

"就算你一直不回去也行，反正我家就是你家，我爸妈就是你爸妈，我男朋友就是……"

路招弟破涕为笑，忍不住打断她："就是什么？"

陈年掐两下她脸蛋："就是你姐夫啊。"

"年年，我发现你脸皮变厚了。"她以前绝对不会这么自然就把"姐夫"之类的话说出口的。

"没办法，"陈年很甜蜜地叹气，"跟我们家程先生学的。我跟你说啊，你别看他平时一本正经的，其实私底下……"

贾辉煌在外面漫无目的地溜达了一圈，回来就看到两个女生脑袋凑在一起，嘀嘀咕咕好像在分享什么秘密，他犹豫着要不要过去。

　　不料，路招弟看到了他，朝他招了招手。

　　"中午年年的男朋友要请吃饭，你也一起去吧。"

　　贾辉煌显然很意外，不过还是点头答应了。

　　程遇风已经提前在金叶酒店订好了包厢，等处理完工作上的事过去，离约定时间还早着。他打电话给陈年，问要不要过去接他们。

　　陈年正和路招弟在逛街，其实也没有什么要买的，纯粹四处看看打发时间，因为外面天气太热，他们就躲进了商场。

　　贾辉煌是个夹娃娃的好手，也不知道他怎么操作的，五分钟不到，路招弟和陈年怀里就各抱了两只玩具娃娃。

　　"还想要哪只？"贾辉煌优先问路招弟。

　　旁边的一对情侣已经折损了十几个币，短发女生仍是两手空空，她听到这句话简直要吐血，瞪着男朋友，一点都不给面子地说："你真没用。"

　　然后就气呼呼地走了。

　　她男朋友急急忙忙地追上去。

　　陈年悄悄给路招弟比了个大拇指。

　　路招弟的脸悄悄红了，她对跃跃欲试的贾辉煌说："够了，不要了吧。"

　　"好，听你的。"

　　刚好这时程遇风的电话就来了，陈年接通："不用，我们自己打车过去。"

　　现在网约车什么的都很方便，但因为平台管理不规范还存在某些安全上的漏洞，陈年平时独自一人是不敢坐的。不过，现在他们有三个人，还有个是男生，所以没什么太大的关系。

但为了安全起见，陈年一坐上车还是把车主的相关信息和定位发给了程遇风。

半个小时后，陈年一行人来到包厢。门刚打开，贾辉煌看见站在屏风前的程遇风，险些跳起来，他都有些语无伦次了："你、你……前年六月，飞机迫降 S 市机场，当时我也在飞机上！"

贾辉煌不记得眼前的男人叫什么名字了，佢永远不会忘记他那幽默风趣的机长广播，以及他从飞机上跳下来的背影，那么高大伟岸……

这才是真正的男人啊！

那场高空惊魂和劫后余生，是贾辉煌生命里最深刻的一笔，当他有权利选择自己的未来时，他就坚定了想去昭航当一名机务的决心。

"你好。"程遇风郑重地伸出手去，"我是程遇风。"

贾辉煌条件反射地背过手去擦了擦，然后才握住他的手，曾经不可一世的少年，此刻笑得有些腼腆："我是贾辉煌。"

陈年和路招弟都不约而同地笑了。

四人落座后，程遇风把菜单递给路招弟和贾辉煌，他们比较拘谨，只点了两样菜，陈年把菜单拿回来，又多点了几样路招弟爱吃的菜。

主随客便嘛。嘻嘻嘻，反正路招弟喜欢吃的她也喜欢。

程遇风在桌下轻捏了捏女朋友的手，陈年也调戏似的点点他手背。

路招弟没有看到他们的互动，但也从他们对视的眼神中感受到了爱意，原来爱一个人真的藏不住，因为眼睛会说出来。

她真为陈年感到开心啊。

服务生陆续把菜上完，关上门出去了。

程遇风总是能很好地照顾到饭桌上每一个人的感受，哪怕存在年龄代沟，他也可以和他们谈笑风生。

贾辉煌的话匣子也跟着打开了，他问了许多和机务相关的问题，程遇风就自己所知道的一一耐心作答，丝毫不见烦躁。

一顿饭吃得宾主尽欢。

最后，贾辉煌坦然地说出了自己的理想，顺便表示虽然现在成绩还不行，但他一定会努力。程遇风看着对面踌躇满志的少年，举起茶杯，笑道："欢迎你将来成为昭航的一员。"

贾辉煌激动得险些把杯子掀翻……

路招弟下午两点还要做家教，地点刚好就在附近，吃过饭，聊了一会儿天，她就把贾辉煌拉走了，顺便带走了那袋鸡蛋和腌豆角。

程遇风下午还有飞 A 市的航行任务，陈年在 S 市没别的事了，她想在出国前多陪陪爸妈，自然也是要跟着回去。两人上楼休息了半个小时后，程遇风先把陈年送到机场，接着就去机长准备室做飞行前的相关准备工作了。

两点四十分，飞机准时起飞。

进入平航期，领了飞机餐后，陈年开始闭目养神，后来迷迷糊糊就睡了过去。等她醒来时，飞机已进入 A 市上空。

驾驶舱内。

程遇风打开了无线电通话——

"A 市进近，昭航 1375，高度 7300，航向 500，航速 300 节，听您指挥。"

"昭航 1375，雷达已经识别了，预计使用跑道 19 落地。"

程遇风重复："预计使用跑道 19 落地，昭航 1375。"

"昭航 1375，下降到 5000 保持，修正海压 1014，调表速 220。"

程遇风再次重复。

"昭航 1375，左转航向 160，建立跑道 19 左盲降。"

…………

"昭航 1375，联系 A 市塔台 121.5，再见。"

程遇风又联系上了塔台。

A市塔台："昭航1375，继续进近，可以落跑道19左，地面风180，五米每秒，落地（脱离）后报。"

"A市塔台，落地（脱离）了。"

程遇风报告后，塔台又让他去联系地面。

地面："昭航1375，沿滑行道A3、C5，停机位108，停机到位报。"

程遇风复述关键信息，然后按照指示把飞机停在了停机位108。

"停机到位了，谢谢指挥，再见。"

"不客气，再见。"

…………

下飞机后，陈年在老地方等到了完成交接程序后赶到的程遇风。他把她送回了叶家，在容昭的盛情挽留下，他还留下来吃了晚饭。

接下来的两天，陈年几乎没有出门，每天晨起吃过早餐后，她都要在别墅前的游泳池游上几圈。容昭坐在边上的躺椅上，看着女儿像条美人鱼般灵活地在水里游来游去，她嘴角总是不自觉地含笑，目光充满了眷恋和慈爱，仿佛怎么都看不够似的。

陈年在游泳池里尽兴玩了一个上午，吃过午饭后，容昭上来帮她收拾行李。

陈年申请了斯坦福大学的暑期交流项目，本来五月份就要过去的，可由于比赛和其他私人原因耽误了。和学校沟通后，那边要求她最迟六月二十二号前过去报到。

她从小就独立惯了，收拾行李这种小事自然无须容昭操心，但为人母亲的，总是想为自己的孩子多做些什么。

虽然叶明远宽慰过多次，但一想到女儿要离开自己身边，容昭就忍不住红了眼眶。她也知道孩子长大了总是要飞去外面的世界，道理都懂的，可还是很不舍得。

"年年，你到了美国那边，如果有什么不习惯的，一定要打电话告诉爸爸妈妈。"

"妈妈，我知……"陈年回过头，见妈妈身体摇摇欲坠，她飞快跑过去，"妈妈！"

容昭脸上瞬间褪去了血色，软软地倒在她怀里。

陈年不知所措地蒙了几秒才反应过来，她大声喊道："爸爸你快来，妈妈晕倒了！"

听到女儿的喊声，楼下客厅正准备喝水的叶明远耳朵"嗡"的一声，随后感觉胸口阵阵剧痛，仿佛要将某种重要的东西从他身体里抽离，他支撑不住地弯下腰去，白瓷杯从他手中滑落，在地上摔得四分五裂。

他扶着茶桌边缘，手背青筋暴突，手指发颤。

楼上，陈年的声音已变成了哭腔，她一会儿喊妈妈，一会儿喊爸爸，声声揪心。混乱的思绪绞杀着叶明远的神经，让他几乎透不过气来，他咬紧牙关，尝到一丝淡淡的血腥味，勉强寻回了三分理智。

叶明远拖着灌铅般的双腿艰难地爬完了三十六级的楼梯，当他的身影出现在门口那一刻，情绪已然接近崩溃的陈年"哇"的一声哭了出来："爸爸……"

"没事，没事的宝贝。"叶明远不停地安慰着她，或许也是在安慰自己，他抱起不省人事的妻子，"我们先去医院。"

陈年胡乱地抹掉脸上的眼泪，越抹越多，朦胧的视野中，她看到爸爸单膝跪在了地板上，而妈妈依然被他紧紧地抱在怀中。

她才意识到，其实此时此刻爸爸的心比她更慌乱、更害怕。

陈年迅速跑过去。

叶明远抬头看她："年年不哭，扶爸爸一下。"

陈年把他扶起来，他起身时趔趄了一下，还好稳住了。父女俩相互扶持着把容昭送到楼下，救护车已经在门外等着了。

容昭在最短的时间内被送进市中心医院的抢救室。

熟悉的情景在叶明远的生命里重复上演了不下十次，每次都在生离死别的边缘徘徊，但好在上天还是眷顾他的，总是以有惊无险的结局收场。

可这一次……容昭的情况比之前都要凶险，来医院的路上，她呼吸孱弱得像随时都会断掉。

叶明远不确定自己是否会继续拥有好运气。

肩上忽然覆来一份温热的重量，叶明远回神，他摸了摸女儿的脸，语气温和："你妈妈一定会挺过来的。"

"……嗯。"

陈年是第一次面对妈妈的发病，前一刻还跟她说说笑笑的人，转眼间就躺在了冰冷的手术台上，而且从爸爸的反应中，她隐隐能感觉到情况不太好，心里不安极了。

没多久，程遇风和程立学也赶来了。

程老爷子看到父女俩依偎而坐，像是彼此的支柱，他眼眶一热，扭过头去。

两个人总比一个人苦苦支撑要好。

程立学永远不会忘记，那次容昭听到小叶子可能不在人世的消息，心脏病突发，叶明远守在手术室外，冷静得可怕。他当时几乎能强烈预感到，如果里面的容昭有什么不测，叶明远很可能会追随着她而去。

毕竟他在这世间已没有了任何的牵挂。

可现在，有陈年陪着他，父女连心，哪怕是最坏的情况……

程立学狠狠地摇头，把不好的念头甩出脑海。

见爷孙俩过来，叶明远朝他们点点头，陈年的目光也和程遇风的碰上，眸底的脆弱一览无余。她想过去抱抱他，可眼下……她不能离开爸爸身边。

爸爸非常需要她。

等待的时间漫长得能让人清晰地感到它一分一秒地流逝，三个小时零七分后，手术结束，一身汗湿的医生从里面走了出来。

医生的出现仿佛在这小片空间里按下了暂停键，时间静止，所有人都没有说话，甚至连呼吸都很轻。

医生摘下口罩："病人抢救回来了。"

然后，他视线准确无误地找到了叶明远："叶先生，麻烦您来一趟我的办公室。"

叶明远在女儿肩上拍了两下，跟医生走了。

容昭从手术室出来后就被转移到特护病房，暂时还不允许探视。

陈年透过玻璃窗看到安静地躺在病床上的妈妈，听着心电监测仪的声响，一颗心仍然悬在半空，浑身发冷，她用力咬住下唇，双臂环抱。

程遇风把她拥进怀中。

熟悉的清冽气息和温度裹着陈年，她把头埋在他胸口，嗓音细碎模糊："我、我妈妈……会……没事的吧。"

程遇风眸色黯淡了几分，语气却格外柔和："一定会没事的。"

陈年怎么会不知道进入特护病房意味着什么？可她还是奢望能从程遇风那儿得到让自己心安的答案，哪怕只是求个心理安慰也好。

"我妈妈……她以前也这样吗？"

陈年只从爸爸那儿听说妈妈的病情比较罕见，按照现在的医疗水平无法彻底治愈。这两年来她每天都要吃药，病情并没有出现太大的起伏，直到今天亲眼看见她倒在自己面前……

程遇风"嗯"一声。

陈年无法想象这些年爸爸是怎么走过来的，怪不得初次见面时，她就觉得他的眼睛里有着和这个年纪不相符的沧桑。

她记得自己在飞机上问他："能告诉我您在想什么吗？"

他的回答是："我在想，我的女儿。"

在茫茫人海中寻找了十几年，一次次的失望后，他是不是也预想到或许女儿已遭遇不测了？如果有幸向生，他就继续寻找；如果不幸遇难，妻子失去最后的支撑，肯定也活不下去，到时一家三口就可以在另一个世界团圆了。

所以，生死一线的时刻，他丝毫不感到害怕，无论是哪种结局他都能坦然接受。

不能这么柔弱了。陈年心想，从今以后，她要成为爸爸妈妈的依靠。

程遇风扣住她的手："不管发生什么，我们一起面对。"

陈年抱紧他的腰："好。"

容昭在特护病房待了三天才转移到普通病房，VIP 单间，安静又敞亮，最适合用来静养。

医生刚过来查完房，容昭情况还算稳定，他嘱咐几句就离开了。陈年拉了把椅子坐下，俯身无声地趴在了床边，容昭抬手摸摸她头发："年年，妈妈吓坏你了吧。"

"妈妈，不要有下一次了，好不好。"

"好，妈妈答应你。"

"要拉钩。"

"好。"

风把浅蓝色窗帘吹开一角，明亮的光也跟着飘进来，地板上亮晶晶的一片。

叶明远提着早餐和换洗衣物推门进来，就看到母女俩亲密地靠着在轻声说话。妻子虽然脸色苍白如纸，但满脸都是笑意，他的心情也跟着明媚几分。

陈年听到关门声回头，清脆地喊道："爸爸。"

她走过去接过叶明远手里的纸袋："哇，妈妈，爸爸从家里带了您最喜欢喝的粥，您一定要全部喝完哦。

"爸爸，您辛苦了。"

叶明远看着才三天就瘦了一圈的女儿，她那清澈见底的双眸像闪着柔光，这一瞬间，他想，只要这双眼睛不染上悲伤，他做什么都是值得的。

"年年，你已经连着两晚没好好休息了，今晚就回家去吧。不用担心，你妈妈有我照顾。"

"是啊。"容昭也说，"妈妈真的没事了，很快就能出院。"

她突然想起来今天已经是二十号了："年年，你不是预定了明天飞美国的机票吗？"

"妈妈，我不打算去美国了。"

和陪妈妈相比，斯坦福大学的暑期项目太微不足道。

陈年话声一落，病房就陷入了沉默。叶明远对她的决定并不感到意外，容昭还想试着说服她，最后被父女俩联合说服了。

其实，扪心自问，容昭一点都不舍得女儿离开，她对自己的身体心中有数，这条命或许没多久后就油尽灯枯了，就让她自私一点吧。

女儿二十岁，她才拥有女儿的六年，太短太短了。

容昭发现自己根本做不到像路如意那样伟大，如果那一天终将来临，她希望丈夫和女儿都守在身边，陪着她走完最后一程。

一家三口各怀心事地吃完早餐。

叶明远又去了一趟医生办公室，直到中午他才重新出现。

容昭还睡着，呼吸不是很稳，时轻时重。陈年坐在旁边的沙发上看书，她看看时间，快十二点了，不知道爸爸去了哪里，怎么还没回来？

她打开门，惊讶地发现站在门外的人："爸爸？"

叶明远的短发乱糟糟的，鬓角的白格外刺眼。他张了张口，声音哑得惊人："年年，爸爸有事想和你说。"

"是和妈妈有关的吗？"

"嗯。"

两人走过长长的走廊，一路都洒满明晃晃的光。陈年踏在上面，却仿佛觉得自己赤脚在冰块上行走，走到尽头时，整个人都麻木了。

叶明远的情况比她好一些，可也好不到哪里去。他大概怕自己会倒下，双手扶在栏杆上，后背像被什么压着一样，根本直不起来。

他知道女儿对没见到养母最后一面这个遗憾至今无法释怀，他不想再让她留下相同的遗憾了。她已经长大，哪怕双肩柔弱，也能学着去承受无可躲避的风雨了。

所以，在经过深思熟虑后，叶明远决定还是把妻子的病情如实地告诉女儿，毫不保留，说得清楚明白。

人的心脏好比机器，损耗得太厉害了，最后只能废弃掉。

由于容昭病情复杂又罕见，医生就采取了常规治疗的方式，可就算吃再多的药也是治标不治本。之前在办公室里，医生也坦言，继续拖下去，最多也只能拖两年。

这已经是最乐观的设想。

陈年的声音像冻过似的："不可以做手术吗？"

"可以。"叶明远闭上了眼，眼角有泪渗出，他疲倦又轻轻地重复一遍，"可以做手术。"

"成功率……多少？"

"百分之四十。"

百分之四十的手术成功率。

饶是数学成绩优异的陈年，也无法算出这个概率意味着什么。有些人拥有百分之九十九成功的希望，最终却没逃过那百分之一的厄运。当然，也有反过来被这百分之一眷顾的幸运儿，只是少之又少——这种案例被称之为"医学上的奇迹"。

这个数字背后是一场残酷的生死博弈。

陈年的第一反应就是：太低了，连一半都不到。但跟被限制的短暂两年时间相比，它既危险又充满了诱惑，前提是可能要以生命作为代价，赌赢了，后面可能还会有好多个两年，一旦赌输了……就会连最后的两年时间都彻底失去。

哪怕是最亲近的人，陈年和叶明远也无法替容昭选择是否要去赌。

"爸爸，您是怎么想的？"

叶明远仰头望了望天，半晌后才说："我不想只要她的两年。"

相识相知相爱长跑七年后走入婚姻殿堂，夫妻风雨同舟二十余载，早已成为彼此生命里不可离分的部分，硬要分离，血肉模糊。

如果可以的话，他多么想和她相守到老。

前面的路黑暗又陌生，他怎么忍心让他的容容独自一人先去走？

陈年也是这么想的，但她心里清楚，尽管自己和爸爸的想法一致，真正做决定的人却是妈妈。她能预感到，妈妈一定会做出和他们相同的选择。

大概真的是母女连心吧。

容昭在听丈夫说完手术的事后，沉默了一会儿，她眼里含着一层薄薄的水光，语气坚决地说："我要做手术。"

陈年轻轻地扑进她怀里："妈妈。"

"容容。"叶明远也喊了一声，只这两字，千言万语都已道尽。

容昭露出一丝苍白的笑，温柔而平静，是母性的力量，也是对生的渴望，柔弱和坚韧在她身上恰到好处地共存。

"年年，妈妈舍不得你，也舍不得你爸爸，所以，我必须要去赌。"

只有赌，才有赢的可能。

不，是一定要赢！

她过去已经赢了十一次，每次都成功从鬼门关前回来，相信这次上天也会许她一个圆满的结局。

三个人的手握在一起，不知道是谁的在颤，最后带着六只手都在轻轻发颤，没有人哭出来，只是个个眼眶通红。

天气晴好，病房里满室阳光，空气却似乎凝滞了一般。

中午吃过饭后，母女俩说了会话，容昭就累得睡过去了，她现在身体很虚弱，连下床走路都做不到，只能卧床静养。

陈年帮她掖好被角，继续坐床边守着。

调了静音的手机震动了一下、两下、三下，听频率不像是来电，陈年从桌子上捞起手机，滑开屏幕一看，原来是群里的信息。

她点进去，一排排节哀之类的字眼映入眼帘，她的心也跟着狠狠一痛。

这个群是陈年之前在网上查找资料时发现的，里面都是和她妈妈相同病症的病人和病人家属，主要用来分享各种治疗信息和病友间互相加油打气。

群里有一百零五个成员，有一半的头像是灰掉的。

今天又有一个二十岁的女生，没熬过去，走了。陈年对这个女生有印象，很活泼开朗，是群里的开心果……陈年手指摩挲着那个永远不会再亮起来的头像，眼泪扑簌掉落，哭声却被她紧咬在唇齿间。

门外响起了脚步声，陈年手忙脚乱地抽了几张纸巾擦掉眼泪，在门打开之前，她飞快地跑进了洗手间，对着镜子整理好自己才出去。

病房里多了两个人，从医生办公室回来的叶明远和过来探望容昭的程遇风。

视线双双落在陈年身上，她下意识地垂落目光避开。

叶明远又去看妻子，容昭还睡着，他摸摸她的手，手的温度让他紧皱的眉头稍微松了些。

"下去走走？"程遇风轻声跟陈年说。

陈年点点头。她也有好多话想跟他说。

两人轻手轻脚地出去了。

医院环境不错，绿树成荫，目之所及都是绿意。陈年走到一棵茂盛榕树下，停住了脚步，一转过身，已有一个温暖的胸膛送上来让她依靠。

"医生说，我妈妈如果不做手术的话，最多只有两年。"她轻揪着程遇风的衬衫，"可是，如果做的话，手术成功率不高于百分之四十，我很害怕……

"我已经失去过一个妈妈了……"

像狠狠摔过一跤后，给了她一颗安慰的糖，现在，又要把糖从她手里夺走。

陈年不确定自己能否再次承受得住那样的痛楚，她不想再哭，因为眼泪非但解决不了问题，还会给爸爸妈妈增加心理压力，可心底的难过越堆越多，无法排遣。

"你知道吗？今天群里有个女生走了，她才二十岁，和我一样大。"

正值青春年华，可她的人生却永远地停止了。

"她的家人该有多么伤心啊。"

"年年，"程遇风低头轻吻她眼角，尝到一股苦涩的味道，"这世上有很多事是我们无能为力的，但人活着总要往好的方面看。你要对你妈妈有信心，以前那么艰难都走过来了，她一定不会轻易放弃的。

"何况，"他的声音低了又低，"你现在在她身边，你就是她的最大动力，为了你，她会拼尽全力的。

"在事情的最后结果出来之前，一切都是未知数，未知就代表着希望。"

程遇风的一番话让陈年跌落谷底的心大受宽慰，她埋在他胸口蹭了两下，重新抬起头时，除了微红的眼眶和鼻尖，先前笼罩着她的低气压已慢慢消失。

"是我太悲观了。之前你说，在飞机上逃过一劫，等于花掉了中五百万的运气。后来我遇见你，又和爸爸妈妈团圆，感觉像把这辈子所有的运气都用光了。"

程遇风摸到她的手，掌心相贴："好了，我已经把我的运气借给你了。"

陈年把手指扣进他的指间："谢谢你，程遇风。"

"傻姑娘。"程遇风亲了亲她额头，"一切都会好起来的。"

"嗯！"

只要是他说的话，她都相信。

程遇风牵着陈年四处走了一圈才回病房，刚推开门，陈年就看到了背对着门的路招弟。

得知容昭病重住院的消息，路招弟马不停蹄地赶来了 A 市，刚下飞机就直奔市中心医院，那双眼红肿不堪，一看就知道狠狠哭过。

真正对她好的人，她也捧着一颗真心相待。

看到病床上憔悴的容昭，路招弟的视线又开始模糊，她在心底一遍遍地念——好人有好报，干妈一定会没事的。

路招弟紧闭双眼，泪水无声滚滚而落，连旁边站了人都没有发觉。

陈年递给她两张纸巾。

路招弟侧过头，张了张嘴，没有声音，看嘴型是在喊"年年"。

陈年伸手揽住她，轻声安慰说："别哭。"

路招弟在陈年怀里勉强整理好情绪，容昭就醒了。她睁开眼就看到一双女儿站在病床前，她握着两姐妹的手，笑得欣慰又开心。

这个下午，病房里充满了愉悦的笑声。

容昭由于病情反复，手术日期一直没有确定下来。

程遇风从美国找了几位心外科的权威医生，看过病历后，他们喷喷称奇，一致认为容昭本身就是个奇迹。她拥有非常强烈的求生欲，这在同类病人中是难能可贵的。因为这一点，他们甚至有把握将手术成功率提高到百分之五十。

专家会诊后，终于确定下来一套手术方案，时间也定了，就在七月十二号。

时间仿佛迎着新生而走，又仿佛是生命的倒计时，终于走到了十二号这天。

程立学、程遇风和路招弟早早就到了医院。

进手术室之前，叶明远握住妻子的手，放在唇边用力亲了亲，一句话几乎用尽他所有力气："容容，我等你出来。"

"好。"容昭笑着说。

"妈妈，您是世上最勇敢、最坚强的妈妈，"陈年努力克制着自己的声音，"您一定可以的。我和爸爸……等你。"

"妈妈，我爱你。"

曾经，这句话她来不及对妈妈路如意说，如今，她希望还能有机会说上千千万万遍。

"妈妈，你要记得我和爸爸都很爱很爱你，所以请你一定要加油啊，为了我，为了爸爸。"

"年年，"容昭落下大颗大颗的泪，"妈妈也爱你，很爱你。"

妈妈也想陪你走很远的路，想亲眼看到你结婚生孩子，想弥补我们之间错失的那么多年时光。

可如果有万一，命该如此，妈妈也不会后悔，只要你和爸爸好好的……

"年年，照顾好……你爸爸。"

这是容昭进手术室前跟陈年说的最后一句话，等心情稍微平静下来，陈年才迟钝地意识到，这话隐隐带着永别的意味。

妈妈已经做了最坏的打算。

这个认知让陈年浑身发冷，神经紧绷着，感觉随时都会断掉，太阳穴也一抽一抽地疼起来，她靠在爸爸肩上，像是要寻找某种安慰。父女俩的手紧紧握在一起，就像他们在飞机上那次一样。

此时此刻，他们共同守着一份希望，只是它相对微弱，且被绝望纠缠。

某个念头撞得陈年胸腔发疼——

妈妈，如果您在天有灵，请保佑我的妈妈，如果可以的话，我愿意把自己剩余生命里的二十年时间给她。

求求您了。

只要她能平安无事，我做什么都愿意。

手术室的灯亮了整整十个小时。

医生走出来，疲倦地微笑着向他们公布喜讯："手术顺利。"

程立学摸着下巴笑了出来，程遇风明显松了一口气，路招弟则是已经泪流满面。

几秒后，陈年从椅子上一跃而起："爸爸您听到了吗，手术顺利！！"

叶明远如同刚从一场漫长梦境里醒来，脑子是一片空白的，正要起身，连日来身体和精神承受的双重压力下，他已是筋疲力尽，加上起得太急，发软的双腿支撑不住身体的重量。他眼前一黑，晕了过去。

第八章

第八缕凉风

"很抱歉，我们已经尽力了。"

"妈妈，妈妈您不要丢下我！"

听着女儿撕心裂肺的哭声，叶明远觉得自己的心也跟着碎成了一片片。他瘫坐在椅子上，被残酷的命运定在脚下的方寸之间，挪不动分毫，只能被迫接受现实——

容昭没了。

"啊……"他发出困兽般的嘶吼，舌头却被什么压住似的，所有的悲痛只能透过双眼倾泻出来。泪眼模糊里，他看到了妻子全无声息地躺在病床上。他想伸出手去碰一碰她，却摸到了一把冰凉的空气，冻得四肢百骸都僵硬了。

接着，他感觉到有人在背后拉自己，他不顾一切地和这股力量拉扯。容容还没闭上眼，她舍不得啊，她还想再看看我，再看看女儿啊……

巨大的力量硬生生把叶明远扯开了，他绝望地大喊了一声："容容！"

"爸爸。"

陈年听到动静迅速推门进来："您没事吧？"

叶明远仿佛什么都没有听到似的，颓然地坐在床上，目光空洞无神，他的思绪还被囚禁在梦境与真实的错乱里，分不清，理不透。

"爸爸？"陈年担忧地看着他。

叶明远终于转过头来看她，小心翼翼地问："年年，你妈妈她……"

"我妈妈在隔壁病房啊。"陈年暗暗松一口气，"爸爸您之前真的吓到我了，欸……"

叶明远跌回现实，无法言表的复杂感受充满胸腔，只有一个念头是坚定而清晰的，他一把扯掉输液管："我去看看你妈妈。"

陈年知道爸爸心情急切，也没阻拦，上前扶住他。这段时间他清瘦了很多，摸上去瘦骨嶙峋的，她能深刻感受到爸爸是真的老了。

十几米的距离感觉像走了大半辈子。

叶明远终于走到了妻子的床边。

麻醉剂药效还没退，容昭依然安静睡着，呼吸平缓，叶明远眼里盛装着的她，模糊了又清晰，清晰了又模糊。

陈年推了把椅子过来。

叶明远坐下来，紧绷已久的关节发出"嗒"的脆响，消毒水味使劲往鼻里钻，却一点都不觉得难闻。他再也忍不住，趴在床边，双肩剧烈耸动。

陈年从后面拥住他，脸颊轻贴在他背上。

或许是感应到了什么，容昭慢慢地睁开了眼，看到守在床边的父女俩，她知道自己赌赢了，不禁露出幸福的笑容，不小心牵动了伤口，她轻轻地"嗞"了一声。

"妈妈醒了！"

叶明远已经感觉到妻子柔软的手轻抚着他的头发，她的声音听起来没有力气，却很温柔："放心啊，不会丢下你们的。"

叶明远的泪涌得更厉害了。

有生以来，他从未这样哭过，挫折也不曾让他屈服，唯有这沉甸甸的喜悦，让他心甘情愿地沉沦进去。

"宝贝，妈妈棒不棒？"

陈年绽开笑颜，弯腰在她手背上亲了一口："妈妈超级棒的！"

"明远，"容昭也跟着笑，"你觉得呢？"

叶明远却答非所问："容容，谢谢你。"

谢谢你是那么坚强勇敢，也谢谢你回到了我和女儿身边。

这五个字惹出了容昭的眼泪："应该说谢谢的人是我才对，这些年如果没有你，我走不到今天的。"

这是实话。

"老夫老妻的，说这些见外的话做什么，"叶明远似乎忘记自己才是起了话头的人，他揩去容昭的泪，"以后陪我一起走到白头，好不好。"

容昭多么想告诉她的老头子，看看啊，你现在已经白头了，可她什么都没有说，她只是抚着他鬓角不知何时染上的白霜，点点头："好。"

陈年悄悄掩上门出去了，体贴地把空间留给爸爸妈妈，让他们尽情地倾诉心里话。

陈年刚转过弯，就撞见了程遇风，她像只快乐的蝴蝶一样飞过去："程遇风。"

她叫他的名字倒是叫得越来越熟练了。

程遇风还没反应过来，就被小女朋友推进了左手边的楼梯间。

隐秘微暗的空间里，陈年跳到程遇风身上，双腿紧紧环着他精瘦的腰身，捧着他的脸毫无章法地亲来亲去。

这是程遇风并不陌生的啄木鸟式亲吻，最后她亲了亲他的唇，不过只是蜻蜓点水般，一触即离。

陈年眼底亮晶晶的，像装满了细碎星光："我好开心好开心……好开心啊！"

"喏，运气还给你。"让它们护佑他每次都起落平安。

"不用还了。"程遇风低笑道，"我的不就是你的？"

"对哦，有道理。"

男人的轮廓沉在一片昏暗中，看得不太清晰，陈年的手覆上去，以指为笔细细勾勒，从眉心到高挺的鼻梁，一笔一画仿佛要印进心里。

"年年。"程遇风声音微哑。

"嗯，怎么了？"

没什么，就是忽然想你快点长大……

陈年见他许久没回应，疑惑地又问了一遍。

"没什么，"程遇风扬起嘴角，"只是想叫一叫你。"

"那……再亲一下？"

他们好久都没亲了。

这次是由程遇风主导的。结束后，他把陈年放下来，落地后她双腿发软，险些站不稳。

啧啧，程先生的吻技又大大提升了。

容昭在医院住了将近二十天，等她的情况稳定，再做过全身检查，确定没什么问题后，医生就批准她出院了。

家里年纪比较大的用人准备了火盆放在门口，容昭跨过去，意味着一身晦气尽除，从此好运相伴。

用人们又你一句我一句地说了许多吉利话。

叶明远不住地道谢，各给了她们一个大红包。

陈年把妈妈扶回房间休息，又出去倒了杯温水给她。

容昭打量着四周熟悉的一切，有一种恍如隔世的感觉，她喝了小半杯的水，拍拍床畔："年年，上来陪妈妈睡会儿。"

陈年爬上床，两人面对面躺着，小声说话。

说着说着，陈年困意袭来，偏头就睡了过去。容昭亲了一下她额头，也闭上了眼睛。

叶明远推开门就看到母女俩相拥而睡的画面，他没有进去，只是呆呆站在门口，笑了又笑。

这一生他再无别的心愿，只愿一家人平安相守。

时间过得很快，转眼就来到了七夕。

这天下午五点，一袭浅色长裙，清丽动人的陈年在爸爸妈妈什么都懂的目光里，坐上了程遇风的车，去赴情人节的约会。

程遇风已经提前在 A 市有名的旋转餐厅订好了位置。

娇艳玫瑰，浪漫烛光，可口的餐点，小提琴演奏，还有对面坐着的英俊男朋友，陈年发现自己还是不能免俗，一颗心飘飘然的。

可能是考虑到她那差劲的酒量吧，程遇风并没有点红酒，不过他一定不知道，就算不喝酒，她此时也已经醉了。

"喜欢吗？"

陈年望着他那双深邃好看的眼睛，两颊梨涡浅浅："喜欢！"又强调一遍，"非常喜欢。"

这个男人满足了她对另一半的所有幻想，她想"喜欢"两个字已经不足以概括她的全部情感了。

程遇风笑意更深："那就好。"

他们所在的位置能看到Ａ市最美的夜景，灯光辉煌，车水马龙。

晚风清凉，吹得陈年浑身燥热，她想大概程遇风还是失算了，冰淇淋里好像加了果酒，不过还好她只吃了一小口。

程遇风是在半个小时后才发现她的异样，他摸了摸她通红的脸颊，又凑过去，在她唇边闻到了一股淡淡的酒味。

他轻蹙眉心。

她眉开眼笑："我没醉。"

真的没醉，就是脸发烫而已。

"1+1等于多少？"

"2！"陈年比出剪刀手。

"牛顿第三、第一、第二定律。"

他故意打乱顺序，她才不上当，逐条背了出来。

程遇风就没再问下去了，他看看时间，十点多了："我送你回去。"

"今天是情人节，"陈年摇摇头，"我想多和你待一会儿。"

想来想去好像也无处可去，最后两人只好回了程遇风的家——对于陈年来说，只要和他待在一起，去哪儿都是好的。

情人节，无数成双成对的情侣在街上潮水般涌动。

因为堵车，两人到家已是将近十二点了。

陈年推开车门下去，在这个特别节日带来的微妙心情的驱使下，她想让程遇风背自己上去。这样，他就看不到她脸上羞得不行的表情了。

陈年你真是好聪明啊！

程遇风弯腰把她背起来，进电梯后，正前面镜面似的电梯壁让她通红的脸一览无余。她侧开来躲了躲，偏偏程遇风回过头，手里还拿着一朵玫瑰花，微微逗弄着她。

大概是情人节，从车厢、电梯到公寓，无言的暧昧不断在发酵。

…………

进了家门之后，程遇风进了浴室洗澡。

陈年打开了电视，电视节目有一些无聊，伴随着浴室传来的水声，不知不觉地，她竟然睡着了。

不知过了多久，迷迷糊糊地，她感觉到男人在她额头上轻轻落了一个吻，还有一句模糊的"我爱你"。

陈年来不及分辨，再次睡了过去……

次日清晨，陈年醒来已不见程遇风的身影，她下床梳洗完，打着呵欠出来客厅。程遇风已经把早餐准备好了，早餐格外丰盛，都是她喜欢吃的。

陈年坐在阳光里，捧着杯子小口小口地喝着牛奶，眉眼明媚又略带羞意，拖鞋里，脚趾轻缩起来，透着淡淡的粉。

"程遇风……"

"年年……"

两人的声音几乎同时发出，交织在一起，又是异口同声的——

"你先说。"

陈年扑哧乐了，不过想到自己要说的话，耳根又变成了红玛瑙，她鼓起勇气慢慢对上他的眼睛："程遇风，我、我也……爱你。"

她是在回应他昨晚的那一句"我爱你"。

程遇风先是一怔，随后心中涌现无限欣喜，他找到她的手，握住，眼神柔和又深情："年年，我们订婚吧。"

不是临时起意，事实上，他很早之前就有这个想法了。

"你觉得怎么样？"他当然还是会尊重她的意思。

陈年沉吟半晌："不能直接结婚吗？"她已经满二十周岁，到法定结婚年龄了。

程遇风失笑出声，他抚着额角："你还小，先订婚。"

"你觉得我小？"陈年问得意味深长。

程遇风不自然地轻咳一声，只好换了另一种说法："你年纪还小。"

陈年稍微满意了："我要回家和我爸爸妈妈商量一下。"

"好。"

叶明远和容昭心里早就对他们的进展大概有底，对于订婚这件事自然也是乐见其成。

在程遇风和程立学正式上叶家定亲前两天，陈年接到一通来自班主任封峰的电话。封老师希望她慎重考虑一下是否真的要放弃去哈佛大学当一学期交换生的机会。

秋季学期的交换时间是从八月底到十二月底，如果她选择去的话，意味着要离开四个多月时间。

通话结束后，陈年在落地窗边站了许久许久，背影纤细又沉默。

容昭知道女儿的心结，拉了丈夫一起过来帮忙开导。

"年年，妈妈的身体已经没有大碍了，你不用担心，想做什么就去做吧。"经过这段时间的休养，容昭伤口已经恢复好，脸色也慢慢变得红润起来。

叶明远也说："是啊，年年，你妈妈有我照顾，你还不放心吗？"

这样的机会不是每个人都有的，既然失而复得，那就应该去把握住它。

"年年，"叶明远又说，"爸爸希望你能出去多看看这个世界，去见识更多不同的风景，认识更多优秀的人。"

"而且，医生说等我的情况更稳定了，坐飞机也没什么问题的，到时我就和你爸爸过去给你当陪读。"容昭也笑着说，"妈妈还没有去过美国呢。"

拖着以前那副破败身体，坐不了飞机不说，连路途稍微远些都疲累不堪，还好现在不同了，只要争气些，出国完全是可以的。

叶明远揽住她的肩膀："以后你想去哪里我都陪你去。"千山万水，我都陪你走遍，走到走不动的那天为止。

容昭点点头："明远，谢谢你。"

陈年看着恩爱的父母，心里越发不舍，她认真地说："爸爸妈妈，我再想想。"

她上楼回到房间，又把这件事告诉程遇风，从他那儿也得到了相同的答案。

就这样，八月下旬风和日丽的某天，陈年坐上了从 A 市飞往美国的航班，临走前还顺便和程遇风订了个婚。

波士顿和 A 市有将近十二个小时的时差，除了日夜的分别外，横亘在陈年和程遇风之间的还有一个太平洋的距离。

空间距离比时间距离更难以跨越，加上正值暑运，程遇风不仅要忙着上航线，还要处理公司的某些重要事务，几乎忙得分身乏术。

陈年也是忙得飞起。出国前，听人说哈佛大学的图书馆深夜灯火通明，座无虚席，她来到学校后才发现并无半分夸张。

上的第一节课，白胡子老教授的开场白就是："选修我这门课，你们要做好一天只睡五个小时的准备。"

当时，坐在底下的陈年心想，五个小时还是能接受的，后来她发现自己真的太天真了。

教授讲课很快，不管是语速还是课程内容，这时陈年就开始深刻体会到当初程遇风送她一本《牛津词典》并要她好好学习英语的良苦用心了。她学的是美式英语，所以来到哈佛后，正常的沟通和听课都没什么大问题。

当然也有例外。

陈年有门课的教授是南亚人，张嘴就是浓浓的当地口音，听他讲课就跟听天书似的。他每次都是匆匆来，匆匆留下阅读材料清单让学生们自行去图书馆查找，然后要求他们上交阅读报告。

由此，陈年也认识了很多"患难之交"，尽管大家的肤色、国籍和信仰等都不同，但还是能融洽地相处。他们对中国古老而博大精深的文化非常感兴趣，她历史学得一般，为给文化输出贡献一份绵薄之力，只好每天入睡前捧着《上下五千年》狠狠恶补一番。

另外，还有个微妙之处——

随着国家日益强大，国际地位的显著提高，中国学生在课堂上拥有了更多的发言机会，当然，前提是你已经做好了充分的课前准备。

做准备需要大量的阅读。

作为班上唯一一个拿下国际奥林匹克物理竞赛一等奖的中国女

生，陈年自然额外受到了教授的关注。有时惜才的教授还会根据她的报告，私底下多给她开书单，就像当初在桃源中学时赵老师给她开小灶一样。

来到这里一个月了，陈年感觉自己看的书比过去一年看的书还要多。她像永不满足的海绵，疯狂地吸收着各种知识，睡眠时间也跟着紧缩，没多久就熬出了一双标准的熊猫眼。

视频时，程遇风看到女朋友的黑眼圈，顿时心疼得不行。

陈年笑嘻嘻的："程先生，你看我像不像化了烟熏妆？"

她吃完饭刚从餐厅出来就收到了程遇风的视频请求，现在国内时间是将近半夜一点，他居然这么晚还没睡。

程遇风晚上十一点才回到家，写完飞行总结，听着窗外淅淅沥沥的雨声，难得地失眠了。

深夜是会把白天隐藏的思念放大无数倍的。

陈年问："你之前给我发的照片是什么？"

程遇风："发动机烤鸟肉。"

陈年一惊："没出什么事吧？"

"没有，返航备降了。"

"那就好。"

两人聊了半个多小时，谁都舍不得挂断。

"太晚了，你赶紧去睡觉。"

程遇风轻声叹气："睡不着。"

陈年隔着手机屏幕去摸他的脸，又听到他低低地说："想你想的。"

头顶上的碧空无边无垠，陈年的思绪也越过美洲大洋落到了千山万水之外的 A 市，她眨了眨眼，卷翘的睫毛也跟着微颤几下："我也想你，很想很想。"

还有三个月，她就能回 A 市了。

最后，还是程遇风先挂断了视频。

陈年收好手机，也收拾好情绪，踏着一路阳光回到公寓。

不知不觉，经夏入秋，公寓前的地上零星躺着几片红叶，空气里也多了一丝凉意。

陈年从实验室出来就直奔图书馆，等按照书目找好资料书出来时，外面已是黄昏光景，她快走到公寓时就接到了程遇风的电话。

她进实验室前就调了静音，手机在手心里震动，屏幕上出现的三个字，直戳心底最柔软的角落。

陈年没有接，因为她已经看到了公寓门前树下那道颀长的身影。

时光交错，陈年仿佛回到了在 S 市一中时，他赶在台风之前坐了别的航空公司的航班过来帮她"充电"，至今她仍清晰记得当初那份隐藏在感动下的怦然心动。

那边直到忙音也没有人接，程遇风皱眉正准备再拨一次，似乎察觉到了什么，他回过头。

四目相对。

他温柔一笑，朝她缓缓张开双手。

陈年再也控住不住自己，像一颗小炮弹般冲过去，撞进他的怀中。

冲击力太大，程遇风往后退了一步才稳住两人的身子，陈年搂着他，闻着他身上熟悉的清冽气息，心情复杂，想笑又想哭。

无须问他为什么会出现在这里，答案只会有一个：因为她在这里。

他是为她而来。

来往的学生偶尔会把目光投过来，毕竟一对有着东方面孔的俊男美女相拥也是一道赏心悦目的风景。陈年却一无所察，她眼里只看得到眼前的男人。

脚下红叶泛着金灿灿的光，陈年踮起脚尖，勾着他的脖子吻了上去。

这个吻深而缱绻，诉说了彼此心里的思念。

从夕阳只剩一半，持续到它在天边消失，去照亮另一半的世界。暮色四合，不远处一座座红砖房陆续亮起了灯。

陈年带着程遇风回到了公寓，她和另一个中国女生同住，一进门就看到桌上还放着个吃了一半的比萨，估计是正吃着就被人叫走了。

平时都没有什么访客，陈年找不到新杯子，只好用自己的杯子给他倒了一杯水。

"你平时也吃这个？"程遇风指了指比萨和可乐。

陈年莫名心虚："偶尔……吃一点。"

其实一开始她也是有雄心壮志想自己做饭的，可后来……不提也罢，比萨可乐既方便又能填饱肚子，慢慢也就习惯了。

"年年。"

"我知道了，"陈年主动认错，"以后会尽量少吃的。"

程遇风蓦地轻笑出声，他把她拉过来，一把抱住。

陈年也反应过来，他不是要说教，而是想……抱抱她。

室友随时都会回来，门外有时也会有脚步声传来，这刻的拥抱好刺激。

说曹操曹操到。

陈年的室友推门进来，见里面坐着个陌生男人，第一反应是自己走错了门。

"颖颖，"陈年笑吟吟地喊住她，"你没走错。"

"Oh my God！"颖颖惊讶道，"陈年，这是你男朋友？"

陈年大方地给他们做介绍。

颖颖看着程遇风，笑得淑女又矜持，其实心底早激动疯了，好帅好 man！国内小鲜肉当道的时代，竟然还有这样气质沉稳又长相出众的男人。

就像一块不浮不躁的璞玉，在岁月沉淀中温润自如。

"颖颖，那我就先走了。"陈年说道。

"好的。"

···········

和颖颖告别后，陈年跟着程遇风来到他下榻的酒店。有些可惜的是，程遇风还有航行任务，在波士顿不能久待。后天下午，陈年把他送到机场，回来后又继续投入到忙碌而充实的学习中。

十二月底，陈年结束在哈佛大学为期四个月的交换学习，在元旦假期结束后回到了 A 市，刚从飞机上落地，她的心就迫不及待地飞向了家里。

为了给程遇风惊喜，陈年回国的具体时间并没有告诉他，但叶明远和容昭是事先知道消息的。夫妻俩一大早就醒了，容昭提议一起去机场接女儿，叶明远也正有此意，于是两人吃过早餐就出发了。

陈年没想到爸爸妈妈会过来接自己，看到他们时还愣了一下，随后惊喜地飞奔过去，一左一右地把他们抱住。

被丢在原地的银色行李箱"砰"的一声落地，摔了个四仰八叉，轮子还在转动着。

随后，一双修长的手把行李箱扶起来，等它稳稳立住后，男生又把帽檐压低，整张脸只剩下嘴唇以下部分，然后他转身走了。

陈年回头时只看到他的背影，陌生中又带着一点儿的熟悉。

许远航？

上车后，陈年用手机搜索许远航的消息，意外发现他居然还开通了个人微博，粉丝也有一百多万。她点进去，果然不出所料，他前几天出国比赛，应该也是今天回国。

不知道他现在有没有迟芸帆的音信？

以陈年对迟芸帆的了解，她行事干净利落，从不拖泥带水，如果真想躲一个人，躲一辈子都是有可能的。

或许许远航已经放弃了吧？

"年年。"

"嗯？"陈年回神，"妈妈，什么事？"

容昭指着她手机问："这个男生我在电视上看过，好像是个运动员吧？"

陈年点点头："他是我高中同学，后来被选进了国家队。"

"真厉害。"容昭赞许道，"那将来可是要为国争光的啊。"

"我相信他会的。"陈年莫名笃定，虽然交情不深，但许远航给她的感觉是：他是那种想做什么事就会做到最好并坚持到底的人，所以……会不会，他其实还没放弃寻找迟芸帆呢？

之前两人还好好的，怎么突然就走到了这一步？他们之间到底发生了什么事？或者说，是迟芸帆发生了什么事吗？

大概是因为自己情路平坦顺遂，陈年越发觉得他们如果就此错过，真的太可惜了。窗外风景一闪而逝，她在心里无声叹气。

回到家后，陈年第一件事就是去看外婆。外婆在后院小花园晒太阳，满头银发，身体依然清瘦，但精神明显比在桃源镇时好了很多。

陈年坐下来陪外婆聊天，光是关于吃饭的话题外婆就重复了十几遍，她温柔而耐心，像哄一个懵懂幼童。

你养我长大，我陪你变老。

希望时间走得再慢些吧。

吃过午饭后，陈年打算回Ａ大把相关手续办了，顺便把报告也一起交上去。她走到宿舍楼下，刚好遇见从图书馆奋战回来的谈明天和丁唯一。

三人许久未见，嬉笑几句后，熟悉感如数回来了。

谈明天把陈年从头看到脚，愤愤不平道："陈年，你居然没胖！"

她认识的某个研究生师姐，去美国之前还是小蛮腰，在炸鸡汉堡薯条比萨的荼毒下，回来就变成了水桶腰，直到现在过去一年了也没瘦下去。

谈明天忍不住摸了一把陈年的细腰："同人不同命，同伞不同柄啊。"

让她更羡慕嫉妒的是，陈年不用参加期末考试！要知道这学期的考试好难啊，老师简直是存心不想让他们过个好年！

成绩不好，过年的红包也跟着少，没有小钱钱，她就没办法买化妆品，不打扮得美美的就找不到男朋友，然后就要一个人孤独终老……

哭唧唧！

丁唯一朝天翻了个白眼："她下学期也要补考的。"

谈明天目光盯着陈年："你别忘了，这个女人前两个学期的考试，每科成绩都逼近满分的。"

区区补考，难得倒她吗？何况她从哈佛回来，说不定会变得更加恐怖。

"所以，"丁唯一无奈地摊手，"你还有什么好纠结的？"

谈明天："嘤嘤嘤……"

对哦，她到底纠结啥？

谈明天被考试折磨得千疮百孔的心被陈年带回来的礼物治愈了七八分，听到陈年还要请她们吃饭，她突然觉得生活又有了奔头。

谈明天和丁唯一下午的考试结束后，陈年的手续也办完了，三人约在南门见面。

巧的是，陈年在来的路上遇见了欧阳、秋杭杭和张玉衡，于是三人行变成了六人行。

大家点了满满一桌菜，围坐着有说有笑，气氛轻松而愉悦。

等一行人心满意足地从酒店出来，天色已擦黑，走三百米远就有公交车站。半个小时后，他们回到了 A 大。

三个男生继续去图书馆开夜车，谈明天打算今晚稍微放纵一下自己，回宿舍蒙被子好好睡上一觉，丁唯一则是和男朋友约好去奶茶店自习。

陈年完全没有考试的压力，和他们分别后，打车来到了程遇风的公寓。

推开门，迎接她的是一室寂静。

陈年随手开了客厅的灯，里外溜达一圈，处处都留下了她的痕迹。

玄关鞋柜里，她的拖鞋；浴室里，她的各种洗漱用品；衣帽间里，她和他并排而挂的衣服还散发着淡淡的清香，诸如种种，就像她从来没有离开过一样。

最后，陈年来到阳台，发现自己养的几盆植物被放在了花架上，多肉叶片紧密，肉嘟嘟的，还着了漂亮的颜色，仙人掌也生机勃勃，可见被照料得很好。

他那么忙的一个人啊。

四个月的时间说长不长，说短也不短，尤其是对异国恋的情侣来说，程遇风在这方面没有给她任何的压力，相反，他非常支持她去做自己喜欢的事。

客厅，桌上手机接连震动，陈年走进去，捞起来一看，是妈妈打来的电话，问她今晚还回不回家。

大概以为她还在学校。

"妈妈，我在程遇风这儿，今晚不回去了。"

自从她和程遇风订婚后，两人的相处就变得自然很多了，容昭果然也没再多问，只叮嘱了几句就挂断电话。

屋里安静极了。

迟钝的神经仿佛才感觉到了时差，倦意袭来，陈年甚至来不及回卧室，直接趴在沙发上睡了过去。

不知睡了多久，突如其来的悬空感让她惊醒过来。她睁开眼睛，男人轮廓分明的脸在视野中从朦胧变得清晰。

"你回来了，几点了？"

"十点半。"程遇风看着女朋友迷糊的样子，低头在她额上亲了一下，"回来也不说一声，这是打算给我惊喜吗？"

"是啊。"陈年笑嘻嘻的，"惊喜到没？"

程遇风轻轻地吻了她额头一下。

轻轻的一个吻后，陈年窝在程遇风怀里，突然想起一件事。

"我在哈佛时，接触到了一种叫'感光器'的东西，它现在还只是一个概念，可我忽然产生一个大胆的念头——能不能利用它来帮助盲人重见光明。"

这和真正意义上的视力复明还是有本质差别的。

感光器通过收集光线形成图像后，再通过视觉神经传导到大脑，它的作用就如同一个"类人眼"。正常人能通过眼睛看到周遭的一切，而使用感光器的盲人，他们看到的是芯片里事先储存好的图像。如果技术能力足够的话，还可以为个人量身定制……

对于那些身处黑暗中、从未见过这个世界的人来说，如果有机会知道红橙黄绿青蓝紫到底是什么颜色，知道苹果香蕉雪梨具体长什么模样，是多美好的一件事啊！

当然，目前只是个设想，实际操作很复杂，不仅在于感光器的研究，还需要生物科学的相关知识，这是一条漫长曲折的路。

陈年越说越兴奋，程遇风从她眸底看到两簇闪动的光，他太了解她了，也读懂了她话中隐藏的深意。

"不论你想做什么，我都会全力支持。"

就像当初她说要去做"坏事"，他也义不容辞地帮忙放风一样。

有这句话就足够了。

他果然是懂她的。

为了还在概念中的"感光器"，陈年本科毕业后，在父母和程遇风的支持下，前去斯坦福大学攻读物理系的硕士研究生。

两年后，她顺利拿到硕士学位，学成归国。

回 A 市前，陈年和同组的几个同学计划了一次环球旅行，足迹穿越欧亚非三大洲。第一站是英国，最后一站是尼泊尔。

一个月后，旅程结束。陈年预定了从加德满都飞往西安的机票，飞机是当地时间下午一点四十分起飞，她提前登机，找到靠窗的座位坐下。

好累。

陈年闭上了眼，睡意昏沉中感觉到有人在旁边坐下，她下意识地把身体往窗边挪了挪。

飞机冲上云霄，机舱气压变化，陈年隐隐感到不适，轻皱眉心。

"没事吧？"耳边响起一道低沉男声。

字正腔圆的中文，语调透着浓浓的熟悉，陈年几乎不敢相信自己的耳朵，直到她看清了身旁的男人——

百感交集，她久久说不出话来。

程遇风轻刮她鼻尖，戏谑道："不认识我了？"

陈年定定地望着他，目光温柔似水，心也软得一塌糊涂。

程遇风压低声音，主动解释："想早点见到你。"

她抵达西安后，还要转机回 A 市，他等不了那么久。

三十多的人了，所有的冲动全是为她。

陈年有千言万语想说，可最后只发出个"嗯"。

渐渐地，飞机进入平航期。

程遇风指给她看："那就是喜马拉雅山。"

陈年透过舷窗看出去，只见一座座覆盖着皑皑白雪的山峰，山腰上苍绿深绿浅绿交织，远处的山峰几乎和云融在一起，连绵无际，一眼看不到尽头。

世上最壮美的景色也莫过于此了吧？

她想起了初见时自己闹的那个关于"喜雅拉马山"的笑话，忍不住勾起嘴角。

从和程遇风相识至今，眨眼间一晃已经过了六年，半轮的春夏秋冬流转，他依然在她身边。

程遇风握住了她的手。

山川湖泊之上，日月星辰之下，程遇风看过这世间太多的风景，可从来没有一道让他驻足停留。

直到很久很久之后，他遇见了一个小姑娘，确定自己找到了想用尽余生去守护的最美风景。

随后机长广播里传来一段流利的英文，机长跟乘客们热情地介绍珠穆朗玛山脉的几个主峰，其中重点介绍的自然是世界最高峰珠穆朗玛峰。

陈年看着浮在云端，宛如空中宫殿的世界最高峰，某个念头如雨后春笋般破土而出——

如果世间种种终必成空，那么，就让这更接近永恒的事物来见证他们的爱情吧。

两道声音不约而同地齐齐响起。

"程遇风，我们结婚吧。"

"年年，嫁给我吧。"

陈年靠在他肩上，笑得幸福又甜蜜："好啊，好啊。"

以喜马拉雅山和珠穆朗玛峰为誓，以永恒为约。

我爱你。

　　飞机越过喜马拉雅山，从烈烈骄阳穿梭进浩渺星空，程遇风和陈年抵达西安时已经是晚上七点半了，刚好下了场小雨，路面湿漉漉的，晚风送来阵阵清凉。

　　陈年是第一次来西安，她从车窗看出去，这座经历千年风雨的古都，徜徉在一片黄澄澄的灯火里，如梦如幻。

　　送他们去酒店的司机是本地人，临时充当了导游，特地把车开去古城墙边绕了一圈。

　　"时间还早，你们可以再去钟鼓楼广场和回民街逛逛。"司机又热心提议道，"大雁塔和大唐芙蓉园也都还不错……"

　　中国有句耳熟能详的话叫作"来都来了"。

　　本来陈年只打算在西安转机的，如今有程遇风陪在身边，陌生城市，两人亲密同行，简直充满了诱惑，于是她毫不犹豫地改签了机票。

　　不过，由于程遇风还有工作，他们最多也只能在西安待一天。

　　上午看钟鼓楼、爬城墙，下午晚上的时间都泡在了大唐芙蓉园。

　　音乐喷泉、水幕电影、歌舞盛宴，令人流连忘返。

　　头顶上月光淡淡，繁星如碎钻，眼前一片歌舞升平。陈年靠在程遇风身上，眸如亮星，笑得双颊发酸，她已经很久没有这样酣畅淋漓地开心过了。

　　演员谢幕，曲终人散。

　　从芙蓉园出来时，陈年回头望一眼，心里浮现一丝怅然，她想，将来如果有机会自己还会再来的。

　　尽兴过后方觉疲累，陈年直接在车上睡过去了，最后是程遇风把她抱回了酒店房间。

洗漱过后，漫长而温柔的一夜，两人什么都没做，只是听着落地窗外又飘起的雨声，相拥而眠。

陈年在斯坦福大学时一天最多只能睡四五个小时，旅行途中也大都是日夜颠倒、极不规律。次日，飞机上，她几乎从西安睡回了 A 市，回到家继续睡，睡得天昏地暗，像要把过去缺的觉一次性补齐似的。

好在年轻，身体底子好，调整两天后，陈年又是活蹦乱跳的了。

她站在全身镜前，看着镜面上映出来的女生，栗色长卷发，鹅蛋脸，唇红齿白，身材也被收腰白裙勾勒得玲珑有致。

哎，以前怎么就没有发现……自己长得这么好看呢？

在陈年沉浸在自恋中不能自拔时，有脚步声由远及近，不一会儿容昭推开门进来："年年，你准备好了没？遇风来了。"

"哎！"陈年应一声，"差不多了。"

今天是她和程遇风约好要去民政局领证的日子。

只是，别人领证大都是成双成对，他们却是一大家子，外婆，程立学、叶明远夫妇，连在律所工作的路招弟百忙之中也抽空过来了。

一群人出现在民政大厅，无疑吸引了最多的目光。尤其是准新郎新娘相貌出众，白衬衫黑西裤的男人，清俊沉稳，一袭白裙的女生，娇俏可人，看起来不知道有多登对。

他们来得早，排队的人不多，工作人员的办事效率也很快，不到半个小时，两本鲜红的结婚证就新鲜出炉了。

陈年捏着薄薄的本子，翻开来看到上面的持证人"叶陈年"，再看看旁边赏心悦目的合照，心间仿佛灌了蜜糖，甜丝丝的。

"年年，恭喜你啊。"

"谢谢。"陈年笑意嫣然，"你和贾辉煌应该也快了吧？"

路招弟微微一笑，某人倒是提过很多次，不过她工作太忙了，而且还在起步阶段，她想等事业稳定下来后，再考虑终身大事。

旁边，程遇风灼热视线紧锁着陈年，也是笑得如沐春风，他正要和她说什么，冷不防被旁边的程立学拍了下肩膀，扭头一看，老爷子瞪大着眼睛："戒指呢？"

程遇风下意识去掏口袋，空空如也，这才想起来出门前换了几条裤子，后来又被爷爷催得急，戒指就忘在家里了。

"抱歉，我的疏忽。"

陈年悄悄握紧了他的手，没关系的。

看在是大喜日子的分上，程立学只好在心里嘀咕了一句：臭小子，这么重要的东西都忘了。可转念一想，他从小到大何曾做过这么不靠谱的事？

估计是高兴得昏了头吧。

"没事没事。"叶明远打圆场，"戒指后面还可以补上。"

身为过来人，他完全能理解程遇风此时的心情。

"是啊。"容昭也说，"这个不要紧的。"

这个小插曲并没有掀起太大波澜，领完证从民政局出来，一行人就回到了叶家，按照叶明远老家的风俗，第一顿饭是要在女方家里吃的。

用人们个个喜气洋洋，忙上忙下，做了满满一桌子的菜。

外婆坐在椅子上，穿着一身喜庆衣服，神情微微讶异，寻思着这么热闹是不是过年了？

陈年往她碗里夹了些菜："外婆，今天是年年大喜的日子，您开不开心？"

旁边的路招弟听得心中微酸，如果奶奶如今清醒着的话，一定会很开心的，从小到大，她一直那么疼爱陈年。

外婆笑眯眯地看着陈年："开心……"

陈年也跟着笑："开心就好。"

外婆像个无忧无虑的孩子，连开心都那么纯粹，尽管她连为什么开心都不知道，她只是见大家都在笑，便也跟着开心起来。

"对了，年年，"程立学问，"你工作定下来没有？"

程立学退休前任教学校的校长不知道从哪里打听到陈年是他孙媳妇，托了他好几次，想知道她有没有意愿过去，提出的条件还挺诱人，说是一去就直接是副教授。

"程爷爷，"陈年说，"定下了。我打算去中科院物理研究所。"

陈年原定的计划就是回国继续研究"感光器"，刚好中科院那边对这个研究项目很感兴趣，向她抛了橄榄枝，她也就乐意地接了过来。

"中科院不错。"程立学笑着点点头，隔行如隔山，他没有深入问下去，换了个话题，"年年，你刚刚喊我什么？"

程遇风缓缓勾起嘴角，一副好整以暇的表情。陈年反应过来，脸颊微热："爷爷。"

"欸——"程立学笑得花白胡子都在颤。

"叶叔……"

嗯？？？

看来不适应的也不只有她一个人嘛。

陈年有些幸灾乐祸地看着程遇风，他迅速改口："爸。"

叶明远忍俊不禁。

程遇风站起来，满脸郑重："爸，妈，非常感谢你们把年年交给我。"

把失而复得的掌上明珠交给另一个男人，程遇风当然知道这对叶明远和容昭来说是多么艰难的决定，他从来都是心性内敛，说不出什么感天动地的诺言。他只知道，自己会用余生去爱她，陪伴她，尽所能地对她好。

容昭偏过头去抹泪，叶明远搂住她肩膀："年年找到好归宿，这是值得开心的事。"

虽然他心里同样百般不舍。

"嗯，"容昭语气柔柔，"我知道的。"

程立学也跟着表态："明远、阿昭你们放心，有我监督呢，要是年年受了半分委屈，我就……我就把这小子的腿打断，然后扫地出门！"

程遇风无奈。

陈年笑意潋滟，朝他眨眨眼。

程先生，你看，爷爷和爸爸妈妈都是站在我这边的哦。

程老爷子的这番话让饭桌上的氛围轻松不少，吃过午饭后，他跟程遇风说："下午带年年去看看你爸妈吧。"

程遇风也是这么打算的。

程东夫妇的墓在 A 市远郊区，距离叶家有将近两个小时的车程，程遇风和陈年到山上墓园时已经是三点多了。

太阳被厚重的云层藏住，云层四周渲染着蓝灰色的光。

当初遵照夫妇俩的遗愿，程遇风和爷爷一起把他们的骨灰撒进了大海，所以立在此处的墓，不过只是个衣冠冢，给后人留个念想和凭吊之处罢了。

陈年目光直直地看着墓碑上并排的两张照片，她先在心里喊了"爸爸妈妈"。

你们好，我是陈年，是你们的儿媳妇。

爸爸，听说以前您和我爸爸约好要当亲家，现在您愿望成真了……

程遇风沉默地站在她旁边，眼底闪过一丝不易察觉的落寞与黯然。

终究还是会觉得遗憾。

给了他生命的那两个人，没有机会看到他娶妻成家。

手心里传来温度，是来自新婚妻子的无声安慰，程遇风轻轻握住她的手："我没事。"

两人又在墓前站了许久，太阳整个都出来了，整个墓园落满了明亮的光线，生命已经永远逝去，留下刻着名字的墓碑还在这世间接受阳光风雨的洗礼。

等陈年把所有想说的话都跟公公婆婆说完，程遇风看她一眼："我们回去吧。"

下山路上，陈年挽着程遇风的手："我刚刚跟爸爸妈妈说了，以后一定会对你很好很好的。"

程遇风忽然眼眶一热。

他下意识仰起头，天上有飞机飞过，拖着阵阵轰隆声和长而洁白的尾迹云。

目之所及，高远、晴朗、自由，那是程遇风最喜欢驰骋的地方。

他很少会被什么人、什么话、什么事感动，像现在这样眼眶微热、心软如水的时刻几乎没有，他甚至觉得自己也是可以脆弱的。

程遇风把所有的异样情绪都归结为——

陈年。

征服天空和被她征服，是他生命中最美好的两件事。

两人回到程家老宅已经是晚上，整栋屋子沉浸在黑暗中，看来老爷子还没回来。

程遇风上楼回卧室，陈年去厨房倒了杯水喝，等了好一会儿也不见人下来，她正准备去看看，没想到程遇风的身影就出现了。

居然还换了身衣服。

陈年看着男人走下一级级楼梯，走到自己跟前，然后缓缓地单膝跪了下去。

她的心顿时如小鹿乱撞。

这、这是……

这不是求婚的姿势吗？可他们明明白天就领证了。

"程太太。"

程遇风刻意把声音压低，如同耳语，透着蛊惑的意味。

陈年感觉整个人好像被他温柔的目光摄了进去，指间微凉，她低头一看，无名指上多了一枚精致的粉色钻戒。

她是不是……要回应一句，程先生？

"想好要叫我什么了吗？"

陈年瞬间意会，想到那两个字，又羞又喜，先是平分秋色，后来欢喜占了上风。她搂住他的脖子："抱我上去。"

程遇风把她打横抱起来，抱进卧室，轻放在主卧大床上，接着，覆了上去。

深蓝色的大床上，女孩子肌肤莹白如雪，程遇风覆上去的时候，就像把一轮皎皎明月压进了大海，他感受着她身上每一处美妙的颤动，心跳得又快又沉，撞得胸腔隐隐发疼。

程遇风在她身上展现了极好的耐心和温柔，确定她准备好以后，他紧扣住她的十指，声音低哑至极。

"疼的话，告诉我。"

陈年心跳如擂鼓，屏息凝神等待着，她媚眼如丝地看着上方的男人，他短发已微微湿润，俊脸上满是汗，看起来性感又充满了诱惑。

耳垂上传来的疼让陈年眉头轻皱，身体里浮现的异样感受陌生又可怕："程、程遇风……"

程遇风没有别的动作，只是一遍遍地亲吻她，喊她的名字，借以分散她的注意力。

床单密布褶皱，像团团旋涡，将陈年吸了进去。

…………

她终于成为他的，他也成了她的，那样极致的亲密。

卧室。

木质大床吱呀响动，极尽缠绵中，陈年抱紧了身上的男人，她凑到他耳边，声音清软而微哑地喊了声"老公"。

世上最动听的声音莫过如此。

窗外明月皎皎，屋内春色浓浓。

春宵一夜值千金。

第九章

第九缕凉风

清晨，陈年从梦境中幽幽醒来，身侧已空无一人。她摸了摸床单，没有一点温度，程遇风应该是起床好一会儿了。

老宅用的窗帘并不遮光，丝丝缕缕阳光透了进来，在墙壁上汇集成明亮一片。

身下老式的木质大床，可能是年岁久远的缘故，经过昨晚后，稍微动一下就发出"吱呀"声响，无形中把她卷入某些绮丽的回忆中。

和独在异国他乡的两年时间相比，回到 A 市的这两天短暂美好得更像是一个梦，陈年揉着酸疼的腰，忽然想起什么，目光急切地寻找起来。

她终于在床头桌上找到了两本小红本。

轻抚着上面的"结婚证"三个字，她才真正有一种尘埃落定的感觉。

浴室的门开了，程遇风走出来，他已换上了一身机长制服，看起来沉稳又利落，散发着成熟男人独有的魅力。

陈年的注意力早从小红本转移到了他身上，几近着迷地看着他走过来，在床边坐下，她眼睛一眨也不眨。

程遇风好笑地弹了一下她额头，又看看她手里的结婚证。"不是梦。"低笑一声，"是真的骗到手了。"

她抿唇笑了："谁骗谁啊？"

程遇风理所当然道："当然是你骗我。"

说完他自己都忍不住笑了。

陈年沉思几秒后才有了些许头绪，咦，他指的是昨晚骗财骗色的那件事吗？

她垂下的视线落在他的膝盖上："我刚才算过了，是安全期，应该不会出什么问题的。"

她的事业刚起步，婚礼也还没办，程遇风并没有计划这么快要孩子，对于昨晚的"意外"，他当然也要担一部分的责任。

陈年难掩心虚，诚恳地表示："下不为例。"

她去勾勾他的手指，找到他肩膀，靠上去："如果真'中奖'了，那就生下来呗。"

孩子是上天赐予的珍贵礼物。尽管她还不知道该怎么样做一个好妈妈，但她会很努力去学的。

程遇风也没打算让她去吃事后药，一来伤身体，二来还有各种麻烦。而且两人都领证了，生孩子也是合法的，顶多就是比预计的来得早。

事实上，光是幻想，他发现自己也无法抗拒为人父的喜悦，甚至产生了一种错觉，在她小腹内，已经有一个小生命扎根。

"程先生？"

程遇风回过神，握住她在自己眼前乱晃的手："好。"

这……前一秒还一脸正色，转眼就温柔无限的，简直比六月天还要变幻莫测。

陈年心领神会，大半个身子都靠在他身上："程先生，说实话，你是不是也很想当爸爸啊？"

毕竟他年纪摆在那儿呢。

程遇风没说话。

陈年见他解开腕表放在了桌上，接着又要抬手去解制服扣子，这架势……她连忙按住他的手，语气慌慌张张的："你、你该去上班了。"

阻止不了他，她只能抱着薄被往后躲："你……会迟到的！"

"不急，时间还绰绰有余。"

程遇风嘴上这么说，手上动作早就停下了。陈年把捂着眼睛的手，悄悄开了一条细缝去看，入目就是他坐在床边，勾唇笑得有些不正经的样子。

原来只是吓唬她。

捕捉到她的目光，程遇风笑意更深，他低下头，慢条斯理地把扣子一粒粒扣回去。

陈年直接抽了个枕头砸过去，被他稳稳接住，放回床上。

他又拿起腕表看一眼，真没多少时间了，他还得赶去公司。

"早餐做好了放在桌上，待会记得吃。"

"知道了。"

陈年又问："中午回来吃饭吗？"

程遇风中午只有两个小时休息时间，往返根本不够，他想了想："晚上回来做饭给你吃。"

"成交！"

"那我走了，记得吃早餐。"

"好的，好的！"

程遇风去公司后，陈年磨蹭了一会儿才去洗漱，下楼吃早餐时才发现整栋屋子都空荡荡的。

程老爷子估计是想给他们新婚的小两口留独立空间，一大早就去花鸟市场遛弯了。

陈年吃完早餐就去了书房，她下周一正式到研究所报到，还有些材料需要整理。

中午时程遇风给她打了个电话，两人聊了将近一小时才挂断，陈年把发烫的手机放到一边，继续埋头苦干。

外面的天渐渐黑了。

程遇风七点左右到家，见陈年在书房忙碌，就没去打扰，他卷起袖口去了厨房。

七点半，饥肠辘辘的陈年从楼上下来，闻着菜香来到饭厅，她大步流星地冲进厨房："好饿。"

程遇风拿起筷子夹了块裹着蛋的虾仁，陈年张嘴咬了进去，连连点头："好吃。"

还要吃。

于是，程遇风又喂了她一口。

没多会儿，大半盘滑蛋虾仁全进了陈年肚子。

程遇风把青菜装盘，差不多就可以准备吃饭了。

陈年疑惑道："爷爷呢？他好像还没回来。"

"他在爸妈家吃晚饭。"程遇风说，"让我们不用等他。"

"爷爷他……"

"嗯。"程遇风接上去，"他是故意的。"

其实，老爷子去叶家，除了不想当电灯泡的缘故，还有一个重要原因，那就是与叶明远和容昭商量婚事。

反而，身为当事人的程遇风和陈年，却毫不知情。

他们吃了晚饭，就一起进书房各自做自己的事了，心无旁骛地投入工作，偶尔眼神交流，在满室明亮的灯光里，相视一笑。

仿佛沁了蜜意的日子匆匆而过。

陈年加入研究所后，加班什么的就成了家常便饭。又正值暑运，程遇风也忙，往往是她还没睡醒，他就去机场准备了，有时飞国际航线，好几天都见不到他人影。

只有偶尔忙里偷闲的电话和视频可以缓解相思之苦。

按照计划，领完证后，婚礼也要提上日程了，可新郎新娘都抽不出时间，筹备婚礼的重任自然而然地落到了程立学和叶明远夫妇身上。

可三个人加起来都将近两百岁了，老爷子那个年代的婚礼简单得不行，没有参考性，叶明远和容昭的婚礼已经是二十多年前的事，也不具备太大的参考价值。

生怕自己的眼光跟不上时下年轻人的喜好，容昭特地建了个微信群，把路招弟、贾辉煌和娘家婆家年轻的女孩子们都拉了进来，让他们帮忙出谋划策。

群里每天都热热闹闹的，消息层出不穷。

大家最大的分歧在于婚礼形式，有人建议中式，有人建议西式，最后还是大家长叶明远和程立学一致决定，甭管中式西式，方案先定下来几套，到时让新郎新娘自己去选。

人多力量大。

刚好路招弟有个案子的当事人是做婚礼策划的，而且在业界口碑不错，在她的帮助下简直事半功倍。另一边，陈年的二堂姐也联系了自己的摄影师朋友……

一切都在有条不紊地进行中。

这天傍晚，陈年从研究所出来就接到妈妈的电话，说是让她回家吃饭。这段时间程遇风带新人去澳洲培训，她又忙着盯项目，三餐都是随便对付过去的。

陈年来到停车场，发现找不到自己的车，这才想起昨天送去4S店保养了，又不想麻烦家里的司机，只好打车回去。

除了投喂美食外，叶明远和容昭还给女儿准备了一个大惊喜。

陈年一进门，险些怀疑自己眼花了，只见客厅多出了十几个塑料模特，个个身上都穿着婚纱，沙发上摆了几件风格各异的旗袍，粗略数了数，总共有二十件的样子。

"年年，你快过来看看，"容昭满脸笑意地过来，"喜不喜欢？"

"妈妈，这是……"

"婚纱啊。"

陈年当然知道这是婚纱，可有谁能告诉她，为什么它们会出现在家里？

关于婚礼的事，陈年和程遇风商量过，他们都不是高调的性子，当然是要删繁就简，甚至还考虑过旅行结婚。

可万万没想到，三位长辈已经未雨绸缪地替他们打算好了。陈年看着摆在自己跟前的九套婚礼方案，眼花缭乱，头皮发麻。

容昭简直比对自己的婚礼还要上心："这是清新海边风格，这是

浪漫薰衣草风格……"

叶明远也把提前拟好的宴请宾客名单推了过来："年年，你看看还有没有落下的。"

陈年："爸爸妈妈，我们……先吃饭，好不好？"

饭桌上的话题也是围绕着婚礼事宜，完全没经验的陈年依然身处状况外地听着他们有商有量地跟自己说——

"酒店我们选了三家……"

"还有婚纱照，如果你和遇风有空的话，也可以拍了……"

"关于请帖的式样……"

陈年被爸妈灌输了一连串沉甸甸的婚礼建议后，才被放回卧室，她先去浴室泡了个澡，然后无力地趴在床上，给程遇风发了视频请求。

视频接通。

在程遇风说话前，陈年抢先说道："两件事。"

"一是，大姨妈刚刚来了，没有'中奖'。"

"二是……"她拖长了声音，有些幸灾乐祸地笑道，"爸妈已经帮我们把婚礼准备好了，程先生，你回来后我们就可以直接办婚礼了呢！"

那语气，就跟房子已经精装修好，直接可以拎包入住一样。

此时，远在澳大利亚的程遇风，隔着屏幕看到笑弯了眉眼的娇妻，也深深地……沉默了。

等程遇风回来就办婚礼显然只是陈年的玩笑话，程老爷子和叶明远翻遍了老皇历，发现适合成婚的好日子都集中在下半年，而且婚房也还没定呢，装修加通风少说也要一年半载时间。

说起婚房，叶明远咨询过好几个做房地产的朋友，根据他们的建议，综合比较下来，择优选出了三套房子。至于最后要定哪套，当然得由小两口说了算。

程遇风回到 A 市那天，晚饭是和爷爷一起在岳父岳母家吃的，饭后召开家庭会议，商讨结婚各项事宜，首要议题就是婚房问题。

程遇风和陈年把备选婚房一一看过。

陈年看不出什么所以然，对她来说，只要有程遇风在，住哪里都没什么所谓，所以，她轻轻松松地把决定权交给了他。

程遇风选了一套在陈年工作的研究所附近的房子，顶层复式，将近两百个平方米，而且是现房，办了手续后就可以立即着手装修了。

程立学暗暗对他这个决定赞许不已，好小子，真不愧是自己手把手教出来的。

叶明远和容昭对看一眼，想到程遇风这样体贴地为女儿考虑，他们心里顿时觉得大为宽慰。

陈年也察觉到什么，在桌下握住了程遇风的手，他也回应似的在她手背上摩挲两下。

婚房敲定后，接下来顺利进入婚礼流程的话题。

陈年惊讶地发现，对于爸妈提出来的问题，程遇风几乎是对答如流，不难看出肯定是有事先做过功课的。想到他在国外出差，连休息时间都不够，还要见缝插针地查资料，她的心立刻软得不行。

家庭会议结束已经是晚上十点多了。

散会前，容昭提醒了一句："遇风、年年，你们抽个时间先去把婚纱照拍了吧。"

婚纱准备好了，婚纱照风格和摄影师也选好了，眼下万事俱备，只欠东风。

程遇风和陈年这对新郎新娘，当得简直不要太轻松。

"妈妈，"陈年忍不住抱了抱妈妈，"这段时间您和爷爷、爸爸辛苦了。"

"傻孩子。"容昭笑道，"能为你们做这些事，我们不知道多开心。"

"我觉得自己好幸福啊。"

容昭"嗯"了一声："爸爸妈妈也这样觉得。"

夜风微凉，陈年依依不舍地和妈妈说了一会话才跟程遇风回去，她坐在副驾上，看着车窗外的繁华街景出神。

从十八岁到二十四岁，说短不短的六年光阴，历经翻天覆地的变化后，才有了今时今日的叶陈年。

妈妈，如果您在天上看到，一定也会为年年感到开心吧。

程遇风从国外出差回来，有两天休息时间，正好可以用来拍婚纱照，陈年也特地跟研究所请了假。

夜里，两人彻底体验了一把什么是"小别胜新婚"。

陈年睡得迷迷糊糊，被一阵手机闹钟铃声吵醒，她睁开眼就看到程遇风正弯腰从地板上把睡衣捡起来，结实的后背一览无余，上面还有几道她昨晚留下的抓痕。

看来该修指甲了，咯咯咯。

程遇风似乎察觉到她醒了，没回头："早餐想吃什么？"

陈年侧着半边身子，笑眯眯地说："你。"

他系睡衣扣子的动作一顿，声音压低了几分："确定？"

有贼心没贼胆的陈年气势顿时弱了下来，她才不会傻到和一个机长拼体力呢，而且昨晚就已经……够了，要是再来一次，估计她今天别想下床了。

"我……嘿嘿，我就开个玩笑。"

她立刻把话题扭回正轨："我想喝番茄瘦肉粥。"

程遇风转身意味深长地看了她一眼，这才走出去了。

考虑到今天行程紧密，程遇风只来得及准备了几样早餐，好在陈年人长得瘦，多吃些也不会影响拍摄效果，大不了就后期修图呗。

吃过早餐，休息了十分钟左右，陈年接到路招弟电话，路招弟说她已经在路上了，陈年看看时间："我们也要出发了。"

按照计划，今天要拍两种风格，上午森林，下午海边。

陈年和程遇风来到森林公园酒店休息室，一进门就看到了一身米色干练套装的路招弟，她身后还站着个手提银色工具箱的年轻女人。

路招弟迎上来："你们来了。"

"嗯。"陈年说，"路上堵了会儿车。"

"我知道。我也是刚到。"

听说陈年二堂姐和她的摄影师朋友还堵在路上呢。

两姐妹说了几句话，化妆师就过来了。陈年皮肤底子好，加上拍摄又是在户外，本来不打算化妆的，可为了上镜效果，最后还是化了个淡妆。

婚纱在化妆前已经换好了，抹胸的款式，露出精致锁骨和大片雪肤，纤白颈间还戴了条细银链，底下挂着个心形的红宝石吊坠，和嫣红的唇相映生辉。

最重要的是，陈年那股由内而外散发出的愉悦以及漆黑双眸里的浓情蜜意，让她整个人看起来容光焕发。

这大概就是嫁给爱情的模样吧？

化妆师站在一旁微笑，路招弟则是看得眼睛一眨不眨。

连从更衣室换好衣服出来的程遇风也有那么一瞬的愣怔，陈年从镜子里看到他，回头嫣然一笑，眼底仿佛染了光。

她家程先生……好看得也太过分了吧？！

两人就这样四目相对着。

路招弟和化妆师悄悄关上门出去了。

几分钟后，路招弟又敲了敲门："摄影师已经到了。"

她顿了顿："化妆师让我问一下，需不需要补……口红。"

陈年一开始还没反应过来，她领会到路招弟话中的深意后，耳根不禁一热。这些思想不纯洁的家伙，他们只是在房间里说了几句话，根本就没有……

欸！

男人的呼吸逼近，接着他的吻就落了下来，陈年下意识要躲，还好他很知分寸，只是蜻蜓点水般轻轻一啄就退开了。

"程太太，你真美。"

陈年感觉自己……好像在云里飘。

摄影师就位后，拍摄就开始了。

第一个场景是新郎新娘一起躺在草地上，两人动作和表情都很自然，也不用怎么凹造型，随便一拍，出来的都是赏心悦目的画面。

第二个场景是陈年披着头纱站在绿意盎然的树下，她面带笑意地伸出手去接枝叶间漏下来的阳光，一只手盛着光亮，另一只手挽着程遇风。

彼此相视而笑。

然后，程遇风又低下头，隔着面纱去亲她。

俊男美女，养眼至极。

摄影师的快门按个没停，路招弟的手机也新收入一百多张照片，她第一时间发到婚礼智囊团微信群让大家先一睹为快。

群里炸开了锅，消息不停地往外冒，路招弟无暇顾及，接下来陈年就要换第二套婚纱了，她得过去帮忙。

上午的拍摄顺利结束，吃过午饭，午休两个小时，继续休整一番后，一行人又直奔海边。

这是个私人海滩，平时并不对外开放，少了游客的干扰，格外安静，景色也是美不胜收。

海天一色。

晶莹的波浪一层层涌上来。

陈年赤脚和程遇风走在沙滩上，海风吹着她的裙摆肆意摇曳，程遇风把她吹乱的头发夹回耳后，又轻捏两下她耳朵。

陈年歪头对他甜甜地笑。

额头相抵，鼻尖轻碰，嘴唇却保持着若有似无的距离，这一幕充满蛊惑，又让人看得脸红耳热。

"对，就这样，保持。"摄影师一点儿都不舍得移开眼，其实从看到他们的第一眼，她就知道自己事先设计出来的各项拍摄细节根本派不上用场。

相貌气质都出色的男女，在镜头前，又是那样自然地真情流露，拍出来的效果该是何等惊艳，她已经迫不及待想看到成片了。

渐渐地，日暮西斜，碎金般的阳光铺在海面上，在波纹的推动下，仿佛一幅动态油彩画，美得惊人。

天时地利人和。

程遇风风姿绰约地站在礁石前，陈年趴在他肩上，双手搂着他脖子，眉眼笑成了新月。程遇风看着镜头，俊脸含笑，熠熠生辉。

等到太阳在海平线下消失，今天的拍摄也终于告一段落。程遇风请几个工作人员吃了晚饭，又找人把他们送了回去。

程遇风打算开车送路招弟，她婉拒了，说是待会贾辉煌会过来接她。

饶是如此，程遇风和陈年还是等到贾辉煌把人接走后，才双双回家。

陈年回到家，直接瘫在了沙发上，洗澡还是程遇风抱她去浴室洗的，实在太累了，刚挨上枕头，她就睡了过去。

第二天的拍摄地点在本市的飞行俱乐部。

主角除了陈年和程遇风外，还有一部直升机。

陈年穿着婚纱坐上了驾驶座，有模有样地握着操纵杆，一身机长制服的程遇风在旁边看着她，一脸宠溺。

地面拍摄部分用了两个小时结束。

摄影师上了个洗手间回来，发现新郎新娘都不见了，不远处，一部直升机正腾空而起……

原来是新郎带着新娘"私奔"了。

路招弟也抬头看去，雨后的天空，出现了一道绚丽彩虹，她看着直升机慢慢地消失在彩虹之巅，不知道为什么忽然有一种想哭的冲动。

村上春树是不是有句话这么说来着——

"刚刚好，看到你幸福的样子，于是幸福着你的幸福。"

这是她此刻心情的写照。

陈年，希望你一辈子都这么幸福下去啊！

婚纱照的成片一周后就出来了，由于制作还需要一定时间，摄影师先把电子档发给了陈年。

她盘膝坐在沙发上，面前摆着一部笔记本电脑，屏幕上显示的正是他们在森林公园里拍的合照，光影效果处理得很棒，简直无可挑剔。

陈年一张张地翻看下去，看到隔着面纱亲吻的那张照片时，她忍不住"哇"了一声，这角度捕捉得也太好了吧！

尤其是他们当时心无旁骛，沉醉其中的表情，虽然被定格成画面，但现在看起来，还是能感受到满溢出屏幕的甜蜜。

程遇风从厨房出来就看到她盯着电脑出神，他把一杯百香果柠檬茶放到桌上，在她旁边坐下，也凑过去看。

陈年顺势靠在他肩上："怎么样？"

程遇风中肯地评价："新娘很好看。"

陈年礼尚往来："新郎也很帅啊。"

程遇风好几次从她口中听到类似的话。其实吧，他以前都不怎么关注自己的长相，不过是一张皮囊而已，可她这么喜欢，他心下也觉得挺受用的。

似乎在无意间，她改变了他很多，不仅在观念上，更多的是在生活习惯上。

以前从未在十二点之前睡觉的他，和她住一起后，十点刚过就被她拖上床，虽然最后折腾下来还是得十二点后才真正合眼。

嗯，甚至连休息日也学会赖床了。

程遇风游走的心神被一阵清脆的笑声拉了回来，他抬头看去，屏幕上播放着小视频。

依然还是森林公园。

身穿白纱的陈年戴着花环在林间小跑，茫然地兜转寻觅，终于在小路尽头看到了程遇风。她提着裙摆飞奔过去，一下扑进他怀中。

他把她稳稳接住，抱着转了几圈，工作人员趴在树上，往他们周遭洒落花瓣……

陈年细心地发现，他把她抱起来时，她胸口隐隐有走光的趋势，好在他反应很快地侧身换了个角度遮盖过去了。

这个视频得珍藏起来才行。

陈年挑了部分照片发到家庭群，容昭如获至宝般一张张保存下来。母女俩你来我往，语音发了好几百条。

叶明远好几次想插嘴都找不到机会，只好默默地欣赏刚下载在相册里的照片。

聊着聊着，容昭发觉时间不早了："先到这里吧，你明天还要上班，早点休息。"

"好的，妈妈。"陈年回了条语音，"晚安。"

又加了一条："爸爸您也晚安。"

终于被女儿记起来的叶明远："……晚安。"

程遇风已经把电脑关掉，回卧室去了。陈年收拾好东西也走进去，听到浴室里传来水声，她眼睛转了转，从衣帽间里拿出睡衣，轻手轻脚地朝浴室走去。

走着进去，后面是被抱着出来的，这笔生意做得还不算亏。

果然，夫妻生活的和谐有助于睡眠，陈年一夜无梦睡到天亮，吃过早餐后斗志满满地去研究所。

经过和同事们的一番努力，"感光器"的研究有进展了，她恨不得把一分钟掰成两半来用。

另一边，婚期定下来了，就在元旦当天。

婚礼前的准备也在有条不紊地进行着，大到订酒店，小到喜糖喜饼的种类和捧花样式，每个关卡都有叶明远、容昭和智囊团成员们把关。

经秋入冬，转眼间就进入了十二月。

前两天上面有领导下来考察，陈年每晚都加班到八九点，忙得昏天暗地，直到考察结束后，她才稍微松了口气。

她拿着杯子去倒了杯热水，刚喝两口，就看到副主任领了个男人进来："这是我们实验室新来的同事，哈佛大学的高才生，大家认识一下。"

终于来新人了！

实验室资历最老的琳姐带头鼓起了掌："欢迎欢迎！"

陈年也拍了拍手，微微瞪大眼睛，咦，这个男人好眼熟。

"你们好，"男人笑得谦逊有礼，"我是立鹏飞，很荣幸以后能和大家共事。"

立、鹏、飞？

他不就是……

立鹏飞看向陈年，笑意依旧，目光却亮了几分："老同学，好久不见。"

陈年也笑了："好久不见。"

立鹏飞是她本科时的同学，毕业后两人就没有再见过面了，原来他是去读了哈佛的研究生，现在还和她进了同一个研究所。

琳姐说："原来是校友，缘分啊缘分。"

立鹏飞心想，其实不只是校友，还是同班同学，只是他没有把这话说出来。

"这样，"副主任接着说，"我们今晚一起吃个饭，也算是为小立接风。"

既然副主任都发话了，这事就算拍板了。

陈年给程遇风打了个电话，让他不用等自己回去吃饭。

大家都是专搞研究那块的，平时相处也没有那么多的弯弯绕绕和暗潮汹涌，饭桌上的氛围很是轻松自在。

副主任难得放松，几杯酒下肚后，满脸就泛起了红光。反倒是被众人起哄着灌了不少酒的接风宴主角立鹏飞，眸色清明，不见半分醉态。

陈年不由得想起了大学毕业晚会那晚，他不知道是不是因为心情不好，所以一个人躲在角落喝闷酒，红白无忌，全仰头往嘴里灌。

那时候，她还不知道，彼时对前途迷茫的立鹏飞来说，有一种酒是越喝越清醒的。

"陈年？"

"嗯？"

琳姐靠过来说："你这位老同学，酒量真是好啊。"

以后对外有应酬什么的，就不用副主任这把老骨头亲自上阵了，这小伙子来得可真是时候。

陈年只是笑了笑。

晚上八点多，饭局在醉醺醺的副主任的长篇大论中结束，大家各自散了。

陈年回到家。

程遇风正在客厅写请帖。

本来电子请帖什么的都很方便，也省事。可三位长辈坚持婚礼应该要有仪式感，双方亲朋好友的请帖前些天已经写好送出去了，剩下程遇风和陈年朋友同事的这部分，得由他们自己写。

请帖设计得独出心裁，大红底色，正中间是一朵镂空的心形云，左右两侧分别是新郎新娘的缩小版照片，两人把云托在手心。

请帖烫着金边，看着精致又高贵，一打开就会有纸飞机飞出来，同时还伴随着悦耳的乐声。

陈年觉得挺有趣的，翻翻合合，玩得不亦乐乎。

程遇风伸手捏了捏她的脸，她闻到他指间还有淡淡墨香，好闻极了。

"程先生，你再帮我写一份吧。嗯，名字是立鹏飞。"

程遇风挑眉，陈年解释道："实验室新来的同事，也是我以前的大学同学。"

她不禁感慨道："忽然觉得这个世界好小啊，曾经我以为他不会在物理研究这条路上走下去的，没想到……"

陈年还记得，立鹏飞曾因排名倒数的缘故自暴自弃过，迟到、上课走神，有次甚至弄错实验数据拖了小组的进度。

偏偏他看起来毫无愧疚之心，她看不下去，就说了他一句，具体说的是什么，现在已经记不清了。后来直到毕业，两人好像都没有说过一句话。

大概是她的话刺伤他的自尊心了吧？

"写好了。"

程遇风把请帖推过来。

"欸，写错了，不是'利'而是'立'。"

程遇风又重新写了一份。

陈年点点头，掩口打了个哈欠。

"困了？先去洗澡。"

"嗯嗯。"她应着，看到桌上还有一沓未写的请帖，捧住他的脸在他唇上印下一个响吻，"程先生，你辛苦了。"

"不辛苦。"

反正有辛苦费的。

陈年睡了个好觉，第二天早早就来到实验室，等忙完手上的事，她恍然发现外面已经天黑了。

手机里有来自程遇风的好几条未读消息。

陈年拿着包往外走，在门口刚好遇上办事回来的立鹏飞，她脚步一顿，和他打了声招呼。

"这么晚才走？"

"是啊。"陈年说，"天黑得太快了。"

"要不，我送你吧？"

"不用。"陈年清浅一笑，"我家那位已经在外面等我了。"

"听说你元旦要办婚礼了，恭喜。"

立鹏飞这么说，陈年才想起来，这一整天他要去办各项手续，一直看不到人影，她都忘了把请帖给他。

"谢谢。"

她从包里拿出请帖递过去，希望他不会因初来乍到就收到新同事老同学的红色炸弹觉得有些"不友好"。

立鹏飞接过来："我会准时出席的。"

"那……我走了，再见。"

"再见。"

立鹏飞拿着请帖站在原地，看着门外相携走远的背影，他垂落视线，轻声笑了出来。

"你该道歉的人，不是我们。"

是你自己。

在无数艰难的时刻，总有一道声音这样对他说，让他羞愧难当，又让他醍醐灌顶。

在其他人眼睁睁甚至幸灾乐祸地看着他堕落的时候，只有她愿意伸手，把他从泥泞中扶了起来。

如果不是她，他恐怕仍深陷无力的不甘不平中，至今还浑浑噩噩地度日，不知道未来该往何处去。

他继续走这条路，也是因为她。

然而，立鹏飞深知，这种感情和喜欢无关，她给予他的，是并肩作战的勇气，是一往无前的决心。

祝你幸福，陈年。

你值得拥有这世上最好的一切。

今年 A 市的初雪纷纷扬扬落在最后一天，次日便是元旦，也是程遇风和陈年的婚礼举行的日子。

暮色沉沉，灯火融融。

陈年从后院进来，小脸冻得通红，她把折好的梅花放下，然后不停地搓着手，白色热气从指间溢出，仿佛棉絮般又飘散了。

容昭过来替她拂去肩上的雪，又往她手里塞了一杯热牛奶："赶紧喝下暖暖身子。"

陈年握着杯子，两三口就喝下去了小半，她能感觉到一股热流从喉咙流到胃部，暖意也从那处散发出来，蔓延到全身。

这两天气温骤降，外面是真的太冷了，她在 A 市也待了好些年，还是没有适应过来。

关于桃源镇冬天的记忆，最多的也不过是清晨醒来，小院的枯草落满了白霜。

小镇的冬天是从不下雪的，连结冰都是不怎么常见的事。陈年只记得有一年池塘和小河结了冰，自己兴奋得穿着拖鞋就直接跑出去了，回到家后，一双脚都冻得没有了知觉。

天冷也有好处。夜里装上半碗水，往里面兑点蜜糖，把碗放在屋檐下，如果没有被夜访的猫儿打翻的话，第二天就能吃到清甜的碗冰了。

那时的开心和欲望都很单纯。

恍惚已经过了十几年，明日她即将正式为人妻子，可这些记忆却清晰如昨。

生命里留下的某些印记，是不会被时间冲刷干净的。

"年年，别站着了。"叶明远喊她，"快过来坐。"

桌上放了个电热炉，炉上温着一壶花雕酒，酒香四溢。

身体状况的缘故，容昭喝不得酒，陈年又是出了名的"一杯倒"，今天这样意义重大的日子，只能由叶明远喝两杯花雕酒来应应景了。

酒水入腹，胸腔像燃着一把火，叶明远惬意地眯着眯眼："好酒。"

陈年被他的话勾得心痒痒的，虽说酒量不好吧，可她还挺喜欢喝酒的，于是主动递了个空杯子过去，巧笑倩兮："爸爸。"

"年年，"容昭出声，"明天……"

"无妨。"叶明远笑道，"喝一点点没关系的。"

他真的只往杯里倒了浅浅一层的花雕酒。

陈年抿了一小口，还没尝出什么味呢，就吞下去了，她喝完第二口，杯子就见底了。

陈年喝酒容易上脸，容昭看着她像涂了胭脂般的脸，关切地问："年年，你还好吧？"

陈年摇摇头："妈妈，我没事。"

脸很烫，可思绪是清醒的。

门外传来脚步声，是路招弟从律所加班回来了。她带着一身寒气，进入开着暖气的室内，忍不住打了个哆嗦。

陈年是最先看到她的："招弟。"

路招弟笑了笑，说："干爹干妈，不好意思，临时有点急事要处理。"

"怎么穿这么少。"容昭连忙拿起搭在沙发上的外套，披到她身上，"吃过饭了没？没吃的话我让张嫂再去做一份。"

"吃过了。"

"你这孩子，"容昭叹气，"怎么几天不见，好像又瘦了一些。"

脸色好像也不怎么好，经常熬夜工作，压力又大，怎么好得起来呢？容昭心想，得去找些食补的法子帮她补补身体。

"妈妈您不知道吧，这是现在最流行的骨感美。"

"我可不觉得这样有什么美的。"容昭轻点了一下女儿额头，"女人啊还是得把自己的身体养好，这才是头等大事。"

"妈妈您说得对！"陈年这根墙头草很快倒向另一边，"请您以后一定要多监督一下招弟，她最不听话了。"

路招弟耸耸肩，做出无辜状："干妈，请务必要一视同仁。"

比如，补汤什么的全都一式两份。

"招弟啊，过来陪我喝两杯。"

"好的，干爹。"

路招弟在沙发上坐下，其实身体已经不冷了，可仍披着容昭的外套，她汲取的远远不止上面的温度。

她想，自己这辈子最幸运的事，便是遇见他们一家人了吧。

过去缺失的亲情，也从他们身上得到了弥补。

叶明远问："招弟，听说你要开律所了？"

路招弟答："是和所里的几个前辈一起合伙。"

这些年路招弟有多努力，叶明远全看在眼里，欣慰的同时又心疼她辛苦："如果将来遇到什么问题的话，你要记得，叶家永远是你的后盾。"

这句话的分量很重，几乎把路招弟的眼泪压了出来，她吸吸鼻子："谢谢干爹。"

"不过，我想自己先去试一试。"

叶明远笑着点头："也好。"

这孩子骨子里是稳重的，她既然做出这个决定，必然有自己的一番考虑。

窗外，月上树梢了，雪还下着。

叶明远看一眼墙上的钟，时针刚越过九点，他放下酒杯："年年、招弟，明天还要早起，你们先去休息吧。"

"容容，我们也该回房了。"

容昭说："今晚我要和女儿睡。"

叶明远只好一人独自回卧室，虽然平时睡得不沉，妻子又不在旁边，为了保险起见，他还是设了闹钟。

"年年，你设闹钟了吗？"

"不用。我生物钟准着呢。"

路招弟熬夜成了家常便饭，作息早就混乱得不像话，怕有什么意外，她想了想，还是设了个闹钟。

床很大，母女三人并排躺着，有的是说不完的悄悄话。

陈年的手机屏幕偶尔会亮起来，路招弟看她那模样，不用想都知道那边是她家程先生。

不知过了多久，习惯早睡的容昭已呼吸平稳，路招弟也困得睁不开眼了，只有陈年还精神奕奕地拿着手机聊天，路招弟推推她："年年，该睡了。"

"嗯嗯，我知道。"

陈年发了个"晚安"过去，把手机关机放到一边："睡了，睡了。"

大概是喝了点酒，她一夜酣眠，到点了，生物钟还是在沉寂状态，最后还是路招弟把她喊醒的。

天色微明，正是睡眠大好的时候。

陈年咕哝了句什么，抱着枕头不肯放，容昭"啪"的一声开了灯，她这才真正醒过来，揉了揉眼睛："几点了？"

"六点十五分。"

陈年立刻睡意全无，赶紧爬起来洗漱。

七点出头，化妆师到了。随后，姐妹团也从酒店抵达叶家。

路招弟换好伴娘服出来，陈年还在化妆，姐妹团围着她，笑闹声不断。

姐妹团成员一共有六个，分别是她的高中舍友张艺可、菲菲和赵胜男，大学舍友谈明天与丁唯一，另外一个是她在斯坦福大学读书时认识的比利时女生。

大家从天南海北赶来，赴这一场婚宴。

拥有傲人身高的谈明天犹如鹤立鸡群，她看着盛装打扮的陈年，先是惊叹一番，又握紧拳头："老娘今年也一定要把自己嫁出去！"

丁唯一毫不留情地戳穿她："你还是先把男朋友找到吧。"

大家都忍不住笑了。

母胎单身至今的谈明天捂着胸口，觉得自己的幼小心灵遭受了成吨暴击。

九点整，程遇风和伴郎们也到了，他们被路招弟和姐妹团挡在门外，伴郎们使出浑身解数帮助新郎通关。

一大沓红包都快送完了，女生们还不罢休，急得几个伴郎团团转。

贾辉煌被她们用口红涂成了花脸，头上还顶着一个可爱到爆炸的兔子头饰，担心误了吉时，他高声威胁道："美女们要是再不开门的话，我们就要破门而入了。"

姐妹团们也觉得差不多该收手了，让贾辉煌单手做了五十个俯卧撑后就把门打开了。

"最后一关。"张艺可挡在最前面，看着英俊的新郎，已经很没骨气地往后退了，可被推出来的她身上是担着神圣使命的。

"新郎要找到新娘的鞋子，我们才会放人哦。"

"找鞋子，找鞋子。"伴郎们四散开，在房间里转来转去。

到处都找不到。

陈年自己都有些急了，视线带有暗示性地看向某个方向。

程遇风接收到她的眼神，会意一笑，他朝房门走去，果然在门后找到了婚鞋。他把鞋子拿下来，穿回新娘脚上。

门外，叶明远和容昭走进来。

其他人看到他们，都很有眼色地出去了。

容昭红着眼眶，紧握着陈年的手："年年，遇风，你们以后一定要好好的啊。"

叶明远拍了拍程遇风的肩膀，又看看女儿，不舍之情掩藏不住。

程遇风郑重地看着二老："爸妈，你们放心，我们会的。"

"爸爸妈妈……"陈年张手抱住了他们，眼泪不知怎么就下来了，直到这一刻，她才有自己真正嫁出去的感觉。

容昭也哭了："年年……"

叶明远心中也泛起一丝酸意："容容，女儿的大喜日子，我们该高兴才对。"

这时，门外传来敲门声，接着是程老爷子的声音："吉时快到了。"

"好了，"叶明远握住妻子的手，"我们出去吧。"

程遇风也牵着新娘子下楼，出门前，容昭往他们俩手里各塞了个大红苹果，寓意平安顺遂。

陈年一路握着苹果来到酒店。

稍作休息后，她和程遇风给爷爷和父母敬了茶，长辈们给了他们红包，又说了许多祝福的话。接下来是两家其他的长辈，一轮下来，半个小时就过去了。

宾客们也陆续到达酒店并入席。

欧阳、张玉衡和秋杭杭是约好一起出现的，他们一露面，宾客中的年轻女孩子们就不淡定了，纷纷找人打听他们的身份。

芳心躁动间，立鹏飞进来了，见他也走向新娘那边的席位，女孩子们顿时惊呼起来。

青年才俊不要太多，简直是大饱眼福！

就是不知道他们有没有女朋友……

喀喀，矜持矜持。

十二点整，宾客到齐，准时开宴。

陈年吃了点东西垫垫肚子后就跟着程遇风一桌桌去敬酒了，她端着酒杯，里面是特调的饮料，看起来和酒无异。但每桌下来，收到那么多的祝福，还是让她开心得脸色微红。

中午这拨客人敬完，晚上还有另一拨。

直到婚礼真正结束，陈年累得连话都不想说了。虽然事先知道会很累，但不知道这么累，回到家后，她蹬掉鞋子，进浴室卸妆、冲澡后，就倒在床上了。

铺在床上的玫瑰花瓣被她压在身下，压的时候是什么样，后来从酒店回来的程遇风看到的还是什么样。

看来是真累坏了。

程遇风在床边坐了好一会儿，他揉了揉眉心，等酒意散去些许后才去洗漱。

十分钟后，他打开浴室门走出来，床上的人还熟睡着，他掀开被子躺进去。

似乎察觉到男人的存在，陈年很自然地窝进他怀里，手也环住了他的腰。

程遇风在她唇上亲了一口，心情愉悦，又喝了酒，亲得重了些，把她亲醒了。

陈年闻着令人安心的气息，手往上移贴在了他心口处。

"嗯？"

她凑在他耳边，眸含水光，声若娇莺："今晚也是新婚之夜。"

程遇风声音低哑："我知道。"

衣衫尽褪，一件件从被子里扔了出来……

娇吟低喘，此起彼伏。

一室旖旎。

陈年和程遇风为期半个月的蜜月是在南半球一座私人海岛上度过的，海岛几乎与世隔绝，拥有古老的丛林和金色沙滩，每年的登岛人数不足一百人。

陈年上岛后的第一感觉是：空旷寂静。

满目都是绿意，绿中镶嵌着一些白色建筑，窥不见全貌，只能隐约看到边角。

她转过身去看海。

海水清澈见底，而且色彩层次分明。最远处是深蓝，接着是浅蓝，深浅相交，再稍微近些，便是绿色。

蓝如晴空，绿如翡翠。

陈年忍不住感慨："好美啊！"

程遇风站在她身后，微微勾唇笑了，他抬手帮她整理下船时被风吹乱的头发，她的红色长裙被风吹得仿佛一朵盛放的花。

一只全身白羽、长颈细腿红喙的海鸟振翅从他们左边飞起，身姿轻盈优美地掠过海面，飞快地抓起一条银鱼，飞向海的另一边了。

陈年不自觉地往前追了两三步，目光追随着那道白色身影，直到它消失在明亮的阳光里。这是她上岛后看到的第一个生灵。

第二个也很快出现了，就在她的脚边，一只五颜六色的海星，她惊喜地蹲下身去，一只小海蟹又从海星旁边悠悠而过。

海水涌上来，打湿了陈年的裙摆，程遇风把她牵起来。酒店的接送车已经到了，工作人员正微笑着候在车旁。

海岛上有海上酒店，也有林中别墅酒店，程遇风各预订了五天的房间，他们的第一站是海上酒店，在海岛的另一侧。

　　陈年昨晚半夜才睡，又坐了将近半天的飞机和船，累得不行，进入酒店房间，她愣了一下，居然没有床。

　　所以要在地板上睡吗？

　　陈年这时才发现地板是由透明玻璃铺就的，能清晰地看到水下情况。她轻敲了两下，几条鱼儿游过来，隔着玻璃摇头摆尾，像在打招呼似的。

　　她觉得有趣极了，在四周到处敲，引得鱼儿们游来游去，玩了一会儿，还是抵挡不住困意，打了个哈欠。

　　放好行李的程遇风见状，按下了墙上某个按钮，一张天蓝色双人大床从墙上缓缓放了下来，陈年欢呼一声跳上去。

　　床自带冰凉触感，躺在上面很舒服，陈年连睡姿都没来得及调整就睡了过去。

　　程遇风坐在床边，听着她呼吸声渐趋平缓，他帮她翻平身子后，这才起身去整理行李了。

　　陈年这一觉直接睡到了当地时间下午四点半。

　　她起来换了条裙子，和程遇风去餐厅吃过饭。已是日暮西斜时分，金灿灿的阳光照在沙滩上，把柔软的沙子染了一层金光，美得令人炫目。

　　浅滩上有几只野生海豚上来觅食，也不怕生人，一口咬住投喂的新鲜鱼虾，吃得心满意足。

　　陈年曾在香港看过粉色海豚，不过这么近距离接触还是第一次。这些虎头虎脑的家伙看起来十分友善，她忍不住伸手摸了一下，和抚摸鱼的感觉不太一样，海豚的手感不仅硬硬的，还很顺滑。

　　程遇风把刚刚这一幕收入了相机里。

　　"走吧，船到了。"

他们接下来的行程是出海。

轮船朝着夕阳的方向驶去。

陈年站在甲板上，风很大，裙摆翻飞，她紧紧依偎着程遇风，彼此十指相扣。

头顶上，一群白色海鸟飞过。

陈年不由得想起了电影《泰坦尼克号》里的经典镜头，偏过头去轻声和程遇风商量，他笑着点点头，搂住她的腰。

她却觉得有些不好意思了，见四周没人，这才慢慢张开双手，然后闭上了眼。

耳边安静得仿佛只能听见风的声音，陈年好像产生了某种错觉，时间在这一刻停止了。

太阳渐渐消失在海的尽头，夜幕悄然降临，夜空撒上了晶莹明亮的星星，水声起，一只海豚跃出水面……

十点钟，两人才回到酒店房间，一番洗漱后，双双躺在床上。

蜜月之旅，自然有的是做不完的浓情蜜意之事。也不知道是谁主动，情醉时吻得难舍难分，他们有着天生契合的身体和灵魂，追逐着，相融着，共赴欢愉之巅。

风平浪静。

他们疲倦地枕着粼粼波光睡去。

接下来的十多天时间，两人白天外出，足迹几乎遍布整座海岛，甚至饱览了其他人难得一见的洞穴瑰丽风光；夜晚，更是齐齐跌入美妙领域，跋山涉水，领略金风玉露相逢的人间盛景。

蜜月结束，陈年和程遇风回到 A 市，各自投入到忙碌的工作中。

和南半球的明媚晴朗不一样，A 市已经连着下了三天的雪，到处都是白茫茫一片，有出来买菜的老人，刚下公交车就跌倒，一跌不起。

交通也大大受到了影响，到处都堵，铲雪车出动了一辆又一辆。陈年住的地方离研究所比较近，走路大概要二十分钟，如果程遇风时间合得上的话，下班后就会过来接她回家。

年关将至。

虽说大雪封路，但还是挡不住春节即将到来的喜气。

陈年从腊月二十五起正式放假，一直放到年初六。程遇风假期还不定，唯一确定的是假期不会有她的那么充裕，毕竟作为机长，在声势浩大的春运中是扮演着重要角色的。

然而，无论加班到多晚，只要不是飞国际航线和出差去外地，他每晚都会回家，陈年就做好夜宵，边看资料边等他。

他们白天一个上航线，一个去研究所，晚上回到家，夫妻俩守着一盏灯，看着对方，哪怕不做什么，只是说上几句话，也是极其温馨的时光。

有时，程遇风的时间实在急，只回来匆匆换了件衣服就要赶去机场，他走前总要进卧室看一看陈年，在她额头或唇上落下一吻，这才掩门离去。

虽然小区的安保工作做得很不错，但他总习惯性地先去检查一遍门窗和水电才出门。

程遇风直到腊月二十九才算是闲下来，在此之前，陈年在妈妈和用人的帮助下，做完了大扫除，并采买好各种过节用品。

由于是搬进新家的第一年，按照老一辈的习俗得暖房，程遇风和陈年先前就决定好让爷爷、爸爸妈妈和路招弟、贾辉煌一起过来吃年夜饭。

除夕上午九点，程遇风吃过早餐后就来到书房写春联，程家老宅以前的春联都是他写的，自然是驾轻就熟。陈年过来时就看到春联都写好了，分门别类地摊在桌上晾墨。

陈年一一看过，发现他写的春联比市面上精心制作的还要好看，不遗余力地把她家程先生夸了一通，还"吧嗒"一声给了实质性的奖励。

程遇风有些不满意，轻捏着她下巴，讨了一个深吻。

陈年气息全乱，眼角余光瞥见桌上还未干的砚台，趁着程遇风不注意，尾指蘸了浅浅一层墨，然后直直地看向他的眼睛："欸，你脸上沾了墨，我帮你擦。"

说着，她尾指做出擦拭的动作，实际上是在他薄唇上方画上一条墨痕。

程遇风不疑有他，检查了一下春联，干得差不多了，他挑出给老宅写的春联，准备待会送回去，贴好后再把爷爷接过来。

陈年看着他的半边"胡子"，拼命忍住笑意，实在忍不住了，就背过身去偷笑。

程遇风看过来时，她立刻又变得一脸正色，捧着春联，不停点头："好，写得真好！"

"我们去贴春联吧。"

程遇风事先熬好一小锅米糊，黏性强，又容易清理，很适合用来贴春联。

陈年的主要工作就是用小刷子帮春联上浆糊，并帮忙指出贴得是否规整，两人从楼上忙到楼下，最后来到厨房。

陈年捧着"年年有余"的横批，漆黑的眼睛转了两圈，她用开玩笑的语气说："不应该是，年年有风吗？"

程遇风手上的动作一顿，似乎也认真思考起来："嗯，等我回头再写一张'年年有风'挂在卧室床头。"

陈年听出他话里的打趣意味，再想想那画面，脸颊悄悄爬上一丝绯红，微微懊恼地对他挥了挥拳头。

春联贴完，吃过午饭后，程遇风就回老宅接爷爷去了。陈年本来也要跟着去的，可几分钟前接到爸妈电话，说是他们快到了，她只好留在家里。

程遇风前脚一走，叶明远和容昭就提着大袋小袋的礼品过来了。

"爸爸妈妈，你们怎么还拿这么多东西啊。"从小年夜开始，两老就不停地搬运东西过来，杂物间都快放不下了。

"不多不多。"容昭笑眯眯地说。

叶明远也说："过年讨个吉利。"

陈年给他们各倒了一杯热茶，一家三口坐下来说话。下午三点多，程遇风和程立学才进门，老爷子穿着枣红色的棉服，满脸笑意，看起来精神矍铄。

程遇风的俊脸干干净净的，陈年心知自己之前做的"坏事"败露，一接触到他的眼神，立刻解读出"秋后算账"的意味。她无辜地耸耸肩，回了个"小的错了"的眼神过去。

程遇风轻哼一声。

接下来，三位长辈在客厅聊天，陈年和程遇风进厨房准备年夜饭。容昭带过来的就有在自家后院里种的新鲜蔬菜，在鸡汤里一滚，鲜绿得让人垂涎欲滴。

陈年忍不住吞了吞口水。

程遇风从汤里捞了根青菜送到她嘴边，她张口就要咬住，他把筷子往后收了收："小心烫。"

陈年双手比出"OK"的手势，一口吃完了青菜，只觉得清甜可口，带着一股纯天然的鲜味。

程遇风把青菜捞上来放到青瓷盘中，为了应景，特地摆成了富贵竹的样子，寓意"竹报平安"，还用小刀切了三个番茄。不知他怎么摆弄的，眨眼间盘子上多了两只红色小胖鸟。

剩下来的半个番茄，他随手拈起来塞进了陈年嘴里。

陈年："……"

做完这些，程遇风又往汤里放了些牛肉丸，同时还能一心二用，双手并用地把丸子蘸料和水晶鸡的酱料调了出来。

年夜饭一共有十道菜，道道都有讲究，陈年只负责洗菜、端盘子和尝味道，其他的基本上是由程遇风完成的。

开饭前四十分钟，贾辉煌和路招弟就提着礼品来了。这对情侣说来也挺令人唏嘘，一个无家可归，另一个有家不想归，在这举国欢庆的除夕团圆夜，估计他们心里也很不好受。

容昭拉着路招弟说了好久的话，贾辉煌也和老爷子、叶明远有说有笑的，陈年听着笑声从厨房走出来："人齐了，可以开饭咯！"

菜一道道摆上长桌，大家围坐在桌前，边吃边聊。

窗外夜色深沉，屋内和乐融融。

饭后，三个长辈给晚辈们包了红包，按照习俗，陈年也给路招弟和贾辉煌各包了一个红包。

路招弟下意识摆手想拒绝，容昭笑道："年年结婚了，你还未婚，应该拿的。"

路招弟这才收下来。

八点整，《春节联欢晚会》准时开播。老爷子是每年都要捧场的，他戴上老花镜，看着主持人队伍中出现的新面孔，颇有感慨道："又一年过去了，老了老了。"

"可不是，"叶明远也说，"孩子们都长大了，我们也老了。"

老爷子笑得花白胡子一颤一颤的："现在是年轻人的天下咯。"

路招弟端了水果拼盘出来，陪着看了好一会儿电视，就被陈年拉去打麻将了。

陈年运气好得不行，连着赢了几把，其中还和了一把清一色，最后以十三幺横扫牌桌，赢走了所有的筹码。

时间不知不觉接近午夜。

程立学毕竟上了年纪，体力不支，十点刚过就去客房休息了。叶明远和容昭本来想守夜的，被程遇风劝说后也回客房了。

电视里在播李谷一的《难忘今宵》，主持人开始倒计时："……三、二、一。"

"新年快乐！"

"新年好！"

A市禁止燃放烟花爆竹，除夕夜人们聚集在广场进行新年倒计时，气氛并没有桃源镇爆竹声声、人们走街串巷那么热闹，半夜一点钟后，几乎恢复了沉寂。

陈年和程遇风送走路招弟与贾辉煌，准备上楼回房，他们身后，客厅的大灯安静地亮着，且一夜不会灭。

"程先生，你是不是忘了什么？"

"嗯？"

陈年戳戳他手臂："我的新年礼物啊。"

程遇风看着她，意味深长地笑了，然后把她拦腰抱起："没忘，现在就送。"

门轻轻关上。

房内安静后，陈年累到了极点，迷糊中，她听到男人在自己耳边低低地说——

"新年快乐，生日快乐，程太太。"

你也是啊，程先生，新年快乐。

还可以更幸福吗？

心底有道声音坚定地回答她："可以的。"

陈年眼底浮现一丝热意，把脸贴在他心口，默念："但愿年年有今日，岁岁有今朝。"

这是她最大的心愿。

大年初一，陈年正式迎来二十五周岁生日，这次只是一家人温馨地度过。不过，该收的礼物一样都没少，大部分在年前就已经陆续从国内外寄到家里来。

光是拆礼物就耗费了不少时间，加上走亲戚，陈年直到年初五才闲下来，回到家，她很没有形象地倒在沙发上，棉拖也被蹬得东一只西一只。

程遇风把棉拖捡起来并排放在一块，然后在她旁边坐下，她很自然地把腿伸过去："揉揉。"

程遇风轻按着她的小腿，她舒服地闭上了眼睛。

过年走亲戚，聊天主题无非三样：孩子的学习成绩，单身的催结婚，已婚的催生孩子。陈年作为已婚人士，被问得最多的自然是打算什么时候要孩子。

其实陈年觉得时候也差不多了，看到别人家的孩子那么可爱，她也心痒痒地想要生一个。只是这种事，又不是她一个人能说了算的。

似乎，某人看起来一点都不心急？

陈年把头靠在程遇风肩上，手指无意识地把玩着他的袖扣，她清了清喉咙："程先生，那个，你做好当爸爸的准备了吗？"

程遇风猛地停下动作，先是低头直视她的眼睛，再是紧紧盯着她小腹，眸色骤然转为狂喜。

陈年一看就知道他是误会了，她连忙摆摆手："没有。"

"只是之前被人频繁地问，我也想问问你的意见。"她补充道。

毕竟避孕措施什么的都是他在做，除了某次意外，其他次的谨慎程度简直可以用"滴水不漏"来形容。

不过，看他刚刚的反应，她心里大概有底了。

事实上，对于生孩子这件事，程遇风的打算是缓两年再说，一来考虑到陈年的年纪小，二是她的事业也正处于重要阶段，孩子必定会分掉她的大部分精力。

可就在前一刻，他沉浸在某个美好"误会"中，竟发现自己压抑不住那股由内心涌出的欢喜。

程遇风凝神沉思，陈年静静等了一会儿，想到表姐家那个粉雕玉琢般的小女儿，她忽然就下定了决心："生吧，生吧。

"我想要生女儿，将来给她买好多洋娃娃和漂亮裙子！"

程遇风看着她，好笑地问："如果生的是儿子呢？"

"那就再生一个，哥哥保护妹妹也很好啊。"

"万一还是儿子？"

也是啊，陈年发愁了，生男生女的概率是随机的，又不是想生女儿就能生儿的。她又想到什么，激动地一跃而起："所以……生？！"

程遇风故作叹气，自嘲道："再不生都老了。"

陈年眉飞色舞："不老不老。"

明明夜里还生龙活虎的。

"那我们从现在开始备孕，我想想要做些什么，饮食、作息，还要调整好心理状态……"

不去了解还不知道，原来备孕还有这么多需要注意的，陈年把注意事项一条条地读过，在程遇风肩上拍了两下，语重心长地说："程先生啊，生女儿的重任就交给你了。"

程遇风捏了捏她脸颊，戏谑道："生的是儿子也不许嫌弃。"

怎么可能会嫌弃？

知道他是在开玩笑，陈年也一本正经地回道："儿子不嫌弃，嫌弃儿子他爸。"

"哈哈哈……别、别挠我！

"程遇风你不要这么幼稚好吗？！哈哈哈……

"老公，老公，我错了！"

婚后的第一个春节过得有声有色，每天都徜徉在幸福和笑声中，没来得及细细回味，陈年就要回研究所上班了。

全研究所回得最早的人是琳姐。

琳姐是不婚主义者，大半生致力于物理研究，获奖无数，研究成果颇丰。她家人都移民加拿大，春节她飞过去待了两天，被父母念得心烦，怕再一次弄得不欢而散，她立刻收拾行李回国。

没办法，在老一辈眼里，女人不结婚是万万不行的。他们的担忧总是很多，甚至考虑到自己以后去世，女儿孤零零一人没个依靠，想想就怪可怜的，他们怕是死也不瞑目。

可每个人都有自己追求的生活方式，哪怕是再亲近的人也没有资格干涉，琳姐不是没有妥协过，可她真的没有办法接受要和一个男人共度余生。

她最大的兴趣就是研究物理。

陈年来到实验室时，琳姐和立鹏飞早就到了，三人打过招呼，聊了十分钟左右，项目组组长也过来了，召集大家开会。

会议的主题围绕"感光器"的研究展开，历时一个小时。

最后，组长总结："预计还有四个月左右，我们的研究成果就要面世了，这无疑将是一个重大突破，我个人表示非常期待。"

众人相视一笑，神情都有些激动。

"接下来，我们可以着手筛选实验对象了，筛选标准待会我会发到实验室邮箱，请留意查收。

"最后，感谢在座的各位为'感光器'所做出的贡献，大家辛苦了！"

组长又补充道："尤其是陈年，我知道她从研一开始就在着手'感光器'的研究，可想而知其中经历了多少次挫折和失败，可她从来没有放弃……如今，我们能把它从一个概念变成实物，她功不可没。"

琳姐带头："鼓掌！"

立鹏飞满脸笑意，把双手都拍红了。

在这么多前辈面前，陈年很是不好意思，她站起来鞠了个躬："我只是做了自己喜欢做且应该做的事，如果我们的努力能给这个世界带来一点点的改变，那么它就是值得的。"

组长兴奋得面色发红，他提高声音："相信我，它不只是会带来一点点的改变，它带来的将是颠覆性的巨变！让我们一起拭目以待吧！"

在众人的殷切期盼中，四个月的时间流水般飞溜走了，第一代"感光器"顺利面世，实验对象也筛选出来了，验收成果的时候终于到了。

实验室的成员们，此时此刻的心情，就如同等在手术室门外，等着一个在母胎里待了十月的婴儿呱呱落地。

实验对象是一个中年男人，天生眼盲，有生以来从未见过光明。

戴上"感光器"的一瞬间，他原本带着些许紧张和激动的表情就像被冰封住了一样，实验室的研究员们见状都提起了一颗心。

这不是大家想象中应该有的反应。

该不会是出什么问题了吧？

连性子平和的琳姐都现出焦躁的神色，陈年也是屏气凝神，她瞪大眼睛，看到两行泪水从男人脸上齐齐流了下来。

接着，他发出一声无法分辨情绪的声音，泪涌得更凶了，胸口剧烈起伏着，他扶着椅背的手也开始露出青筋。

"这是……这是什么颜色？"

陈年眼眶也跟着一热，笑容却是炽烈无比："这是黄色。"

"黄色？"男人笑了，像个天真而满足的孩子，"原来这就是黄色。"

陈年又说："你刚才看到的是柠檬。"

"柠檬？"男人怔怔重复，"原来柠檬长这个样子啊。"

赤橙黄绿青蓝紫，和它们所代表的事物，在他脑中形成了鲜明的画面。

"我看到了。"男人着急地去找旁边妻子的手，"老婆，我看到了！"

他妻子已经是泣不成声。

曾经，他的世界就如那首歌所唱："……眼前的黑不是黑，你说的白是什么白……"

如今，他看到颜色了，五彩斑斓，那么神奇，那么美丽，仿佛一道彩虹，意外地出现在他的生命中。

"谢谢你们！"男人仰起头，又是哭又是笑的，"还有许许多多像我一样生活在黑暗中的人，他们一定也会深深感激你们所做的一切……"

他弯曲双膝，似乎要跪下来，立鹏飞眼明手快地拉住了他。

男人的妻子把他扶好，他笑着说："老婆，如果能看看你长什么模样，如果还能看到你对我笑的话，那我这辈子就没有任何遗憾了。"

"傻瓜。"女人破涕为笑。

当然，以目前的技术还无法做到向视神经传输动态画面，不过这也给了陈年一个新的灵感，能否通过"感光器"直接去呈现这个真实的世界？

她的心为这个念头而隐隐发颤。

第一代"感光器"的成功让实验室成员们士气大振，组长亲自在如意楼包下一个大包厢请大家吃饭、庆功。陈年也被起哄着喝了点小酒，饭局结束后，晕头晕脑地被程遇风接回了家。

洗澡还是程遇风帮忙的，洗好后躺在床上唱了半宿的儿歌，程遇风特地录音为证。次日，陈年醒来臊得埋在被子里不肯出来，使出浑身解数也没能把录音毁尸灭迹。

程遇风甚至扬言将来要放给女儿听，她想到这茬，双手捂住脸，叹气："我喝酒了。"

前面的备孕工作都白做了。

"顺其自然吧。"

陈年点点头："也只能这样了。

"对了，我前两天收到希望小学的小朋友们的信，信上说他们在山里找到了一个新的泉眼，邀请我过去看。"

刚好实验室那边的工作也暂时告一段落了，出去散散心也是好的。

程遇风想了想："我下周三有空。"

陈年把他扑倒在床上，又在他脸上亲了一口："知我者，莫若程先生也！"

"感光器"成功面世、帮助盲人重新视物的消息，在网络上受到的关注度，远远不及某个女明星换了新发型这样的娱乐新闻，甚至连水花都没有激起。但对于科研界而言，它无疑是一项突破性研究成果，且极具现实意义。

不难想象，一经推广，将来会有无数盲人因此受益。

对实验室的所有研究员来说，"感光器"只是阶段性胜利，后面还有更高的山峰等待攀登，他们一刻也不敢懈怠，兢兢业业，脚踏实地。

陈年夜里做了一个梦，梦见"感光器"二代诞生，实验对象如愿以偿地看到了周围动态的一切，他泪流满面地跟家人相拥，发出沙哑的嘶吼："我终于能像正常人一样生活了！"

梦里，她也跟着喜极而泣。

"年年？"程遇风轻晃她肩膀，"醒醒。"

陈年睁开眼，眼神还迷糊着，她揉了揉，视野中，男人的俊脸慢慢变得清晰。

"怎么哭了？"程遇风揩去她眼角的泪，"做噩梦了？"

陈年摇摇头，笑了："不是噩梦，是美梦。"

她把梦的内容告诉他，又感慨道："我有一种强烈预感，它肯定会实现的。"

程遇风语气也十分笃定："一定会的。"

陈年抬起下巴："这么相信我啊。"

"当然。"

"程先生，你真好！"她趴在男人背上，蹭两下他颈窝，说了无数甜言蜜语，然后使劲地吹枕边风，"录音删掉好不好？"

"不好。起床吧。"程遇风说，"吃完早餐，我们差不多可以出发了。"

今天是周三，他们要去 W 市偏远山区的慕昭希望小学看孩子们。

一路飞机、大巴、面包车地换，正值南方雨季，前些天连着下了几场大雨，进山的路很不好走，半路车子还出了故障，耽误好些时间才修好。

车子继续前行。

层峦叠翠，绿意欲滴，平溪悬瀑，野景成趣，美不胜收。

山水相送。

程遇风和陈年抵达目的地时，夜色已深。他们的动静惊扰了几乎与世隔绝的村庄，响起了此起彼伏的狗叫声，村主任、校长和几个村民们打着手电筒，候在村头。

最先迎上来的是村主任："欢迎欢迎！"

他还非常正式地和程遇风握了手。

校长站在他身后，笑得露出了一口白牙："叶小姐，这一路过来辛苦了吧。"

不等陈年回答，村主任又说："长途奔波一定累坏了，都上我家去，我婆娘早把饭菜都准备好了。"

热心的村民们上来帮忙提行李，陈年本想拒绝，可盛情难却，她只好松了手。

村民们的普通话说得磕磕绊绊的，说不上两句就习惯性换回了本地方言。陈年听不太懂，走在她旁边的校长把大概意思翻译了出来。

原来之前在村口列队等待的还有十个学生代表，知道陈年要过来，他们特地穿上了自己最好的衣服，把脸蛋和小手洗得干干净净，手里还提着鸡蛋、鱼和青菜，打算给她当见面礼。可惜，等了很久也不见人到，时间太晚，孩子们的作业还没写，明天又要早起上学，校长和村主任商量后，就让他们先回去了。

村民们是担心只有这几个人迎接会怠慢了远道而来的客人。

陈年的名字他们并不熟悉，但孩子们口中的"小叶子姐姐"整个村的人都耳熟能详。每个学期开学之初，会有大批的衣服和文具等生活以及学习用品从遥远的 A 市寄过来，孩子们人手一份，后来还设立了听都没听说过的什么助学金和奖学金。

还有一件事也怪新鲜的，成绩优异的孩子们除了获得奖状外，还会额外有十斤猪肉或两箱牛奶的奖励。

原本只有六十一个学生的山区小学，如今学生人数已经增加到一百三十五人，新增的学生中，女生占了很大比例。

一路聊着，不知不觉到了村主任家，村民们把行李放下后就各回各家了。

村主任媳妇是个瘦弱的中年女人，皮肤黝黑，发如枯草，是长期户外劳作留下的痕迹。见到有客人进来，她笑了一下，神情中难掩羞涩，许是太久没见过外人的缘故。

她虽然不善言辞，却做得一手好菜。

村主任热情地招呼他们快吃，陈年也是饿坏了，难得吃了一碗半的米饭，汤也喝了满满一碗，村主任媳妇见状直冲她笑。

陈年回以一笑，村主任媳妇点点头，掀开老旧的帘子进去了。

今晚陈年和程遇风在村主任家住，客房一早就准备好了，看起来很是整洁，被褥也是新的，散发着一股好闻的味道。

唯一的落地扇也被搬了进来，呼呼呼地吹着，窗也大开，夏日凉风涌入。陈年站在窗边，深深吸了一口山里独有的清新空气，只觉得肺腑间一片难以言喻的舒畅。

美中不足的是，山里蚊子也很多，而且咬人特别狠。

陈年站了没一会儿就中招了，小腿上鼓起了几个红包，痒得厉害，她忍不住用手抓了抓。

程遇风打开行李箱，找了一遍，还是没找到花露水。

陈年苦着脸："我记得应该有放进来的。"

事实是，翻遍行李箱都没有花露水的踪影。

幸好，村主任媳妇体贴地送来了两盘蚊香。

蚊香一点，烟雾渐起，蚊子大军声势浩大地"嗡嗡嗡"叫着飞走了。

陈年一夜好眠，天色蒙蒙亮，她就醒了。身侧的程遇风还睡着，薄被只搭在他腰间，睡衣也翻卷起来，她看着他那微微露出来的精瘦的腰，心里蠢蠢欲动。

可是，许多次的经验告诉她，晨间的男人撩拨不得，只怕惹起了火，最后没办法灭。

要不，还是算了吧？

陈年正要把手缩回来，不料被人一把扣住，她心下一个咯噔，转头看去："你醒了啊。昨晚睡得好吗？"

"你刚刚想做什么？"

"帮、帮你盖被子啊。"

"是吗？"程遇风的语气透着满满的怀疑。

"不然呢？"

程遇风轻哼一声，笑得别有深意，他伸出手轻弹她额头，又顺便把睡衣抚平，盖住腰部。

窗外传来脚步声，接着是小男孩的声音，应该是村主任家的儿子要出门上学了。

两人也起床洗漱。

村主任媳妇把早餐煮好放在桌上。不知道客人的口味，她特地准备了两种早餐，两大碗玉米糊糊，一盘葱油饼，一锅白粥，一盘酱黄瓜和咸鸭蛋，分量都很足，陈年每样都尝了点，味道都很不错。

尤其是咸鸭蛋，鲜香流油，十分美味。

吃过早餐后，村主任带着程遇风和陈年去学校。

走了二十分钟左右，村主任抹了一把脑门上的汗，习惯性把手在裤子上蹭了蹭："过了前面这座桥就快到了。

"这桥啊也是托叶小姐和基金会的福，刚建好不久。之前是木桥，下了大雨，从中间断成两截，还把一个放学回家的学生冲走了。不过好在没事，这娃儿是个游泳好手，冲出去一段，自己拽了根树枝爬上来了。"

村主任说着，在桥上蹦了两下："嘿嘿嘿！老结实了，再大的水也冲不垮！

"桥好了，我们家长也都放心了，不然下雨天总要提心吊胆的。

"叶小姐，真的太感谢你了！"

从见面到现在，陈年听村主任说过许多次谢谢，她笑了笑："村主任不用这么客气。"

她现在所做的，不过是把自己曾得到过的以同样的方式传递出去。

村主任摸摸头，憨厚地笑了。

一行人过了桥，学校便近在眼前。

见陈年和程遇风出现，列队站在门口的学生们在老师的指挥下，齐齐鼓起掌来，掌声雷动，惊得树枝间的鸟儿四处纷飞。

"热烈欢迎小叶子姐姐！"

"欢迎欢迎！！"

学生们都有些腼腆，虽然和陈年有过书信往来，但这次是第一次见面。大家都露出怯生生的表情，一副想靠近她又不敢靠近的样子。

陈年把包里的大白兔奶糖拿出来，有个胆子稍大的男孩走过来，她往他手里放了一把糖，还笑着摸了摸他的脑袋。

围观的其他人见状，一窝蜂地涌上来，把小手举得高高的："小叶子姐姐，我也要！我也要……"

大家吃着糖果，个个眉开眼笑，一口一个"小叶子姐姐"不知道叫得多甜，陈年很快和他们打成一片。

学生们兴高采烈地拉着她去后山看新发现的泉眼。

泉眼在山壁上，泉水潺潺流出，水质清澈而干净。

当地有个传说，喝到第一口新泉水的人，将会得到上天的祝福。

有个扎着冲天辫的小女孩说："小叶子姐姐，我们守了很久，谁来都不许他喝，这是特地给你留的。"

"是啊，是啊，你快喝吧。"

传说的真假并无所谓，重要的是孩子们这份质朴的心意。

在大家期盼又兴奋的目光里，陈年把每一双亮晶晶的眼睛都看过，她接了小捧的泉水，低头喝了两口，水清凉而透着一股微甜。

"好不好喝？"

"好喝。"

学生们争先恐后地捧起泉水来喝，每个人脸上都洋溢着开心的笑容。

"好了。"校长说，"同学们该回去上课了。"

大家都有些不情愿，纷纷把视线投到陈年身上，校长哪里不知道他们的心思，笑呵呵地说："连你们的小叶子姐姐的课你们也不愿意上？"

"啊！蒸（真）的吗？小叶子姐姐要给我们上课？"

陈年被一片叽叽喳喳声围住，她点点头："真的。"

她身旁的小女孩指着程遇风问："这位帅叔叔也会给我们上课吗？"

陈年笑眯眯的："程先生？"

"叔叔，叔叔！"

抵挡不住孩子们的热情，程遇风自然也是应下。

"哇哦，太棒了！上课上课！"

陈年准备的课程是两个物理小实验，一个是"在水中变弯的筷子"，另一个是她拿手的"太阳爆米花"。程遇风事先没有准备，只好给大家讲述和飞行有关的趣事。

有玩的，又有爆米花吃，还有新奇的故事听，一个上午下来，教室里的欢声笑语就没停过。

陈年和程遇风的午饭也是在学校吃的，热热闹闹的一顿饭吃完，孩子们被老师带回教室做作业和午休后，他们在周围走了一圈。

天空不知什么时候飘起了小雨。

陈年刚走上石桥，忽然感觉有些反胃，她轻抚着发闷的胸口，紧蹙眉头。

"怎么了？"

"没事，好像有些水土不服。"她偏过头去干呕两声。

程遇风拉住她的手，眸色转深："上个月的月事来了吗？"

那段时间他刚好在国外出差，陈年也忙于实验室的研究，还以为是压力太大什么的导致月事异常，毕竟以前不是没有过先例。

经程遇风这么一提醒，陈年也立刻想到了："你是说……"

怀孕了？

小两口从 W 市回到 A 市的第一件事就是直奔市中心医院。程遇风昨晚已经拜托朋友帮忙拿到了妇产科的专家号，没有等太长时间，就轮到了陈年。

检查结果也出来得很快，陈年是真的怀孕了，孕期八周，胎儿的眼耳口鼻开始长出来了。

陈年怔怔地盯着检查报告单，似乎还不敢相信真的有个小生命在自己小腹内扎根了，扪心自问，这段时间以来她真的一点感觉都没有。

好神奇。

陈年忍不住摸了摸小腹，动作很轻，小心翼翼的，可能是先入为主的缘故，她好像真的能感觉到宝宝在里面活动。

欤，她当妈妈了，而且是一个很迟钝的妈妈。

妇产科的女医生和程遇风交代注意事项，程遇风听得格外认真，还拿出手机把重要的几点记了下来。女医生见他看似淡定其实透着几分紧张和激动的神色，笑着问："头胎吧。"

程遇风点点头："是。"

他手一松开，手心里都是汗。

"男人第一次当爸爸都这样。"女医生已然见怪不怪。

程遇风又把自己在网上查到的几个问题依次跟医生问了一遍，医生耐心又细致地回答，还安慰他说："不用担心，胎儿发育得很好，月底再带你老婆过来做个正式产检。"

"好的。"程遇风笑了笑，"谢谢医生。"

"不用谢。"

程遇风带着陈年走出来，外面候着几个产妇，有丈夫陪同过来的，脸上洋溢着幸福的笑容，也有独自一人坐着的年轻女孩子，面无表情地垂眸盯着地面，双手却不安地抓握在一起。

医院是最能窥见世间百态、人情冷暖的地方。

程遇风收回视线，努力平复着依然激动万分的心情，可……谈何容易？仿佛，头顶上是朗朗晴空，脚底下是春草初生的平野，天高地阔，他化作了肆意穿行的风。

走出十几米远后，残余的理智勉强回笼，程遇风把脚步放得缓之又缓，嘴边露出一抹浅笑，眼底已是笑意点点，星光万千。

忍不住，再也忍不住。

他轻轻地笑出声来。

脑海中的无关思绪消失得一干二净，只剩下一个念头：他要做爸爸了。

他和陈年有孩子了。

不是没有期盼过，可当这一刻终于来临，程遇风发现一颗心和两双手，根本不足够去承接这份偌大的欢喜。

陈年说了什么，程遇风没听清，她只好又说了一遍："你走错方向了。"

他猛地停下脚步，打量四周，不由得失笑。

陈年也是第一次看到向来沉稳的程遇风出这样的小差错，她扑哧一声乐坏了，在心里无声说："宝宝，你看，爸爸好傻哦。"

他是因为知道你来了，所以才开心得晕头转向的。

妈妈也很开心，至今仍然有一种仿佛脚踩棉花踏不到实地的虚幻感。

程遇风反应过来，低叹一声，搂着陈年的腰，两人转身往回走。

等电梯时，陈年接到了妈妈的电话，问她和程遇风到哪里了。

"妈妈，"陈年怀揣着巨大惊喜，听到妈妈熟悉的温婉声音，有些语无伦次，"我们回到 A 市了，现在在医院……不是，我没事。

"妈妈，我怀孕了。"

手机那端沉默了好几秒，接着传来叶明远的声音："年年，我没听错吧，我要当外公了？！"

旁边，容昭还瞪大眼睛呆愣着，叶明远把手机拿过来，深深吸了一口气，却发现脑子一片空白，想说什么却全忘了。

"爸爸，是真的。"

"年年！"叶明远喊了一声，手机却被容昭抢了回去，她眼眶泛着红，喉咙哽咽，笑容满面，"年年……"

不知怎么，眼泪突然"唰"地下来了。

"今晚和遇风回来吃饭吧。"她有好多好多话要跟他们说。

"好的，妈妈。"

通话结束后，叶明远和容昭第一时间和程立学分享这个天大的好消息。老爷子本来和几个老朋友喝着下午茶，接到电话，听了没两句，他弹簧似的蹦起来，当着老友的面，一阵朗声大笑："哈哈哈，我要当太爷爷了！"

以后就不用那么心酸地去蹭别人的小孙子小孙女了。

等不到下午茶结束，程老爷子打车来到叶家，三个人一打上照面，个个都是如出一辙的激动神色。

"程叔，您来了。"

程老爷子抖动着花白胡子："我今天一早起来就听见窗外有喜鹊叫，料到准是有什么好事要发生，果然如此啊！"

叶明远倒了杯热茶给他。

"我也是刚听年年说的，说是怀孕两个月了。"容昭想到什么，摇头笑笑，叶明远接上去说，"当初你刚怀年年时，也是没什么异常，有次身体不舒服，我把你送去医院，结果一检查，孩子已经三个月了。"

"这说明孩子乖啊。"

"这倒也是。"叶明远看着妻子，"年年很乖，没怎么折腾她妈妈。"

夫妻俩不约而同想起了那段甜蜜又充满期盼的时光。

另一边，因为路上堵车，陈年和程遇风花了将近两个小时才回到家。容昭专门为女儿熬的汤也好了，热腾腾的，用小碗装好，等人一到马上就可以喝了。

陈年从一进门就被数双眼睛盯着，仿佛什么珍稀动物似的，顿感压力如山大，不等她开口，容昭上前抱住了她。

"妈妈。"

"年年，我的乖年年。"容昭摸摸她的脸，无限感慨道，"时间过得真快啊，转眼间，你也要当妈妈了。"

"嗯啊，妈妈，您也要当外婆了呢。妈妈您开心吗？"

"开心！"容昭不住地点头，"当然开心！"

"好了，容容，让年年先喝汤吧。"

容昭这才把女儿松开："我给你熬了汤，趁热喝。"

陈年坐在沙发上，边喝汤边听大家说话，话题全都是围绕着她。汤里不知道放了什么材料，喝起来稍微有苦味，她心里却像灌了蜜糖似的，甜滋滋的。

喝完汤后，容昭拉着陈年回了卧室，交代了一大堆孕期该注意的事。

最后，她有些欲言又止："医生应该跟你们说了吧。"

陈年没反应过来："什么？"

容昭轻咳一声："怀孕前三个月和后三个月，千万要……避免房事。"

不过她转念一想，遇风是个稳妥的，在这种事上必定会万分注意，于是就点到为止，没再继续往深处说了。

陈年的脸微微发热，和妈妈谈到那种事，总觉得怪怪的，她不自然地垂下视线，盯着自己的脚尖，囫囵应道："嗯……我知道。"

"你和遇风工作都忙，饮食和其他各方面难免不周全，要不还是搬回来住吧？或者，我和你爸去你们那儿住，再请个保姆，月嫂也要开始考虑找了，还有月子中心，也要提前预约……"

陈年窘，这才两个月，妈妈就考虑得这么长远了？

这不理不知道，一理还有一大堆事要准备，容昭思绪纷飞，也定不下来："这些事我还得跟你爸商量一下。

"年年，你就安心当个孕妇，别的什么都不用操心。"

还真的如容昭所说，接下来的时间里，凡事都有父母和程遇风料理妥帖，陈年完全无须费心。实验室的同事知道她怀孕，也是各种周到的照顾，按理说她该高枕无忧的，可体内的小家伙却折腾起她来。

陈年孕吐反应强烈，几乎是吃什么吐什么，夜里睡到一半，小腿就开始抽筋，连带着程遇风也睡不了好觉，人也跟着清减几分。

　　叶明远听说这件事后，又是心疼，又是叹气："这么闹腾，估计是个小子。"

　　容昭也这么觉得，俗话说酸儿辣女，女儿怀孕后口味就偏酸了些。

　　怀孕四个月，陈年除了小腹微隆外，手脚依然纤细，容昭更是想方设法在医生建议的范围内为她进补。程遇风没有航班任务都会回来陪她，无微不至地照顾着她的饮食起居。

　　这天，从楼下散步回来，陈年窝在沙发里，程遇风蹲在旁边，帮她轻揉小腿。

　　"晚上想吃什么？"

　　"嗯……"陈年想了想，"都可以，就是不想再喝汤了。"

　　她都快喝出心理阴影了。

　　程遇风抿唇笑了："恐怕不行，妈刚打电话给我，她在过来的路上了。"

　　陈年露出一副欲哭无泪的表情，忽然，她浑身一颤，险些喊到破音："程遇风！"

　　"怎么了？"程遇风紧张得不行，"是不是哪里不舒服？"

　　"不是。"陈年又感受了一下，"刚刚宝宝好像踢我了。"

　　"真的吗？"

　　"嗯！"

　　程遇风的大手轻覆上她小腹，等了好一会儿后，他眼睛一亮，朗声笑道："宝宝真的在动！"

　　陈年别提多骄傲了："是吧，是吧。"

　　初为人父人母的两人都深深沉浸在宝宝可喜的变化中，血脉亲情是一种多么奇妙的力量啊，哪怕素未谋面，也愿卸下所有的骄傲，倾尽所有去呵护这个小生命平安健康地成长。

　　宝宝长得很快，怀孕第十个月，陈年的肚子就像藏了一个大皮球，低下头，连脚尖都看不见，每天睡觉都只能侧躺着。

离预产期还有一周时间。

程遇风特地请了假，一天二十四小时寸步不离地守着她。

晚上对陈年来说是最难熬的时刻，身子沉得不行，宝宝又动作频繁，她想翻身都艰难。这晚，宝宝难得地安静下来，她也跟着睡了个好觉。

还做了个梦。

梦里的场景是陌生的，她的目光追随着一个跌跌撞撞的身影，身影从清晨的迷雾中走来，面孔渐渐清晰。

正是她妈妈路如意。

"妈妈！"她撕心裂肺地喊，"妈妈！"

路如意仿佛什么都没听到似的，失魂落魄般继续往前走。一条翻滚着泥色的河出现，不知道她沿着河走了多远，前面又出现一片草地。

路如意仓皇四顾，捂着头很痛苦地蹲了下去。接着，她停止了所有的动作，目光变得如霜剑般清亮，她边哭边笑地朝河边草地爬过去……

梦中，陈年作为旁观者，看到妈妈从草地里抱起了一个孩子。妈妈把孩子紧紧地搂在怀里，力度大得惊人，原本奄奄一息的孩子痛苦地呜咽一声，热泪从眼角滚滚而下。

妈妈如梦初醒般把手盖在孩子额头上，吓了一跳，她抱着孩子疯狂地奔跑起来……

"妈妈，妈妈……"陈年一遍遍地唤她，她始终没有回头。

画面又是一转，地点变成了桃源镇。

路如意背着她从草地里捡来的那个孩子，旁边是帮忙提行李的路吉祥。

天下着雨，远山朦胧，脚下的青石路面泛着水光。

两道身影渐行渐远。

陈年还想要追，却被一阵巨大的抽疼从梦里拖了出来，她弓着身体，捂住小腹，感觉到双腿间有温热液体涌出，瞬间心慌意乱起来。

"程遇风，我好像要生了！"

浅眠的程遇风立刻醒过来，接下来，整栋屋子都陷入了兵荒马乱中。

陈年很快被送进了产房。

宝宝倒是没怎么折腾她，而且很配合，疼了一个多小时后，陈年顺利生下一个六斤二两的女儿。

程遇风和爷爷，叶明远和容昭，路招弟和贾辉煌都候在产房外面，听到一声响亮的啼哭，大家如释重负的同时，又是欣喜交加。

程老爷子笑得停不下来："哭得这么响，一定是个有劲的小子。"

容昭和路招弟喜极而泣。

"是啊。"叶明远也摘掉眼镜擦了擦眼睛，"是啊……"

程遇风握着拳头，又松开，明明是初春光景，他整个人却像刚从水里捞出来一样，后背的衬衫湿了个透彻。

护士把婴儿清理干净抱出来："恭喜，是个千金。"

三个长辈迫不及待地围过去，程老爷子看着那张还泛着红色的小脸："原来是小女娃娃啊，哈哈哈。女儿好，女儿好啊……"

"遇风，别愣着了，赶紧过来看你闺女。"

"咦，人呢？"

路招弟指着产房说："他刚刚进去了。"

产房内。

陈年累得几乎脱力，程遇风握着她的手，轻声喊她："老婆。"

"嗯。"她勉强睁开眼，"我刚刚听到了，是女儿。"

"嗯，你很棒。"

"那……"陈年露出一丝苍白的笑容，"那当然。"

"辛苦了。"

"不辛苦。"

她太累了，聊了几句话后，就沉沉地睡了过去。

程遇风在她额头上亲了一下："睡吧，我会一直陪着你。"

陈年醒来已经是中午了，她睁开眼就看到了床前的程遇风，三个长辈也在，妈妈正教他怎么抱孩子。

他的动作很轻也很生疏，生怕怀里绵软的一小团有那么一丝不舒服。

"年年醒了。"

容昭柔声说："遇风，你把宝宝抱过去给年年看看。"

说完，她看了丈夫一眼，叶明远会意，程老爷子也领会到了，三人前后走了出去，还关上了门。

程遇风把女儿放在陈年身侧。

小家伙的睫毛又密又长，肤色白皙，小脸肉嘟嘟的，暂时还看不出长得像谁。陈年看一眼就觉得整颗心都要化了。

她很轻地碰了一下女儿的脸颊："好软。"

程遇风的眸色也柔和得一塌糊涂："是啊，像你。"

"年年，"他握着她的手，亲了一遍又一遍，"谢谢你。"

"有什么好谢的？"陈年听得鼻尖微酸，"我很开心生下我们的女儿。"

"对了，想好叫什么名字了吗？"

程遇风看看她，又看看女儿，低声说："想好了。"

"叫什么？"

"程慕年。"

（正文完）

● ○ ●

番外一

年年有凉风

程慕年小朋友从一出生就注定会在万千宠爱中长大，她满月那天，光是宾客就来了两百桌，盛况甚至超过了陈年和程遇风结婚那会儿。

曾孙女满月，作为太爷爷的程立学拿出了压箱底的好物，叶明远和容昭更是恨不得把所有的好东西都给宝贝外孙女，二老光是礼物就准备了六份。

鉴于宝宝还小，所有收到的礼物暂时由陈年保管。

当然，宝宝也有礼物回馈大家，她那一头漂亮的胎发，剃下来后托专人制作成胎毛笔。程立学、叶明远和其他两位德高望重的长辈人手一支，程遇风自己也收藏了一支，以作纪念。

时光飞逝，距离女儿满月已过去了两个月，程遇风总有一种抓不住流水般的光阴之感。女儿一天天地见长，和出生时皱巴巴的模样不同，她的五官渐渐长开，据容昭说，竟和小时候的陈年像一个模子印出来似的。

和在妈妈体内时的闹腾迥异，宝宝特别乖，吃饱了睡，睡醒了吃，吃食上也丝毫不挑，喂什么吃什么。大概是天性的缘故吧，相依为命的十个月里，母女俩建立了深厚的情感基础，她最喜欢吃的还是母乳，也对妈妈格外依赖。

卧室大床旁边的摇篮床夜里总是空的，相比自己一个人睡，宝宝更喜欢趴在妈妈柔软的胸口睡，一来舒服，二来距离食粮近，睡饿了，醒来就能吃。

第六个月，宝宝长牙了，小米粒似的，别提多可爱了。长牙带来的变化是，她喜欢上了咬东西，见到什么就拿起来往嘴里塞，找不到东西就啃自己的小手指。

宝宝也因此发了一场烧，虽然看上去还是粉嘟嘟的，可原本藕节似的小胳膊小腿都瘦了一圈。

这可把容昭心疼坏了，平时捧在手里怕摔了、含在嘴里怕化了的宝贝，生个病就瘦成这样，无异于是在她心尖尖上割肉啊。

可当容昭把小人儿抱在怀里，看到她冲自己咧嘴笑，顿时心情也跟着大好。

程遇风和陈年工作忙碌，工作日，宝宝白天都待在外公外婆家，等小两口下班再过来接回家里去，或者叶明远帮忙送过去。

程立学也成了叶家的常客。

为了哄宝宝开心，三位长辈直接退化到儿童时期，宠爱起宝宝来简直是毫无底线。

连陈年都看得有点忧心，她生怕女儿从小被惯坏了，可程遇风却和长辈们站到了同一战线，他觉得女儿就应该要娇养。

他还安慰陈年："没事的，宝宝还小，等大些再教。"

其实，在这方面，陈年的意志力也十分薄弱，对着糯米团子似的宝宝，整颗心软绵绵的，恨不得全放她身上去，哪里舍得对她说什么重话？

当了妈妈以后，陈年越发能深刻体会到当初妈妈容昭承受着多么大的痛苦，如果要是有人把宝宝从她身边抢走，她是会拿命和人拼的！

大概是应了那句话：女本柔弱，为母则刚。

这天傍晚，陈年结束了高强度的工作，刚好程遇风也提前下航线了，他先去研究所接陈年，然后两人再回爸妈家接女儿。

陈年每天大约都是这个时间到，宝宝也已形成了生物钟，琢磨着差不多了，先前爱不释手的玩具丢在一旁，眼巴巴地盯着门口的方向。

看到爸爸妈妈的身影出现，宝宝开心地举起胳膊，嘴里发出模糊不清的声音，似乎是在跟他们打招呼。

陈年把她抱起来："宝宝，想不想妈妈？"

宝宝直接亲了陈年一脸口水，小脸还着急地在她胸口上蹭了又蹭，像只小海豚似的哼唧着。

宝宝虽然不会说话，但她的动作表达的意思很明显了——要喝奶。

容昭也说："估计是饿了。"

她半个小时前还喂宝宝吃了小半碗苹果泥，不过，小孩子少食多餐，又动得频繁，这时候饿了也正常。

陈年把女儿抱去了楼上卧室，喂过奶后，她果然不再闹了，还打了个响亮的饱嗝，可能觉得打嗝挺好玩的，又"咯咯咯"笑起来。

吃过饭后，一家三口才回家。

华灯初上，暮色浅浅。

宝宝坐在婴儿安全座椅里，兴奋地伸手去抓从车窗外透进来的灯光，抓不住，再抓，抓住了，用力握住，咦，一打开手，什么都没有。

哪里去了？

她的眼睛滴溜溜地转了转，看到一束光正好照在旁边的陈年膝盖上，她兴高采烈地挥手："麻……麻！"

陈年起先没听清女儿在咕哝什么，听了几遍后，她的表情立刻变得狂喜万分："程遇风，刚刚！女儿叫我妈妈了！"

程遇风扶着方向盘的手一紧，从车内后视镜里飞快地扫了后座的母女俩一眼，眸底盈满笑意。

陈年喜不自胜："宝贝儿，再叫一声给爸爸听听。"

宝宝眨了眨和妈妈如出一辙的漂亮眼睛："麻……麻。"

她的音发得还不太准，不过还是能听得出是在喊妈妈。

"宝宝真乖！"陈年在她脸颊亲了一口，"妈妈爱你！"

宝宝笑得眉眼都弯起来，嘟起嘴巴来让妈妈亲。

前面刚好是红绿灯，程遇风把车子稳稳停下，拉起手刹，回过头，神色里透着说不出的羡慕。

"宝贝儿，叫爸爸。"

宝宝很给面子，回得极快："麻……麻，麻麻！"

陈年忍不住捧腹大笑。

　　程遇风递给她一个幽怨的眼神，她连忙止住笑："好好好，你别吃醋，我教她。"

　　接着，车里出现以下对话：

　　陈年："爸爸。"

　　宝宝："麻麻。"

　　"爸爸。"

　　"麻麻。"

　　…………

　　这晚，宝宝睡着后，没有完成教学任务的陈年被她家程先生用各种方式惩罚了一遍，直到深夜方休。

　　次日刚好是周末，程遇风也在家休息，陈年睡到日上三竿才醒，她惊讶地发现形势发生了惊人的逆转。

　　客厅。

　　宝宝坐在学步车里，程遇风蹲在旁边，捧着碗给她喂粥喝，宝宝喝一口就声音糯糯地喊一声"拔拔"。

　　陈年大步流星地冲过去。

　　宝宝看到妈妈，举着手想去摸她的脸，邀功似的："拔拔。"

　　陈年纠正："妈妈。"

　　"拔拔。"

　　宝宝终于能准确流利地叫出"爸爸妈妈"是在她十三个月蹒跚学步时，她还学会了别的称呼，奶声奶气，一口一个"婆婆""公公"和"太爷爷"，叫得三位老人家心花怒放，恨不得把世上所有的好都给她。

　　经过一段时间的练习，宝宝能独自走路了，隐藏在骨子里的调皮因子也被激发了出来，蹦蹦跳跳，屋里屋外到处跑来跑去，好似有用不完的精力。

叶明远夫妇毕竟也上了年纪，担心一个不留神会出什么事，于是专门请了个经验丰富的保姆来帮忙带这个宝贝外孙女。

在众人的细心呵护下，宝宝平安健康地长到三岁，长成了一个粉雕玉琢的小姑娘。

继承了父母的优秀基因，小姑娘的模样自然不必说，从小又在自由宽松的生长环境，受尽长辈们的宠爱，也没有让小姑娘变得骄纵任性，顶多就是俏皮活泼了些。

她是周围每一个人的开心果。

陈年和程遇风在外面不管多忙多累，只要听到女儿的声音，把软软的人儿抱在怀里，疲乏瞬间烟消云散。

小姑娘也非常依赖他们，尤其是有时好几天都见不上一面的爸爸。

这半年来，程遇风升了机长教员后，航行任务没有那么繁重了，国际航线也基本不飞，空出来的时间都用来陪妻子和女儿。

他闲在家里的时候，小姑娘几乎每分每秒都要黏着他。

这天，程遇风执飞从 S 市到 A 市的航线，按理说应该晚上八点前他就能到家，可这会儿墙上时钟的时针都过八点了，还迟迟不见他人影。

小姑娘望眼欲穿地等在门口，门外始终没有动静，她撇了撇嘴，眼里含着两汪泪，要掉不掉的。

陈年也有些着急，程遇风的电话一直都打不通，该不是出什么事了吧？她六神无主了，在客厅里走来走去。

"妈妈，"小姑娘哭红着眼跑过来抱住她，"我要爸爸，我要爸爸……"

陈年擦掉女儿脸上的泪："乖，别哭。"

"爸爸什么时候回来？"

"你爸爸应该是有事耽误了。"陈年不知道是安慰女儿，还是安慰自己。

她正要打电话去昭航问问什么情况，刚滑开手机屏幕，程遇风的电话就进来了，看到熟悉的名字，她悬在半空的心立刻就安了下来。

"年年，出了点小意外，航班备降 C 市机场了。我可能要明天上午才能到家。"

"爸爸！"小姑娘听到爸爸的声音，用尽全力喊道。

"宝贝儿。"那端的声音依然温柔，"今晚有没有乖乖吃饭？"

"有！我吃了蛋羹和粥粥，还喝了一大碗汤！"

"宝贝儿真棒。"

小姑娘早已换上了满脸的笑。

"宝贝儿，今晚帮爸爸照顾一下妈妈，好不好？"

小姑娘脆声应道："好！"

陈年听着父女俩的互动，也跟着笑了。

幸好只是虚惊一场。

程遇风要在外地过夜，家里只剩陈年和女儿，她们都很不习惯，早早地洗漱好上床睡觉。

小姑娘每晚入睡前喜欢听故事，窝在妈妈温软的怀里，闻着她身上淡淡的清香，睡意慢慢上来了。

睡前，小姑娘还不忘爸爸的叮嘱，呢喃着："妈妈你不要怕，我会保护你的。"

陈年的心软得仿佛泡在蜜糖水里。

她怔怔盯着女儿的睡颜出神，床头桌上手机一震，她以为是程遇风的信息，没想到居然是欧阳。

信息内容是一个链接，陈年点了一下，页面跟着跳转，一行大字出现在她视野中——

"论那些曾惊才绝艳，上了大学后却销声匿迹、泯然众人矣的天才。"

陈年的名字赫然被列在首位，后面跟着的是全国各地的高考状元。

欧阳当然不是想让陈年看这每个字都很不友好的帖子主题，很快，她的注意力被底下被顶得最高的一条评论吸引了过去。

一个匿名人士对楼主冷嘲热讽陈年的言论进行了强有力的反击："她没有泯然众人矣。她从 A 大物理系毕业，两年后拿下斯坦福大学的硕士研究生学位，回国后，进了中科院物理研究所，投入到'感光器'的研究中。不知道这是什么东西的朋友，如果感兴趣的话可以上网查一下。这项研究斩获了一系列论文和国家专利奖项，同一年，她又拿下斯坦福的博士研究生学位。前段时间，她作为主力研发出来的'感光器'二代，也就是'类人眼'成功面世，并以某基金会的名义向有需要的失明人士免费赠送。"

居一龙的头号迷妹："看了层主的回复，我只想献上膝盖，并向内心阴暗的楼主丢一个毛猴儿！"

居老师的小甜心："友军还有三秒到达现场！"

北老师的腿毛儿："太牛了！！答应我，你们去搜一下什么是'类人眼'，你们也会马上回来跪下的。前排占个位！"

天生放荡不羁爱科普："所谓的'类人眼'，用通俗易懂的说法来解释，就是无须通过视网膜，直接把光信号传到视神经，实现某种意义上的重见光明……这可是广大盲人的福音啊！"

叫我山大王："这叫泯然众人矣？！楼主对这句话是不是有什么误解，同是九年义务教育出来的，凭什么你就这么优秀？"

"别人的人生啊，天才的世界我等凡人不懂，唯有膜拜。大家看我这跪的姿势还标准吗？"

陈年没有再继续往下看了，外界的纷杂是非，风风雨雨，对她并没有太大的影响，但她还是由衷地感谢帖子里为自己说话的人。

至于那个匿名人士的身份，她也无意去深究。

夜已深，陈年拥着女儿睡了过去。

夏季天亮得早，母女俩六点出头就醒来了，刷牙洗脸花去了二十分钟，陈年从衣帽间拿了衣服给女儿换。

刚穿好纸尿裤，陈年正要把小裙子套上去，耳尖的小姑娘听到外面的动静，轻盈的身子一跃跳下了床，像颗小炮弹般冲了出去。

"爸爸！"

刚进门的程遇风放下黑色机长行李箱，把全身只穿着纸尿裤的女儿抱起来，原地转了两圈。

小姑娘搂住他脖子，毫无章法地亲他的脸："爸爸，爸爸，爸爸我好想好想好想你啊！"

程遇风握着她胖嘟嘟的手，心中满是柔情："爸爸也想你。"

"昨晚乖不乖？"

"乖！"

"爸爸，"小姑娘歪着头，凑在他耳边，"你可不可以给我生个哥哥啊？"

"嗯？"

"这样，我就可以和哥哥一起保护妈妈啦！"

天真的童言稚语最为戳人心。

程遇风揉揉她的头发："我和妈妈商量一下。"

察觉到什么，他一抬头，就看到了站在楼梯处的陈年。

四目相对，无限神情。

小姑娘也看过去，笑眯眯的："妈妈也很想爸爸哦，爸爸也去亲亲她吧。"

程遇风抱着女儿朝陈年走过去，还有两步距离时，他长臂一揽，把陈年也圈进了怀里。

他把想偷看的女儿的脸轻轻转到另一侧，然后，低头，给了陈年一个热情似火的法式深吻。

● ○ ✿

番外二

步步清风起

"喂，许远航，醒醒。"

稍显清冷的声音在耳边幽幽打转，许远航有些不耐地皱了皱眉头："别吵我。"

不知什么重物"砰"的一声砸进怀里，许远航猛地睁开眼，面上呈现出些许怒色，然而，在看清旁边坐着的人时，他刹那间收起了所有的表情。

迟芸帆也是面色无波无澜地看着他："你压到我的裙子了。"

许远航不可置信、一眨不眨地盯着她，连呼吸都不敢太重："迟芸帆？"

"起来，我要去图书馆了。"

图书馆？

许远航抱着厚厚的书，诧异地看了看四周，发现自己此时身处高中校园，旁边是一棵高大的榕树，绿树成荫，他和迟芸帆坐在草地上。

他打篮球累了，眼睛一闭就席地午休，她则是捧着一本外文书在看。

许远航揉揉太阳穴，该不会睡了一觉把人给睡糊涂了吧？他站起身，顺便伸手想拉迟芸帆一把，她没领情，自己手撑着草地起来了。

许远航心里有些忐忑的，表面上却装作毫不在乎。

迟芸帆把被许远航压皱的裙摆抚平，又从他手里把书拿了回来，从这个角度，她的余光越过少年高瘦的身体，能看到榕树树干表面上刻着的两个名字——迟芸帆·许远航。

原来之前班上的那些传言都是真的，迟芸帆无声叹气，谁能想到许远航也会做这种幼稚的事呢？

许远航顺着她视线看过去："怎么样，刻得还行吧？"

"你看我们的名字多登对啊，你是船帆，引我远航，我俩简直是天生一对。"

迟芸帆直接忽略他后面那句话，很中肯地评价："损害公物，没有公德心。"

公德心是什么玩意儿？许远航不以为然，他做了一个左耳进右耳出的动作，在树干上拍两下："能见证我们的爱情，是这棵老树几百年修来的福分。"

真是越说越离谱了。

迟芸帆懒得搭理他，拿起包就走，许远航影子似的追上去："真要去图书馆自习吗？"

迟芸帆回了他一个比冰可乐还清凉的眼神："你可以不去的，我……"

后面的话太伤人，她没有说出口。

许远航觉得自己大概是命中和图书馆这种地方犯冲，一进去就困意如潮涌，刚坐下就倒头大睡，还不如去篮球场上挥汗如雨呢。

"还愣着干吗？走啊。"许远航很快做出决定，率先走在她前面。

"不过先说好，我陪你去图书馆自习，这周六晚上你也要来体育馆看我打篮球赛。"

"成交不？"

迟芸帆一言不发，不知道在想什么。

要是换了别的女生，许远航早就冷着脸掉头就走了，哪里会有这样的耐心和好脾气？

"许远航，不要再在我身上浪费时间了，我不值得。"

头顶上烈日灼灼，许远航肺腑间也充斥着一股无法排遣的热气，他紧咬牙根，腮帮微动，语气也跟着冷了下来："喜欢你是我自己的事，要怎么做也是我的事，和你有什么关系？"

"怎么会没有关系呢？"

迟芸帆轻轻地说："没有我，你会过得更好。"

这话许远航可不爱听，他一脚把脚边的小石子踢飞老远，还觉得不解气，又把一头短发胡乱抓成鸟窝："因为我……你觉得丢脸了？"

　　甚至不惜贬低自己来让他打退堂鼓。

　　是啊，他一个穷小子，哪里来的资格追求她一个富家千金呢，这不是所谓的癞蛤蟆想吃天鹅肉吗？

　　迟芸帆仿佛没有听到他的话，她难得露出一个温柔的笑，眼神中却透着莫名的哀伤，南辕北辙的两种神情在她脸上并存，让她看起来格外不真实："没有我，你会站在最高的台上，接受无上荣誉，所有人都为你感到骄傲。

　　"许远航，我们终归不会是一条路上的人。

　　"我走了，再见。"

　　"迟芸帆！"

　　梦中离人难留。

　　回应许远航的只有满室安静，他那伸出去的手也落了空，浑身冷汗涔涔。

　　梦境的美好和现实的冷清碰撞，许远航能感觉得到空气里有着冰碴子般的冷意，他捞起桌上的遥控器把空调关掉，被丢回去的遥控器碰倒了桌子边缘的酒瓶，酒水沿着瓶口汩汩流出，在木地板上砸开一朵朵暗红色的花。

　　右手边的玻璃橱窗里，陈列着各种各样的奖牌和奖杯，散发着清冷的光泽。许远航收回视线，他醉着，思绪本该混沌，却因那个该死的梦而清醒了过来。

　　前所未有的清醒。

　　许远航又倒了一杯伏特加，仰头灌下，裹着利刀般的酒一路从喉咙割到胃部，疼得他五脏六腑像被搅碎了般。

　　他自嘲地勾起嘴角："你说得对，没有你，我确实过得更好。"

鲜花着锦，一路顺遂，追他的女人如过江之鲫。

可是，这算什么？

迟芸帆你告诉我，这到底算什么？你要走就走得干干脆脆，不要再入我梦里打扰我，也不要钻进我的回忆，时时提醒我——

那只是一个错误，而且幸运的是，它及时得到了纠正。

许远航痛苦地捂住了头。

就算不愿意承认，也无法否定一个事实，喜欢他的女人再多又怎么样？

她们都不是迟芸帆。

年少的感情最为真挚纯粹，他心里住进去一个迟芸帆，就再也没有别人的容身之处。

迟芸帆从他的生活里消失了，可她还在他心里，牢牢扎根，如果想要拔去，除非整颗心都不要。

万籁俱寂，一场午夜梦回，让许远航疲累到了极点。

他躺在沙发上，看着头顶天花板上变换的光影，慢慢抬手盖住了热胀的眼睛，低低地说：

"只要你回来……"

● ○ ●

后记
**她的狐狸
和玫瑰花**

还是不得不提《小王子》，笑。

"比如说，你在下午四点钟来，一到三点钟我就开始感到幸福了。时间越接近，我就越感到幸福。"

在《手可摘星辰》之前，一直都想写一个和飞行员有关的故事，可迟迟没有动笔。二零一七年南航航班遇故障迫降事件，那位沉着冷静的机长给我留下了深刻印象，在查阅了相关的资料后，我决定把男主角设定成民航机长。

当物理天才少女遇上英雄机长，当二十八岁的程遇风来到十八岁的陈年的生命中，这个故事便有了最初的轮廓，幸福也开始启程。

他来得不早，也不算晚。

书里写了什么内容，这里就不赘述了，毕竟往前翻就可以看到了，哈哈哈。

我想说，写作是一件很幸福的事，这一路以来也遇见了好些读者和编辑，给了我很多的鼓励和帮助。不管能陪着走多远的路，都是一场缘分。我很珍惜和你们分享故事的每一个机会，当然啦，也希望将来能一直写下去。

写这本书时，我的笔名暴露了。某天，我的朋友用很笃定的语气问我，你的笔名是不是"临渊鱼鹅"。极为震惊的我，连忙追问她是怎么知道的。

知道答案后，我的心情很复杂。

原来，朋友从小说对各个配角的描述中拼凑出了我们高中时的另一个同学。

她找到了那位同学的姓，他的口头禅，他喜欢吃的食物，他特定的某些小动作，还有他大学时的专业……

在确凿证据面前，我无力反驳，只好威逼利诱她帮忙保守秘密。

再来说说"临渊鱼鹅"的来历，可能方言大都是平舌的原因（一定是），发儿化音对我来说真的很艰难，某次公开的音频中，我念自己的笔名就变成了"临渊鱼鹅"。此处，必须严肃地再重申一遍，我分得清 n 和 l！不信，给你们念一念绕口令，听着啊：

"刘奶奶找牛奶奶买牛奶，牛奶奶给刘奶奶拿牛奶，刘奶奶说牛奶奶的牛奶不如柳奶奶的牛奶……"

不皮了，哈哈哈。

最近南方天气好热，还有台风！我的多肉宝宝们真的是多灾多难啊，死掉好几棵了，有些还是好几年前种的，心疼死了！

稍微安慰的是，前段时间种下的月季长到有手指那么高了，叶插的小多肉也长势喜人，总算给牺牲的多肉宝宝们留下后代了，希望它们都能平安度过这个夏天。

好了，就说到这里吧。我们下本书见。

临渊鱼儿

于鹅城东江畔

二零一八年七月十八日